こなもん屋うま子

豚玉のジョー

その店は、大阪難波《なんば》の宗右衛門町《そえもんちょう》のどこかにある。どこか、としか言えないのは、私がすでにその店にたどりつく自信を失っているからだが、あの時期……去年の暮れから今年のあたまにかけて、私はたしかにその店の常連といっていい状態にあった。はじめてその店を見つけたのは、仕事帰りにしたたか酔って、ひとりでミナミをうろついているときだ。路地から路地、雑居ビルから雑居ビル、どこをどうたどったかわからぬ彷徨《ほうこう》の果てに、マッチ箱のように小さなスナックやオカマバーがぎゅうぎゅうに押しこめられた一角に私はいた。ほとんどアテを食べずに飲みつづけていたこともあって、私はかなり空腹を感じていたようだ。そんな私の朦朧《もうろう》とした酔眼に妙な看板が飛びこんできた。

「コナモン全般・なんでもアリマッセ・店主ベンピ・馬子屋……ふーん、コナモン全般か」

看板といっても金属製の立て看板にペンキで書いたものだが、その字が驚くほど下へ手《た》くそで、しかもペンキが流れていて字が血を流したようになっている。だいたい「馬小屋」と書くべきなのに「小」の字がまちがっているし、そもそも「店主ベンピ」とはどういうことだろう……。

（こりゃあ……ひどいな）

私はそう思った。私は自他ともに認めるお好み焼きファンだ。どこそこのお好みがうまいと聞けば、どんなに遠くても労をいとわず飛んでいく。ガイドブックに載るような店はたいがい食べ歩いたつもりだが、お好み焼きはいわゆるB級グルメなので、高級食材を使った有名店のものがうまいとはかぎらないし、逆に、小さな駅の小さな商店街にある地元の客やこども相手の小さな店がびっくりするぐらいうまいこともある。いや、そのほうが多いかもしれない。そういう「隠れた名店」を探しだすのもお好み焼きファンとしての私のひそかな楽しみなのだ。

この店はアタリかな？　と私が見当をつける条件はいくつかある。それを列記しよう。

一、店構えがきれいではないこと。あまりにこぎれいな店や今風の洒落《しゃれ》た外観・内装の店は、肝心のお好みがおざなりであることが多い。

二、メニューがシンプルで安いこと。トマトやアボカド、イカ墨やウニ、フルーツや小豆《あずき》などを使った「変わりメニュー」や、伊勢エビやステーキ肉、フォアグラやフカヒレなどを使った高価なメニューがある店は、普通の豚玉やイカ玉には力を入れていないことが多い。そもそもお好み焼きなどというものは千円もしてはいけないと思う。

三、店主はただのおっちゃんかおばちゃんがいい。元フランス料理のシェフとか中華の鉄人、和食を極めた料理人……などが、なにを思ったかお好み焼き屋をはじめたりすると、単純な調理法に飽き足らなくなるのか、凝《こ》ったメニューやお好み焼き以外のメニューが増えるが、そういうものを注文する気はまったくないので私にとっては無駄なのだ。

四、店員は多くてもひとりぐらいがいい。できれば家族や近所の暇なおばちゃんをパートに雇っている程度がちょうどいい。そろいのTシャツを着た多くの店員を使っている店は、のんびりまったりするつもりの客にはせわしないし、人件費がこの値段にかなり入ってるんだろうな、とつい思ってしまうし、そもそも店の規模が大きい。

五、焼いてくれる店がいい。お客さんが自分で焼いてください、という店もあるが、金を払って、どうして自分で焼かねばならんのか。自炊してるんじゃねえ。失敗しても値段は一緒だろ？　おかしいじゃねえか……とつい東京弁になってしまうほどだ。

六、マヨネーズは、できれば「いりますか」とたずねてくれるほうがいい。私はマヨネーズはいります派だが、なかには嫌いなひともいるだろう。それと、これはあくまで好みの問題だが、マヨネーズは糸のように細くお好み焼きの表面を飾るよりも、まんなかにどっぷりと載せてくれるほうが好きだ。お好み焼きはケーキじゃない、と思う。

といった数々の私的な条件の第一項を、その店はクリアしていた。しかし……。

（いくら、店構えがきれいではないほうがいい、といっても……汚すぎるだろ、これは）

左右のスナックはそうでもないのに、そのお好み焼き屋だけはドアのガラスが割れ、のれんは破れ、壁には細かいひびが蜘蛛《くも》の巣のように走り、看板を照らす照明は壊れ、店のまえの通路もゴミだらけなのだ。そのゴミがどんなものであるか、子細には書くまい。○○の死骸《しがい》、○○の死骸、○○の骨……あとはわけのわからない汚物状のものだ。

（さすがに、これはない）

そう思った。よく見ると、ひょこ歪《いが》んだドアからはなにやら妖気《ようき》のようなものが立ちのぼっているではないか。

（やめたほうが無難だ……）

店を行きすぎようとしたとき、ガタピシガタピシとドアが開き、なかから初老といっていい年齢の女性ふたりが現れた。どちらも少し酔っているらしく、顔が赤い。片方はこのへんのスナックのママだろうか、派手な服装で装飾品も悪目立ちするものばかりだ。もうひとりは地味な身なりで、宗右衛門町という町にふさわしからぬ上品そうな雰囲気の女性だった。

「けっこうおいしかったねえ」

「そやね。おなかすいてたから、なんでもおいしいわ」

「こんなとこでお好み焼き食べたの、私、はじめてやわ」

「こういう店がかえっておいしいんや。大きい店やと、うるそうてしゃべりにくいやろ。——また来よな」

「うーん……私、ああいうひと苦手やわ」

「そやなあ、ちょっとむちゃくちゃなとこあったけど、悪いひとではなさそうや。——そうそう吉川《よしかわ》さん、今日見せてくれるて言うてたもん、今度忘れんと持ってきてや。私、ああいう写真見るの大好きやねん」

「いやあ、恥ずかしわあ。——せやけど、私、最近物忘れがひどいさかい、また忘れるかもしらん。どこになにをしまってあるかも思いだせんことが多いんよ。これって……ボケが来てるんやろか」

「まだ、そんな歳《とし》やないやろ」

「でもな、こないだから納戸の鍵《かぎ》がどこ探してもないんやわ」

「納戸になにか大事なもん入れてるの？」

「それはなんにも……。そろそろコタツ出そ、思たんやけど、当分出されへんわ。あんたの店で落ちてなかった？」

「さあ……落ちてたら掃除のときに気づくやろけどなあ」

「――あ、それに銀行のカードも一枚見あたらへんねんわ」

「えらいことやないの」

「ええねん。通帳はあるさかい、ハンコ押したら出せるから。どこにしまったんかなあ……。ああいうのって意外なところから出てくるんよね」

「私も、店の冷蔵庫に老眼鏡入ってたことあるわ。いつ入れたのか、ぜんぜん覚えてないねん」

「カードって作り直すの、たいへんなんやろか」

「けっこう手間かかるで。私もまえに再発行してもらおうとして銀行行ったら、手続きがめんどくそうて、結局、やめてしもたわ」

ふたりの女性は私の目のまえを通りすぎ、ふらふらと千鳥足でその路地を出ていった。

（けっこうおいしかった、か。まあ、パスしたほうがよさそうだ）

しかし……。

いつのまにか私は一歩進みでて、そのガタつくドアに手をかけていた。身体《からだ》が勝手に動いたのだ。

（入ってみるか。案外、うまいかもな）

酔いも手伝って、まともな判断力を失っていたのかもしれない。私は扉を開けた。

その瞬間、身体がぶるっと震えた。理由はない。とにかく震えたのだ。店は狭かった。薄暗いせいかもしれないが、思っていたよりも汚くはなかった。予想どおり、テーブル席はなく、六人も座ればいっぱいになるカウンターだけだ。その向こうにボトルキープ用のへしゃげた油まみれの棚があり、いつのものかわからない油まみれの焼酎《しょうちゅう》のボトルが十本ほど置いてある。同じ棚に、これまたいつのものかわからない油まみれの今宮戎《いまみやえびす》の吉兆《きっちょう》が押しこんである。そして……棚の下には「おばはん」がいた。「店主はただのおばちゃん」であることを望んでいた私だが、「おばはん」は望んでいなかった。しかし、カウンターに両肘《ひじ》をついて、ぐだっとした態度でこちらを見ているのは、三百六十度、どの方向から見ても「大阪のおばはん」そのものだった。

「いらっしゃ……い」

なぜか「しゃ」と「い」のあいだを長くとって、そのおばはんは煙草《たばこ》を揉《も》み消しながら物憂げに言った。でぶっと太っており、贅肉《ぜいにく》が両方の横腹から垂れさがっているのが服のうえからでもわかる。きつめにパーマをあてたごわごわの髪は、もとは紫色に染めていたのだろうが、今は白髪と紫がまだらになっている。年齢は四十四、五ぐらいか、いや、五十歳代かもしれない、いや、六十歳に手が届いている可能性もある、いや、八十……。まあ、要するに年齢不詳なのである。ムームーのような薄い服を着て、ズボンというのか群青色のニッカーボッカーみたいなものをはき、油で煮染《にし》めたようなエプロンには、なぜか「日清のチキンラーメン」と印刷されている。鼻から煙を出しながら、おばはんは言った。

「あれ？　あんた、ええ男やわあ。うっとこの店はええ男にはサービスするで。——けど、どっかで見たなあ。あんた、テレビに出てるひととちゃうか」

「ちがうちがう」

だれとまちがっているのか知らないが、私はあわてて手を振った。

「あんた独身か。それやったら、あてとつきおうてみいひん？」

「結婚してるし、こどももいるよ」

「そらそやな。あんたみたいなええ男、世間の女がほっとくかいな。——けど、浮気はかまへんやろ。男の甲斐性《かいしょ》や。なあなあ、あてとつきおうてみいひんか？」

「遠慮しとくよ」

だれがこんなおばはんとつきあうかい。

「まー、あんた、遠慮のかたまりやな。——なんにしましょ」

それにしても、男のように太い声である。私は、もしかしたら……と思ったが、両胸は豊かすぎるほど豊かに張りだしている。巨乳というやつだが、全体が肥えすぎているので目立たない。どうやら声は、酒焼けしているだけのようだ。壁に張りだされた手書きメニューを見ると、看板に「コナモン全般・なんでもアリマッセ」とあったとおり、

お好み焼き
焼きそば
タコ焼き
明石《あかし》焼き
イカ焼き
ホルモン焼きうどん
チヂミ
うどん
ラーメン
ソーメン
麩《ふ》
豚まん
ギョーザ

ピザ
スパゲティ
などの項目に分かれている。どうしてどうして、たいした充実度ではないか。ただ、末尾に「ただしモンジャと広島風お好みは死んでも作らん。死にたかったら注文してみ」と書いてあるのが気にはなったが……。

「まずビールと……アテにギョーザをもらおうかな」

メインのお好み焼きのまえにちょっと喉《のど》を湿そうと、私がそう言うと、

「今日はギョーザはおまへん」

「じゃあ……チヂミでいいや」

「チヂミもおまへん」

「タコ焼きは」

「おまへん」

「イカ焼きは」

「おまへん」

「いったいなにがあるんだ」

「そやなあ、今日は……」

おばはんは目をつむった。あまりに長いあいだそのままだったので、眠ってしまっ

たのかと思ったほどだ。

「今日は……お好みやな」

「まあ、いいや。もともとお好み焼きを食べにきたんだから」

「お好みは、なに焼きましょ」

「そうだなあ……」

メニューのお好み焼きの項には、

豚玉、イカ玉、肉玉、ネギ焼……五百円
なんもなし玉……二百円
なんもなし（玉もなし）……百円

とある。しかし、「なんもなし（玉もなし）」というのはなんだろう。百円とは安すぎる。あまりに安いのも気持ち悪いので、注文する気はないが、一応きいてみた。

「この『なんもなし（玉もなし）』というのは、なに？」

「なんも入れんやつや」

「ああ、肉もイカもなんにも入れない、ということだね。玉なし、というのは？」

「玉子も使わんねん」

「なるほど。つまり、天かすとキャベツだけっていうことだね」

「アホか。天かすとかキャベツ入れたら『なんもなし』にならんやろ」

「え……じゃあ、なにが入ってるの？」

「メリケン粉だけや。それにソース塗る」

安いはずだ。ほとんどぼったくりに等しい。

「あんた、『なんもなし』にするか？」

「い、いや、いい……」

「ここに貼《は》ってあるほかにも、なんでもしたげるで。餅《もち》でも納豆でもチーズでも……まあ、あてはそんなんまずいと思うけどな」

そこまではっきり言われると注文しにくい。私はお好み焼きファンとして、こんがりと膨れた餅の食感も、ねばねばと尾を引く納豆のコクも、鉄板に流れてカリカリに焦げたチーズのうまさも承知しているつもりだが、はじめての店なのだから、まずはやはりオーソドックスにいくべきだろう。

「じゃあ、豚玉を……」

「豚玉？」

そのおばはんは、カウンターに両手を突いて身を起こすと、ガスの元栓をひねり、チャッカマンで火をつけた。そして、瓶ビールと「リボンシトロン」と印刷された年

代もののガラスコップを私のまえにどんと置き、めんどくさそうに腰をかがめて冷蔵庫を開けたが、

「あらー、忘れとった。豚肉切れてたんや。——お客さん、豚肉ないねん。今、買いにいかしてるんやけどな、ほかのもんやったらあかんか。イカやったらあるねん」

私は、買いにいかしてるなんてぜったい嘘《うそ》だと思った。

「どれぐらい待ったら、戻ってくるんだ」

「そやなあ、たぶんあと十分か……二十分……三十分……一時間」

そんなには待てない。

「なあ、イカでええやろ。イカ玉、うまいでえ。な、イカ玉にし」

「いや……イカ玉はいらない」

おばはんがイカ玉を押しつけようとする露骨な態度にイラッときて、私は無意味にかたくなな気持ちになった。

「ほな、『なんもなし』にし。うまいでえ」

うまいわけない。

「いいよ、十分でも二十分でも待たせてもらうから」

「ふーん、さよか。ほな勝手にし。——待ってるあいだ暇やろから、飴《あめ》ちゃんでもなめる?」

「いらないよ」

おばはんは一度つけた鉄板のガスを消し、椅子《いす》に座って週刊誌を読みはじめた。ほかに客もなく、私はビールをコップについで、飲む、またついで、飲む……その動作を繰り返すしかなかった。豚肉はいつまでたっても届かない。この状態は異常だとは思うが、おばはんはまるで気にならないらしい。ガサガサと週刊誌のページをめくる音だけが、ときどき店内に響く。あまりに手持ちぶさたになった私は、思いきってそのおばはんに話しかけた。

「ここで店開いて、長いの？」

「長いで」

「何年ぐらい」

「忘れたわ」

それで会話は終わった。ビールを飲みおえた私は、しばらくじっとメニューをながめていたが、

「店の名前だけど……」

「ああ」

「表の看板、馬小屋の『小』の字がまちがってるよ」

「あれでええねん。あての名前は馬子《うまこ》やさかい、馬子がやってる店ゆう意味で『馬子

屋』や」

「馬子？」

私は噴きだしそうになった。

「それってなに？　芸名なの？」

「はあ？　れっきとした本名や」

「う、嘘だろ。馬子って……」

「あてが馬子ゆう名前やったら……あかんのかっ！」

「い、いや、悪くはないけど……」

「あてはな、芸名蘇我家《そがのや》馬子、本名西川《にしかわ》馬子。それが親からもろた名前や」

「やっぱり芸名があるんだ。えーと……漫才師？」

「ボケっ！　お笑いやない。——伝統芸能や」

「伝統……芸能？」

私はまたしても笑いそうになった。そのおばはんの風采《ふうさい》は「伝統芸能」なる高尚な言葉とは真逆だったからだ。

「能？　狂言？　日舞？」

おばはんは軽蔑《けいべつ》しきった顔つきで私を見たが、それ以上のことは言わなかった。しかたなく私は話題を変えた。

「あのさ……『店主ベンピ』というのはどういうこと?」

「だれがベンピやねん」

「だって、そう書いてあったよ」

「アホか。どこの世界に、自分がベンピやて看板で宣伝するやつがおる。——あれは、店主ベッピンて書いてあるんや!」

「ベッピン……?　あはははははは」

私がとうとうこらえられなくなって爆笑しはじめると、馬子はいきなり、そこにあった空の焼酎の瓶をぶんと振りあげた。

「こらあ、ええかげんにしいや。失礼にもほどがあるわ。頭、かち割るで!」

あまりの剣幕に驚いたが、さすがに客の頭に瓶を振りおろすようなことはしないだろうと思っていると、

「あんた、これ、おどしやと思てるやろ。あては相手がだれでも、きっちり筋は通すで」

馬子は髪を逆立て、眉毛《まゆげ》を逆八の字にし、鼻の穴から荒い息を吐いて、まさしく今にも空瓶を急降下させそうなテンションだ。

「わ、わかった。わかったからその瓶は……」

そのとき、ガラリとドアが開き、

「遅うなりましたー」

のんびりした声とともに、背の低い、まだ十代だと思われる少女が入ってきた。

「どこで油売ってたんや、どアホ！」

怒声とともに、馬子は焼酎の瓶を少女に向かって投げつけた。少女は間一髪でかわし、瓶は壁にぶつかって粉々に砕けちった。

（こ、こわーっ……）

少々のことではビビらないつもりの私だが、さすがにぞっとして、椅子から落ちそうになった。しかし、その少女はまったく動じた様子もなく、壁の釘《くぎ》にかけてあった箒《ほうき》とちりとりを取って、慣れた手つきで割れた瓶やガラス片を片づけはじめた。

「あんた、豚肉ひとつ買うのにいつまでかかってるんや。肉屋がミネソタにでも引っ越したんか」

なぜミネソタなのかはよくわからない。

「いつもの『坂本』はん、もう閉まってましたんで、『アライ』まで行ってたんで……すんまへん」

ミナミの飲食街には、遅くまで営業している食材屋がいくつかあるのは、私も知っている。

「それにしても、遅いがな。あんたが遅いさかい、あて、この客にめちゃめちゃ失礼なこと言われたんやで。あんたのせいや」

べつにその少女が遅かったことと、私が失言したことは関係ないと思うが、おばはんの頭のなかの回路ではつながっているらしい。それに、失礼といえば、面と向かって「客」呼ばわりするのがいちばん失礼だろう。

「すんまへん、ほんまにすんまへん」

地味な顔立ちの少女は馬子と私の両方に向かって、ぺこぺこ頭を下げる。

「この客、あてに向かって、表の看板にベンピて書いてある、て抜かすねん。アホやろ。だれがそんなこと看板に……」

「ああ、それやったらうちも気づいてました」

「な、なんやて？」

少女の後頭部を張り倒すと、馬子は表に出ていった。しばらくすると、ゲラゲラ笑いながら戻ってきて、

「ほんまや。ベンピて書いてあるわ。今の今までぜんっぜん気づかんかった。恥ずかしわあ。――イルカ、マジック貸して」
イ、イルカ……？
馬子にイルカ……どういうネーミングセンスなのだろう、と私が呆《あき》れていると、その少女は、言われたとおり、引きだしからマジックペンを出して、店主に渡した。馬

子は看板のところでなにやらごそごそしていたが、

「ああ、できたできた、これでええわ。お客さん、なかなか目ぇええなあ。あんたが教えてくれなんだら、毎日、イチジク浣腸《かんちょう》せなあかんとこやった」

意味がいまいちわからないが、とにかくご機嫌が戻ったようだ。私のことも「客」から「お客さん」に昇格である。

「ほな、豚玉作りまっせ」

馬子は、ふたたびガスに火をつけると、冷蔵庫を開け、右手で額をぺしゃっと叩《たた》いた。

「あらー、忘れとった」

またかよ！

「キャベツ切れてたんや。さっき、おばはんがふたり、お好み焼き食べてな、それで全部使うてしもたんや。——お客さん、『なんもなし』やったらあかんか」

「ダメだ。豚肉をどれだけ待ったと思ってるんだ。今日はぜったいに豚玉だ」

「さよか。そこまで豚玉が食べたい、いうことは……お客さん、あんた、名前なんてゆうの」

「島原《しまばら》……丈二《じょうじ》だ」

丈二は本当だが、島原は偽名だった。初対面の、この妖怪じみたおばはんにフルネームを明かすのは危険な気がしたのだ。

「ふーん、丈二かいな。ほな、あんたは今日から『豚玉のジョー』や」

「豚玉のジョー……？　なんだ、それは」

「この店での、お客さんのあだ名や。あてはあだ名つける名人やで。これから『豚玉のジョー』て呼ばれたら、返事しいや」

　私が返答のしようがなくて口ごもっていると、

「――イルカ！」

　馬子は少女を呼び寄せ、

「このお客さんがどーしても、なにがあっても、死んでも豚玉食べたいて言うさかい、キャベツ買《こ》うてきて」

「はいっ」

　少女は二つ返事で店から走りでた。そちらに目をやり、ふたたびカウンターに視線を戻すと、いつのまにか馬子もビールを飲んでいた。

「お客さんも酷なことしはるわ。あんなこどもに、こんな夜中になんべんも買い物に行かせるやなんて……あてには考えられん」

　おまえが悪いんじゃ！　と私は叫びそうになった。おまえが豚肉とキャベツというお好み焼き屋がぜったいに切らしてはならないものを切らすからこういうことになる。

それに、買い物なら一度に頼め。俺のせいにするなーっ！　だが、私はなにも言わず、黙々と少女の帰りを待った。二本目のビールも飲みおえてしまい、私はまた手持ちぶさたになった。

「さっきの子は、イルカっていうの？」

「そや」

「もちろん本名だよね」

「アホか！　どこぞの世界に、イルカてな名前があるねん。『雪やこんこん』歌《うと》うた歌手やあるまいし」

「雪やこんこん」ではなく「なごり雪」である。それに、イルカよりも馬子のほうが変だと思うが……。

「おかあさんの娘？　それとも……孫かな？」

馬子はまたしても棚から焼酎の空瓶を取りだして、

「あんた……二度あることは三度ある、て言うで」

まだ二度目のはずだが……。

「イルカゆうのはな、顔がイルカに似てるさかい、あてが命名したんや。ほんま、ブッ細工な子やで」

どう考えても、あんたのほうがブッ細工……などと口にしたら、瓶は確実に私の頭

部に降ってくるだろう。ため息をついて、三本目のビールを注文したとき、ドアが開いて、

「遅うなりましたー」

間延びした声が聞こえた。ハアハアいいながら、イルカがキャベツを捧《ささ》げ持っている。馬子は、ありがとうも言わずに受けとると、

「ああ、これでようやく豚玉できるわ。よかったなあ、お客さん……」

言いながら冷蔵庫を開け、芝居がかった仕草でのけぞった。

「あらー、忘れとった。天かす切れてたんや。——イルカ！　このお客さんがあんたに三回お使いに行かしても豚玉が食べたいゆうさかい、天かす……」

私は思わず立ちあがり、

「いいです……『なんもなし』でいいです」

そう口走っていた。

「なんでやねん。『豚玉のジョー』が豚玉食べへんかったらおかしいやないか」

私は食べたいのだ。それをあんたが食べられんようにするのだ。

「言うとくけど、あてはこの子が憎うてなんべんもお使いに行かせてるんやないで。なにもかもこの子の修業のためや、と思て、心を鬼にしてるんや」

「師匠、わかってます。うち、天かす買うてきます」

「いいから！」

私は大声を出していた。

「天かす抜きでも豚玉ぐらいできるだろう。それでいいって」

「あきまへん」

馬子はにべもなくそう言った。

「うっとこの豚玉には天かすがどうしてもいりまんねん。天かすなしでは豚玉のコクが出えしまへん」

「だからその……『なんもなし』でいいってば」

「なんや、あんた、『なんもなし』でええんかいな。それやったら最初っからそない言うたらええのになあ。イルカもわざわざお使いに行かんでもよかったのに。ほんま……アホな客やなあ、イルカ」

私は頭の血管が二、三本ぶち切れた。

「面と向かってアホな客とはなんだ！」

「あ、聞こえてた？　耳は一人前やな」

距離は一メートルもないのだから、聞こえるに決まってる。私は文句を言う気すら失《う》せて、椅子に座った。馬子は、ボウルにメリケン粉を溶き、それを鉄板のうえに広げた。クレープ状の薄いものを想像していたのだが、お好み焼き程度の分厚さがある。

両面をこんがりと焼くと、香ばしい匂《にお》いがしてきた。馬子は濃厚なソースをたっぷりと塗ると、大きなコテでそれを私のまえに押しやり、

「さ、でけたで」

その間わずか三分ほどの早業だった。肉も野菜も天かすもコンニャクもちくわも紅ショウガも……とにかくなーんにも入っていないのだから、当然といえば当然だが……。

（これが百円とはな……）

私がしみじみとその「なんもなし」を眺めていると、

「遠慮せんでええで。——あ、カツブシと青のりは振ってもかまへんさかい」

私は、ここぞとばかりに鰹節粉《かつぶしこ》と青のりをかけてやった。なんにも入っていないことはわかってはいるが、たしかにソースの焦げる香りは食欲を刺激する。しかし……食べるのがなんとなく腹立たしい。「負けた」ような気がするのだ。

（話のタネだ。わけのわからないお好み焼き屋に入って、こんな変なもの食べさせられた……って知り合いに話せば、元がとれる）

私は、「なんもなし」をコテで切ると、その一片を口に入れた。

（——うまい！）

信じられなかった。メリケン粉を出汁《だし》で溶いただけのものがどうしてこんなにうま

いのか理由はわからないが、とにかくめちゃめちゃうまい。その表面のパリッとした焦げ加減、内部のもちもち感、とろっとしたジューシーさ、そして、ソースと生地の味わい……。

「うまいっ！」

今度ははっきり口に出して言った。馬子はにやりと笑い、

「あんた、味、わかるな」

それはどうだか知らないが、とにかくこの「なんもなし」が美味であることはまちがいない。

（なるほど、これは「素うどん」だな……）

私はそう思った。素うどんというのは、いわゆるかけうどんのことだ。入れたとしても少量の刻みネギぐらいで、あとはアゲも天ぷらもカマボコもなーんにも入れない、シンプルかつ大胆なメニューである。大阪のうどんは、讃岐《さぬき》うどんのように麺《めん》のコシにはそれほどこだわらない。こだわるのは出汁である。そして、素うどんこそ、その出汁の良《あ》し悪しが一目瞭然《りょうぜん》になる怖い一品なのだが、大阪人はその単純さをこよなく愛しているのだ。そして、この「なんもなし」は、まさにお好み焼きにおける素うどんだ。これほど、生地とソースの良《あ》し悪しがはっきりするものもないだろう。

「なにか秘密があるの？　特注の鯖節《さばぶし》を使ってるとか、シイタケの戻し汁を入れると

か」

「はあ？　なんもない。適当に作って、適当に焼くだけや」

本当だろうか。おそらく、大量の出汁と山芋が入っているだろうとは思ったが、私の舌ではそれ以上の分析はできない。

（これは百円では安い……）

あっというまに一枚食べきって、私は満足した。

「なんぼ？」

「ビール大瓶三本となんもなしで、えーと……千六百万円」

お約束のフレーズに苦笑いしながら支払いを済ませると、

「また来てや」

「もちろんだ。今度こそ豚玉を食べたいからね」

「そやな、それでこそ豚玉のジョーや」

妙な激励を受けて、私はその店をあとにした。しばらく歩いてから振りかえると、店の外まで出たイルカがずっとおじぎをしているのが見えた。

◇

それから私はその店に通いつめるようになった。通いつめるといっても、私のような仕事の人間はいつ身体があくかわからない。週に一、二度行ければいいほうだが、とにかく時間の許すかぎり、私はお好み焼き屋「馬子屋」に通った。目当てはもちろん豚玉である。お好み焼きは豚玉がいちばんうまい。私はそう断言したい。「お好み焼き」なのだから、それぞれ銘々のお好みの具材を入れ、お好みの焼き方で焼き、お好みの食べ方で食べればいいのでは、という意見もあるだろうが、それはちがう。お好み焼きは豚玉がいちばんうまい、というのは、これは定理であり公式であり、ぜったいに曲げられぬ真理なのである。もちろんそのときそのときの気分や体調でイカ玉や肉玉、ネギ焼きやモダン焼きに浮気するのもいい。季節によっては牡蠣《かき》入りもよかろう。しかし、それはまず豚玉ありきの話で、その店の豚玉を何度も味わってのちに許されることなのだ。はじめて入った店でいきなり、

「餅チーズにトマト入れて」

などと頼むのは愚の骨頂である。豚肉が大嫌いとか生まれついての豚アレルギーというひともいるだろうが、私に言わせれば、そういうひとは申しわけないが、アルコールを受けつけない体質なのにショットバーに入り浸るようなもので、お好み焼きの真髄を味わうことは残念ながらできないのだ。「馬子屋」の豚玉の作り方は、ごくごく当たり前である。鉄板に薄く油を敷き、まずは豚肉を焼く。お好み焼きの生地のうえに豚肉を並べる店もあるが、私は「馬子屋」の焼き方のほうが好きである。豚肉から脂が出て、お好み焼き全体を包み込むことになるからだ。また、焦げた豚肉の香ば

しさが食欲をあおる。そこに、千切りのキャベツとメリケン粉、全卵、山芋のすりおろしたものなどを出汁で溶いたものをガーッと掻《か》きまぜて、適当な形に広げる。ホットケーキを焼くようなリングを使ったり、うえから金属製の蓋《ふた》をかぶせて蒸し焼きにする店もあるが、持ち帰り専門のような店舗以外ではまったく不要だと、個人的には思う。形がひとつひとつちがうのがお好み焼きの醍醐味《だいごみ》だし、焼けていく過程も見たいし、蒸し焼きにすると内部に火が通っていないという失敗は防げるかもしれないが、表面がパリッとしないのではないだろうか。このときすでに天かすを入れておく場合もあるが、天かすのカリカリ感にこだわるなら、最後にうえからバラまくほうがよいかもしれない。干しエビも同じ。紅ショウガも、先に混ぜておく場合とあとから全体にまく場合があるが「馬子屋」は前者である。スルメやコンニャクをサイコロ状に切ったものなどを入れる店もあるし、タクアンや胡瓜《きゅうり》のしょう油漬けを細かく刻んだものを入れて食感を出すこともある。なお、キャベツの刻み方だが、最近はフードプロセッサーなどでみじん切りにしてしまうやり方もあるようだ。私はキャベツとキャベツが絡まりあうことによって、お好み焼きの土台がしっかりすると思っているので、やはり千切りに軍配をあげたい。生地が焼けてきたら、コテをふたつ使ってひっくり返す。普通、ひっくり返したあとはぜったいにコテでぺたぺた叩くな、と言われている。なかの空気が逃げて、ぺしゃんこのお好み焼きになってしまうからだ。しかし、なかには「何度もぺたぺた叩くことで、余分な空気を抜く」というやり方の店もあるから千店千様だ。もう一度ひっくり返し、豚肉が下になった状態でしばらく焼いたところで完成である。ソースをたっぷり塗り、好みでマヨネーズ、マスタードなども塗り、青のりと鰹節粉をかければ、あとは食べるだけだ。もちろん箸《はし》で食べるより、コテで食べるほうがはるかにうまい。高級店のなかには、水はどこそこの天然水を使い、鰹節は土佐の本節、青のりは四万十川《しまんとがわ》の最高級品、小麦粉も北海道の一流品を農家と個別契約して分けてもらったもの、卵はナントカ地鶏のヨード卵、豚肉は鹿児島のブランド黒豚、出汁は化学調味料をいっさい使わない門外不出のレシピによって本店の厨房《ちゅうぼう》の奥の秘密の部屋で作られ、ソースは十数種類の果物から作ったこだわりメーカーのものを季節によって数種類ブレンドしたオリジナル……というようなことを麗々しくメニューに印刷してあるところもあるが、そんなお好み焼きは、食べるまえから胃にもたれる。カルキ臭い水道水を使っても、米国産の安物の豚を使っても、スーパーの安売り卵を使っても、お好み焼きはおいしくできる……というか、そのほうがうまい。そもそもお好み焼きというものは、ありがたがって押しいただくような食い物ではないのだから、気楽に食べたほうがうまさ倍増のはずだ。

そして「馬子屋」の豚玉は、あらゆる点で私の好みに合致していた。

「ジョーさん、今日も豚玉ですか」

イルカが注文を取りにきた。

「そうだな、今日は……」

私はちらと壁のメニューに目をやり、

「やっぱり豚玉だな。それとビール」

「さすが『豚玉のジョー』さんですね。——豚玉一枚」

それを聞いて馬子は、

「今日の豚玉はまずいで」

「ど、どうしてだね」

「まちごうて、バラ肉やのうて、もも肉仕入れてしもたんや。せやさかい、めっちゃまずいで」

「そうまずいまずいと言われたら食べる気なくなるなあ。じゃあ、今日はイカ玉にするか」

「なに言うてんの。豚玉のジョーがイカ玉食うたらイカ玉のジョーになってしまうやないの。あんたは豚玉食べなあかんねん。——ま、腹に入ってしもたらおんなじやさかいええやろ。ソース塗ったら、なんでも味いっしょや。まずうても食べ」

そういうこだわりのなさが、いかにも大阪のおばはん的ではないか。一言皮肉を言ってやろう、と思ったとき、ドアがあいて、ふたり連れの初老の女性が入ってきた。

「また来たでえ」

派手なほうが馬子に声をかけ、馬子は「まいど」と愛想笑いをした。

「ここのお好み焼きがいちばんおいしいわ。この店の食べたら、ほかでは食べられへんもん」

明らかにお世辞とわかるお世辞を言ったあと、ふたりはいちばん端の席に座り、イルカに、

「焼きうどんと焼きそばひとつずつ。それと、酎ハイふたつね」

お好み焼きとちがうんかい、と私は突っ込みたかったが、もちろん黙っていた。ふたりは隅のほうでひそひそなにやらしゃべっている。

「吉川さん、今日、免許証持ってきた？」

「あ、ごめん。また忘れたわ」

「あんたほんまに物忘れひどいなあ。次、持ってきてや。私、ひとの免許証の写真見るの好きなんや。たいがい妙な顔で写ってるやろ」

「あんたのも、そやったな」

「そやねん。私のばっかり見てからに、自分の見せへんてずるいわ」

「ごめんごめん。次、かならず持ってくるさかい」

「今日は私な、占い仕入れてきたんや。四柱推命《しちゅうすいめい》ゆうて、かならず当たる、ゆうやつ。

やってみせたげよか」

「うーん……太田さん、私、占いて昔から好かんねん。学生のころにな、冗談半分でみてもろた占い師にひどいこと言われたんよ。それ思いだすと、今でもいやーな気分になるさかい、占いはせんことに決めてるねん」

「そんなたいそうなもんやないで。ちょっとしたお遊びやんか」

「遊びでも、悪い卦《け》が出たらいややから、やめとくわ」

「悪い卦は出さんようにするがな」

「そんなん占いとちがうやないの。とにかく占いは鬼門《きもん》やねん」

「あ、そう？　どうしてもいや？　ほなしゃあないな。あんたが喜ぶと思てせっかく仕入れてきたのに……まあええわ。話題変えよか」

「――あ、そない言うたら、こないだあんたの店に来てたヤクザみたいな男、あれからどうなったん」

「一暴れしたひとやろ。かなわんかったなあ。警察呼んだから、もう来《け》えへんと思うわ。あのときはえらいすんませんでした。ああいう手合いは、水商売してたらほんまに困るねん。酔っぱらったらなにするかわからんよってな」

　スナックのママとおぼしき女性は、それからひとしきり水商売に関する愚痴を並べたてた。このふたりとは、「馬子屋」でちょいちょい一緒になるので、向こうも私の顔を見知ってはいるだろうが、たがいに挨拶《あいさつ》をするわけでもない関係だ。私も長尻《ながじり》のほうだが、彼女たちもいつも一時間以上は他愛のない会話をだらだら続けている。それが息抜きになるのだろう。このまえ見かけたときは、花言葉かなにかを話題に二時間ぐらいしゃべっていたし、そのまえはたしか国民健康保険は高すぎるからもっと安い健康保険はないか、という話題だったように思う。

「ちょっと、あんた……!」

馬子がいきなり、私の頭を丸めた週刊誌で叩いた。

「なにするんだ!」

「なにするんだ、やないで。さっきから豚玉、目のまえに置いてあるのに、ぜんぜん食べてへんやないか。焦げてしもたらまずなるで。——まあ、今日のはもともとまずいけどな」

「え? もうできてたのか。気づかなかったよ。できたらできたって言ってくれればいいじゃないか」

「そんなもん、目のまえやねんから、見たらわかるやろ」

「そ、そりゃそうだが……」

私は照れ隠しにビールを二杯、立て続けに飲みほすと、コテで豚玉を切り、口に入れた。

「ほほう……」

「どや、まずいやろ」

「いや……そんなことはない」

それは本心だった。たしかにバラ肉のようなコクはないが、もも肉はもも肉なりの独特の旨味《うまみ》と固さがあり、淡泊な味わいである。悪くない……というか、いける。私は豚玉をむさぼり食った。コテの金属をときどき嚙《か》みあて、カチッという音を立てながら……。

「そろそろ行こか」

「そやなあ。——ところで、あんた、納戸の鍵見つかったん？」

「あったあった。仏壇のな、引きだしに入ってたんや。びっくりしたで」

「仏壇？　なんでそんなとこに入れたんや」

「それがわからへんねん。やっぱりボケが来てるんかなあ」

「心配いらんて。だれでも歳とったら物忘れするもんや」

「納戸の鍵は見つかってんけどな、カードがないねん。通帳あるさかいええか、と思とってんけど、不便やなあ。よう聞いたら、振り込みはカードより、窓口のほうが手数料高つくねんてなあ。きのう、銀行の女の子にきいたら、けっこう簡単に再発行できる、て言うてたわ」

「へー、そうなんか。私がしたときはずいぶん昔やったから、えらい手間かかったけどなあ。——で、もう手続きしたん?」

「まだやねん。身分証明書になるもん持っていってなかったからな。けど、来週また行って、手続きするつもりやねん」

「そら、そうしたほうがええわ。免許証とか保険証は身分証明書になるんやで」

「そうらしいな」

「手続きするとき、つきおうたろか?」

「そんなん……なんぼなんでも私ひとりでできるよ」

そんなことを言いあったあと、ふたりは「どちらが支払いをするかで五分ほど揉める」といういつもの行事を行ってから、いつものごとく上品なほうがスナックのママの分も出すことで決着をつけ、店を出ていった。

◇

「それにしても、あんた、よう来るなあ。ここんとこ毎日やがな。——嫁はんもこどももおるんやろ」

馬子がそう言った。そのとおりである。しかも、私は今、かなり忙しい身のうえだ。そもそも私の仕事は、予定が立てにくい。いつ、なにがどうなるかわからないのだ。そして、現在私は多くの仕事を抱えて、ひーひー言っている最中だった。とてもではないが、のんびりお好み焼きを食べている場合ではないことぐらいわかっている。しかし……。

「ここのお好み焼きを食べないと、一日が終わらないからね。豚玉をもらおうか」

「うははははは。——そんなこと言うて……わかってる、て」

「——なにが？」

「あんたの目当てや」

「え？　そ、そうなの……？」

「あたりまえやがな。いくらなんでも、あてかてピーンと来るがな」

「そ、そうかな……」

「あてやろ？」

「——は？」

「隠さんでもええがな。あてに惚《ほ》れて、あんた、毎日日参してるんやろ。それぐらいわかるわ」

「な、な、なにを……」

「ははははは。照れてる照れてる。おたがいにええ大人やがな。たまにはこういうアバンチュールもええんとちがう？」

このおばはんの口からアバンチュールなどという横文字が出るとは思わなかった。

「ちがうって！　誤解だよ。私は……」

そのとき、ドアがあいて、例のふたりが入ってきた。スナックのママとその知り合いのコンビだ。この店に来るのは四日ぶりのはずだ。ママのほうは、今日はやや苛立《いらだ》ちぎみのようで、いつもの「また来たでえ」もなく、無言で隅の席に着くと、

「焼きそばふたつとビール。コップふたつな」

イルカにそう言うと、これ見よがしにため息をついた。

「勝手に頼まんとってや。私、今日は焼きそばやのうて、肉玉食べたいなあ」

「ほな、そないしたらええがな」

「なに、怒ってるのん？」

「怒ってるわけやないけど、吉川さん、あんたがあんまり私の言うこと聞いてくれへんから……」

「お金貸す件やったら、堪忍して。私、どんなに親しい仲でもお金の貸し借りはあかんと思う。昔、それでいっぺんしくじったことあるんや」

「わかってる。それはええのや。それよりも……あれ持ってきて、とか、あれ見せて、とか言うても、ぜんぜん聞いてくれへんやろ」

「免許証の写真か？　ごめん、ほんまにごめん。私、やっぱりボケが来てるんかもしれんわ。今度は忘れんとこ思て、ちゃんとメモ帳につけたんやけどな、そのメモ帳が

どっかにいってしもて……」

「あんた、認知症の検査、行ったほうがええんとちがう？」

「そんな……ひどいやないの」

「冗談やがな、冗談。――せや、私、こないだ手品覚えたんや。うちの店に来るお客に教わってな……今からやってみせたろか」

「うわあ、私、手品大好きやねん。どんな手品？」

「トランプ使うねん。えーと……あったあった」

女はハンドバッグから一組のトランプを取りだした。

「トランプの手品やったら、よそでやったほうがええんとちがう？　ここは広げる場所もないし……見せてほしいけど、また次の機会にしたほうが……」

「だいじょうぶ。手に持ってできるやつやから」

そう言うと、女はカードを扇状に広げ、

「このなかから一枚、好きなカードを引いてください」

「えーと……これ！」

もうひとりの女は、一枚を抜いた。

「それ、私に見せたらあかんで。私、見やんと、それがなにか当ててみせるから」

「すごいやん」

「今からいくつか質問をします。それに答えてください。嘘はダメです。正直に答えるように」

「わかりました」

「まず、あなたの名前はなんですか」

「吉川加奈子《かなこ》です」

「年齢は」

「いややわあ。歳、言わさんときいな」

「正直にお答えいただかないと、当てられません」

「六十二歳です」

「ご職業はなんですか」

「専業主婦です」

「生年月日をお答えください」

「昭和〇年〇月〇日です」

「星座と血液型は?」

「〇座のA型です。——ほんまにこんなことで当たるの?」

「最後の質問です。好きな食べ物はなんですか」

「そやなあ……今やったらお好み焼きかなあ」

「わかりました。——あなたが引いたカードは、ダイヤのクイーンですね」

「あははは……ちがいます。これです」

カードを裏返すと、それはスペードのAだった。

「うわっ、失敗や！」

女は天井を仰いだ。

「どこでまちごうたんかいな。おかしいなあ、店でやったときはうまいことといったのに……また、今度、稽古《けいこ》してきて挑戦するわ」

「ははは、そないしてちょうだい」

笑いあうふたりを、ビールの泡をすすりながら私はじっと見つめていた。

「ちょっと、あんた」

突然、馬子がふたりのまえで大声を出した。ふたりの女はぎょっとして馬子のほうを見た。馬子は、派手なほうの女をにらみつけている。

「ええかげんにしいや。うちの店では、そないなこと許さへんで」

「な、なんのことやのん。手品したらあかんのか」

「そやない。——あんたはどこかのカラオケスナックのママさんやな。ほんで、あんたはそこの常連客やな」

ふたりはうなずいた。馬子はスナックのママを仁王のような形相で見据え、

「あんた、悪党やな。あんたらがはじめてこの店に来たときから、ずっと気になったんや」

「だ、だれが悪党やねん。言いがかりつけたら承知せえへんよ」

「そうよ、太田さんはそんな悪いひとやない。私の仲のいいお友達を悪う言わんといてちょうだい。主人を亡くしてさびしかったときに、あるひとに誘われて、近所にあるこのひとの店に歌いに行ったんよ。それで意気投合してな、いっしょにこないして飲んだり食べたりするようになったんや」

「あんた、銀行のカードをなくした、て言うてはったな」

「あ、そう。よう知ってはりますな」

「たぶん、そのカード、このひとのスナックで落としたんやと思うわ。——あんた、掃除してるときに、それ、見つけたんやろ」

「し、知らん。拾ったら、すぐに渡すはずやがな」

「それを渡さんかったんやな。あんたの店、たぶん経営が火の車やろ。ヤクザが来た、ゆうのも借金の取り立てとちがうか。——ほら、図星やがな。あんたは喉《のど》から手が出るほどお金が欲しい。それで、このひとのカードで銀行預金から金をおろそうとした」

「なに言うてるの！　でたらめ言わんといて」

「あんたはたぶん、なんかの会話で、このひとがカードの暗証番号を生年月日にしてる、ゆうことを知ったんやな。それで、なんとかして生年月日を聞き出そうとした。暗証番号変えられたらおしまいや。それで、あんたは焦った。免許証を見たがったり、健康保険を話題にしたり、四柱推命を持ちだしたり……どれもこれも生年月日を知りたかったただけや。今日はとうとう、できもせんトランプ手品にかこつけて……うまいことい った、と思たやろ。そうは問屋がおろさんで」

「太田さん……このひとの言うてはること、ほんま？」

「………」

「あんた、私からお金が欲しかっただけなん？　それで……それでいっしょにいてただけなん？」

太田という女はしばらく顔を伏せていたが、急にヒステリックに笑いだした。

「あはははは……あは……あは……あはははははは。ひっひっひっひっ……」

「どないしたん、太田さん」

もうひとりの女が背中に触れようとすると、

「触らんといて！　そや……私は、あんたのカードで金をおろしたかったんや。そうでなかったら、だれがあんたみたいな女とこないにひっついてるかいな。あんた、自分では気づかんかもしらんけどな、私は育ちのええお金持ちです、カラオケスナックやってるような女はちょいちょいお小遣い渡したらなんでもしてくれます、ご機嫌をとってくれます、暇つぶしにもつきおうてくれます、お友達にもなってくれます……そうゆう心が見えるねん」

「そんな……私はそんなつもりは……」

「ない、て言うんか。私は十九歳のときからだれにも頼らんとひとりで生活してきた。あの店は私のただひとつの財産やねん。あれがなくなったら、私はもう……どうしようもないんや。店の経営が苦しい、て言うても、あんた、他人事《ひとごと》みたいに聞き流しとった。お金貸してくれ、言うても、断った。あんたみたいなお金持ちはな、はした金で私らを思うとおりに動かすけど、大きなお金はぜったいに貸してくれへん。そのことがようわかったさかい、私はあんたの預金を引きだすことにしたんや。かまへんやないの。あんたにとってはたいしたお金やないはずや。ちょっとぐらい私ら貧乏人にくれたかて……」

馬子が、カウンター越しにその女の頰《ほお》を張りとばした。女は椅子から吹っ飛び、後ろのガラス戸にぶつかった。頰がみるみる、おたふく風邪《かぜ》にかかったように腫《は》れあがっていく。

「勝手なことばっかり抜かすな！　あんたみたいな考えの人間は水商売したらあかん。自分が悪いのを棚にあげて、他人のせいにする。最低最悪や」

「うるさい！　あんたになにがわかる」

「わかるよ。あてはなんでもわかる。――あんた、こういうことしたん、今度がはじめてやないやろ。たぶん、今までもしょっちゅう、店の客が酔っぱらったときとか、トイレに行ったときに、財布から金抜いたり、はじめて来た客脅してボッたり……いろいろしてるに決まってる。あんたみたいなやつはなあ、自分がいちばん不幸やて思てるさかい、そういうことするのに抵抗がないねん。いっぺん、臭い飯食うて、自分を見つめなおして、まっさらに生まれ変わったほうがええ」

「やかましいっ！　殺したるっ」

女はよろよろと立ちあがると、そこにあったコテを振りあげて、馬子に襲いかかった。馬子は肥え太った体軀《たいく》を縮めるようにしてそれをかわすと、腕を伸ばして、女の手首をつかんだ。女は、コテを下に落としたが、馬子はそれではすまさず、そのまま女の手のひらを鉄板に押しつけた。

「ぎゃあっ、熱っ！」

女は、マンガのように天井まで飛びあがると、

「今度、仕返しするからなあ」

そう言い捨てて、店から出ていこうとした。

「イルカっ！」

　馬子が一声かけると、イルカが箒を持って、出口をふさいだ。

「どきっ！」

　女が鬼のように目を剝《む》いて、イルカを突き飛ばそうとしたとき、私はすばやく女の腕を抱きかかえるようにしてひねり、その場に押さえこんでいた。

「痛たたたた……あんた、関係ないやろ。ほっといてや！」

　吠《ほ》える女に、馬子が言った。

「あんた、そのひとがだれか知らんのか？」

　私はぎくりとした。

「豚玉のジョー、とかいうおっさんやろ」

「それはあてがつけたあだ名や。ほんまの名前は、有明丈二《ありあけ》はん。――大阪府警本部捜査一課の課長さんやで」

　女はぎょっとした顔で私を見て、それからがくりと身体の力を抜いた。

「いつからわかってた？」

　私がきくと、馬子は鼻で笑い、

「最初に来たときからや。あてはなんでも知ってる、て言うたやろ」

「そのようだな。私もこのふたりのことは気にしていたんだが……」

「それもわかってた。そうでなかったら、府警本部の偉いさんが毎日毎日、こんな店に来るわけないがな」

「いや、それは……」

半分はお好み目当てだったのだ。それは本心だ。

「明日からもう来んといてや」

「そうはいかんよ。ここの豚玉が食いたいからね」

「あきまへん。——あても、叩けば埃《ほこり》の一トンや二トンは出る身のうえや。ポリさんの常連は、ちょっと困るねん」

「おいおい、客選びするなよ。来るのは勝手だろ。——今からこの女を連れて署に戻るよ。お勘定してくれ」

「はいはい、豚玉とビールで……ちょうど一千万円！」

私はコケたが、同時に太田という女もコケた。さすがは大阪の女性、反射的に身体が動くのだろう。

◇

翌日から、やっかいな事件が起きて、私はその処理に忙殺され、飲みにいくこともできなかった。十日ほどして、ようやくその案件が片づき、私は久しぶりに「馬子屋」に顔を出すことにした。太田という女のその後についても知らせたかったし、なによりあのうまいお好み焼きを食べたかったのだ。太田は、取り調べに素直に応じ、これまでの犯罪をすべて告白した。カードに関しては未遂に終わったわけだし、たぶん執行猶予付きの判決になるだろう。本人も憑《つ》きものが落ちたようにさばさばした様子で、罪をつぐなうことを約束してくれた。宗右衛門町の雑踏をひとの流れに逆行しながら、私は「馬子屋」に向かった。幾度も通いなれた道だ。すぐに行きつけるものと思っていた。しかし……。

　ないのだ。どこにもあの店が見つからない。路地から路地、雑居ビルから雑居ビル……私はあのぼろぼろの店を探して、一晩中歩きつづけた。それでも、発見できない。最初は、久しぶりだから勘違いしてるのか、と思った。だが、二時間たち、三時間たつうちに、私は焦りだした。あの「マッチ箱のように小さなスナックやオカマバーがぎゅうぎゅうに押しこめられた」一角にはたどりつくのだ。だが、その両横の店はあるのに、そのあいだにあるべき「馬子屋」がない。転居したのか？　いや……「馬子屋」の両隣のはずの店は、どう見てもくっついて並んでいて、隙間《すきま》がない。「馬子屋」があったはずのスペースが存在しないのだ。私は両隣や向かいにある店に入り、「馬子屋」についてたずねてみた。答は一様に、

「そんな店は見たことも聞いたこともない」

　というものだった。なにかを隠している様子もなく、ほんとうに知らないようだ。あの店に足繁《あししげ》く通ったこと、あの店でお好み焼きを食べたこと、あの店であったこと

……すべては私の幻だったのだろうか……。今はそんな気がしている。だが、一方では、この難波の夜の闇《やみ》のどこかに、あの店が今もあって、あのおばはんが元気にお好み焼きを焼いているようにも思えてならない。私は、今夜も探すつもりである。あの店、「馬子屋」を……。

たこ焼きのジュン

　その店は、大阪天神橋筋《てんじんばしすじ》商店街のどこかにあるんです。どこか、としか言えないのは、あれだけ毎日のように訪れていたその店を、今の私が見いだすことができずにいるからですが、あのころ……今年の盛夏のころ、私はその店の常連さんでした。店といいましても屋台に毛の生えたようなもので、商店街の限られたスペースにごちゃごちゃと詰め込まれた、うっかりすると見過ごしてしまうような小さな店舗です。本当か嘘《うそ》かわかりませんが日本でいちばん長い商店街と言われている天神橋筋商店街へ、私は約三十年間、月曜日から金曜日まで週五日、出勤のために通っているのです。家が豊中《とよなか》なので、車を使ってもいいのですが、六十五歳を過ぎた今でも、電車と徒歩にしているのは、お金がもったいないから……いえいえ、そうではありません。電車のなかや商店街での「ひととの触れあい」を大事にしたいため、と格好よく言っておきましょうか。それほど長いあいだ、この商店街を利用しているというのに、私がその店に気づいたのはつい一年ほどまえでした。最近にできた店？　そんなはずはありません。なにしろその店の外見はおんぼろで、私の考えではおそらく開店以来二、三十年は経過していると思われるのです。おんぼろ、と一口に言ってもいろいろですが、その店のおんぼろさはかなり年季の入ったおんぼろさなのでした。世間では大型スーパーなどに客をとられて、閉店した店舗ばかりが並ぶ商店街や市場が多いなか、さすがに天神橋筋商店街は活気にあふれておりますが、ときにはシャッターを下ろしたままの店もあります。スプレーで落書きされたうえ、前が自転車置き場（捨て場？）と化しているシャッターを見ているとき、

（こんな店、あったかな……）

不意に、私の心の隙間《すきま》を押し広げるようにしてその店の存在が飛び込んできたのです。それは、たこ焼きの店でした。屋台に毛が生えたような、といったら屋台にも毛にも申しわけない……それほど小さくて、どこを探しても誉《ほ》め言葉を思いつけないぐらいお世辞を拒絶する外観でした。たこ焼き用の、穴のあいた鉄板が三枚。それが店の調理場のすべてで、こういった店にはたいがいある、お好み焼きや焼きそば用の鉄板さえありません。入ったところに狭いカウンターがあり、椅子《いす》が四つだけ置いてあって、なかで食べられるようにはなっているのですが、その狭さたるや、相撲《すもう》取りやプロレスラーはおろか、「ちょっと小太り」程度の体格でも入店不可能なほどでした。店のまえには手作りの看板が立てかけられ、

「コナモン全般・なんでもアリマ温泉・店主クレオパトロン・馬子屋」

　そして「コナモン全般・なんでもアリマ温泉」の部分にマジックペンでバッテンが記され、その横に「たこ焼き専門・ほかのものはアリマ泉」とやけくそのような字で書かれているのです。たこ焼きを焼いているのは、一見、小学生かと見まがうほど幼い顔の少女でした。おぼつかない手つきで一生懸命千枚通しをあやつり、たこ焼きをひっくり返しています。おそらくまだ十代でしょうが、髪をおかっぱにしている以外は化粧っ気のまるでないその女の子が、この暑いなか、汗だくになって働いている様子に、私はつい見とれてしまいました。

（これは、話のタネになるな……）

　そう思った私は、まだ出勤途中だというのに、その店に歩み寄り、

「たこ焼きひと舟もらおか」

　と言ってしまったのです。

「ありがとうございます！」

　女の子は顔を輝かせ、なおもたこ焼きをひっくり返しつづけています。

「どんな種類があるの？」

「――え？」

「ほら、塩味とかしょう油味とかポン酢味とか」

「あ……うちはソースしかないんです」

「そうなんや。まあ、私はソース味がいちばん好きやからええけどね」

「青のりとカツブシ、振ってもいいですか」

「ああ、たっぷりたのむわ。マヨネーズはいらんで」

「はい。――うち、マヨネーズも置いてないんです」

最近では珍しいたこ焼き屋だなと私は思いました。今どきのたこ焼き屋は、たいがいソース味だけでなく、塩、しょう油、ポン酢、梅しそ、激辛……といったいろいろな味があり、それ以外にも、とろけるチーズをまぶすとか四角く切った山芋を入れるとかキムチやエビやステーキ肉を入れるとか大量のネギを載せるとかカレーやドミグラスソースをかけるとか……さまざまなトッピングを売りものにしています。また、大きさも大中小を選べたり、びっくりするほど巨大な「ジャンボたこ焼き」や、薄いせんべいに挟んだ「たこせん」、出汁《だし》につけて食べる「明石《あかし》焼き」など食べ方のバリエーションも豊富です。

「気に入った」

「はい？」

「気に入ったで、この店。私はね、たこ焼きにマヨネーズをかけるのが嫌いなんですよ。以前はそれでも、マヨネーズおかけしますか、ときいてくれたもんだけど、近頃は、こちらがなにも言わなかったら、あたりまえのように勝手にマヨネーズをかけるでしょう。マヨネーズをかけると、お好み焼きみたいな味になっちゃうからね。あと、キャベツを入れるところもあるけど、そうなったらほとんど丸いお好み焼きやもんな。お好み焼きはお好み焼き、たこ焼きはたこ焼きなんです。マヨネーズを置かない、というこの店のポリシーに断固として賛成します」

「いや、そんなたいそうなことやないんですけど……」

「けど、ソース味しかなかったら、文句言うお客さんもいてるんとちがうか」

「そうなんです。なかには、マヨネーズなかったらいらんわ、ゆうて、青のりもカツブシもかけたあとやのに、買わんと帰るひともいて……」

「そやろなあ」

「でも、店主の方針なんで、しかたないんです」

「きみが店主やないんか。なるほど、その店主がクレオパトロンやな」

少女は、困ったような笑みを浮かべながら、

「はい、できました。なかで食べはりますか」

「そやな。店のまえやと目立つから」

私は、狭い空間に身体《からだ》を押し込むようにして入店し、汗を拭《ふ》きながら、昔ながらの経木《きょうぎ》の「舟」から爪楊枝《つまようじ》でたこ焼きをひとつひっかけて、パクッと一口で頬張《ほおば》りまし

た。プラスチックや発泡スチロールの舟から割り箸《ばし》で食べると、たこ焼きのうまさは確実に半減しますね。

（ふん……ふんふん……）

私は、ハホハホ言いながら口のなかで熱々のたこ焼きをころがしました。

（まあ、こんなもんか。悪くはないな……）

まったく期待していなかったわりにはそこそこの味だったし、値段も八個百円と格安だったので、私は満足しました。そのときです。

「あ、お帰りなさい」

少女が顔をあげたので、私も何気なくそちらを見て……絶句しました。肉襦袢《にくじゅばん》を着たような肥えかたをした中年女性が、煙草《たばこ》を吸いながらこちらを見ているのです。まず、その髪形に驚きました。ごわごわの髪質に粗いパーマをかけ、前衛彫刻のようなねじり方をしたうえ、水色に染めているのです。関西のおばはんに共通する「どういう美的センスをしているのかわからない」セットのしかたです。シャツにプリントされた巨大なジャガーの顔面が、燃えるような両眼でこちらをにらみつけていて、私はその眼力に負け、思わず視線をそらしてしまいました。

「なんや、客かいな。イルカ、あんたまさか、たこ焼き出したんとちがうやろな」

「あの……はい……出しましたけど……」

イルカと呼ばれた少女がおずおずと答えると、

「アホかあっ！」

ケバい化粧のその中年女性は、いきなり千枚通しを少女に向かって投げつけたのです。私が、

「うわっ」

と叫んだのと、少女がひょいと首を曲げてそれをかわしたのがほぼ同時でした。千枚通しは煤《すす》で汚れた壁に見事に突き刺さりました。よく見ると、壁には無数の小さな穴があいており、どうやらこの「千枚通し投げ」は日常茶飯事のようでした。

「あんたが焼いたたこ焼き、客に食わすやなんて十年、いや、十一年早いわ」

「す、すんません。当分帰ってきはらへんて言うてはったんで、早《はよ》うから来てくださったお客さんに悪いと思て、稽古《けいこ》に焼いてたやつを、その……」

「ドアホ！　あんたの焼いた、カスみたいなたこ焼き食わすほうが、ずっと客に悪いわ」

商店街中に響くような声でその女は叫ぶと、私のまえにあったたこ焼きの舟をひったくり、ひとつを口に放りこみました。あまりのことに私は、

「おい、いくらなんでも客が食べているものを勝手に……」

「やかましわ！」

怒鳴られて私はしゅんとしてしまい、それ以上はなにも言えませんでした。

「見てみい、やっぱりや。こんなたこ焼き、たこ焼きとはいえんわ。いつも言うてるやろ。たこ焼きゆうのは、外がカリッとして、なかがトロッとしてなあかん。これは、全部がぐにゃぐにゃや。ただのメリケン粉の団子やないか」

なるほど……それは私の好みとぴったりです。たこ焼きにもいろいろあって、なかには柔らかい、ふにゃっとした、口に入れるとほどけるような焼き方を追求している店もありますが、私はカリトロのたこ焼きがいちばん好きなのです。

「ええか、イルカ。あての焼き方、よう見てえよ。まずは鉄板をよう焼いて、油を引く。たっぷり引かなあかんけど、あんまりダボダボにしたら油っこうなりすぎるで。そこへ、タネを入れる。茹《ゆ》でたタコを入れる。紅ショウガと天かすをちょっとだけ入れる。すぐにキリで掻《か》き回す。これぐらいになったら、ちょっと横にする。まえも言うたやろ。完全にひっくり返したらあかんで。この程度の傾きにするほうが、なかに穴があいて、食べたときの食感がええねん」

ぺらぺらしゃべりながらも、中年女は達者な手さばきでたこ焼きを焼きすすめていきます。

「こんな感じになったらひっくり返すんや。あとは、クルクルクルクルクルクルクルクル……手を休めんようにひたすら回転させる。ジャーン、これでできあがりや。

熱々のうちにソースを塗って、青のり、カツブシ……ほら、うまそうやろ。はよ、食いや」

私のまえに置かれたたこ焼きは、少女が焼いたものとは見違えるほどのしっかりした「球」でした。まるで、精密なろくろでも使ったように完璧《かんぺき》な球形……作業時間は少女よりも短かったにもかかわらず、爪楊枝を突き刺すときの表面の感触は、さっきのものよりも固かったのです。地球のように美しい球をしげしげと鑑賞したあと、口に放りこみました。

「ホホ……ホホホッ！」

カリッとした表皮を食い破ると、なかから熱々でトロトロのおいしい流動体がビュッと噴きだしてきて、火傷《やけど》しそうになります。これこそがたこ焼きの醍醐味《だいごみ》で、持ち帰って、家で食べたのではこの喜びは味わえません。もちろん冷めても美味なたこ焼きもあるのですが、できたてを食べるにしくはないでしょう。そして、しっかりした歯ごたえのあるタコは、嚙《か》みしめるたびに旨味《うまみ》がジュッとあふれてきて、口腔《こうこう》内をタコ一色に染めあげます。しかも、ソースの味わいも、青のりの海の香りも、カツブシの香ばしい滋味もすべてが「ちょうどぴったり」の状態なのです。

「これは……これは！」

私はまたたくまに八個のたこ焼きを平らげました。最後にコップの水を一息で飲みほすのですが、おいしいたこ焼きを食べたあとの水ほどうまいものはこの世にありません。いや、マジで。

「どや、うまいやろ。うまかったやろ」

　この「うまいやろ」の押し売りも大阪のおばはんの特徴ですが、このときばかりは私も、

「うまい！」

　と同感の声をあげるのに躊躇《ちゅうちょ》はありませんでした。

「あのなあ、イルカ。たこ焼きゆうのは不思議なもんやで。もともとはただの水で溶いたメリケン粉やのに、この穴のあいた鉄板のうえでクルクル回してるうちに、皮は皮、中身は中身に変わっていく。しまいには、外側はカリカリに、内側はトロトロに分かれてしまう。魔法みたいなもんやけど、そこが技術ちゅうやつや。あんたが焼いたのはな、どこ食べても一緒やろ。たこ焼きゆうのは、カリッとしたところ、トロトロしたところ、空洞、タコ……ひとつの小さなボールのなかにいろんな部分があるからおいしく感じるんやで」

「私もそう思う」

　私が突然そう言ったので、店主も少女もギョッとして私を見ました。

「いや、感心した。こんなたこ焼き、久しくお目にかかったことはないわ。もうひと

舟もらおか」

「あんた、会社へ行く途中やったんとちがうんか。遅刻しても知らんで」

「かまへんねん。たこ焼き食うて遅刻するんやったら本望や」

女は、がはははと笑い、

「ほんまにたこ焼き好きやな。名前はなんちゅうの？」

「私のこと、知らんか」

「知らん。――イルカ、あんた知ってるか」

「いえ……」

私はがっかりしましたが、

「ジュンといいます。この近くの会社で働いています」

「女みたいな名前やな」

「ほっといてんか。けっこう気にしてるんや」

「よっしゃ、あてがあだ名つけたろ。あんたは、そやなあ……『たこ焼きのジュン』や」

ひねりなし、そのまんまでした。私はふた舟目のたこ焼きを頰張りながら、

「それにしても、おいしいなあ。――わかった、出汁《だし》にこだわってるんやろ」

「そのへんで売ってる出汁の素《もと》入れてるだけや」

「小麦粉を、何種類か調合してるんか」

「スーパーで買《こ》うてきたやつや」

「生きたタコ仕入れて、店でゆがいてるんか」

「冷凍もんや」

「モロッコとか明石とか、タコの産地にこだわりがあるんやな」

「ない」

「わかった、水か。そやろ。八つ墓村のおいしい水とか、天然ミネラルウォーターを使《つこ》てるんやな」

「水道水や」

　つまりは、なんのこだわりもないらしいのです。

「あのな、おっさん」

　客をおっさん呼ばわりです。

「たこ焼きなんちゅうもんはな、こどもが小遣い握りしめて食べにくるような、安直な食いもんや。そら、高い材料使たら、うもうなるやろけど、それでは値段も高《たこ》うなるがな。安い、そのへんの材料使うて、それでも客に『うまい！』と言わすのは、つまりは焼き手の腕やで」

「いや、まったくお説のとおりや。――ところで、あんたがこの店のクレオパトロンか？」
「はあ？　なに言うとんねん。それも言うならクレオパトラや。あんた、舌短いんと
ちがうか。滑舌悪いで」
痛いところをつかれ、私はいささかムッとしましたが、おばはん相手に喧嘩《けんか》もでき
ません。
「あんた、年食うてるわりにものを知らんな。クレオパトラゆうのは絶世の美女ゆう
ことやで。なにがパトロンや。あては愛人か。ひと、おちょくってるんやったら、キ
リ投げるで！」
それだけはごめんです。私はおそるおそる、
「言いまちがえたのやないで。看板にはそう書いてあるやないか」
「アホ言わんといて。なんぼなんでもクレオパトロンやなんて、ひとをボケたみたい
に……」
そう言いながら、調理場から身を乗りだして看板を見た瞬間、女は腹を抱えて笑い
だし、
「あはははは……ほ、ほんまや。パトロンてなんやねん、パトロンて……」
それは私がききたいって。女が笑うたびに、二の腕や脇《わき》の下、腹回りなどの贅肉《ぜいにく》が
たぷんたぷん揺れています。

「晩は何時までやってるの？」

「十二時半過ぎまでや。ＪＲの終電が出たら閉店やねん」

これだけ食べてたったの二百円。今の世の中、これほど金のかからない極楽があるでしょうか。私はすっかり満ち足りた気持ちで店を出ました。

◇

その日から、私はその店「馬子屋《うまこや》」に通い詰めました。月曜日から金曜日まで、夜はほぼ毎日、私の姿がカウンターのいちばん奥の席に見受けられたはずです。ビールも置いてあり、しかも原価で提供されるので、いくら飲んでもたいした出費にはなりません。それよりも、入れ替わり立ち替わり訪れるさまざまな職種のさまざまな客たちのさまざまな会話が、私にとってなによりの滋養分となるのでした。ときには、

（これは忘れないようにメモしておこうかな……）

と思わせるほどおもしろい話も聞けるのです。

大阪生まれ、大阪育ちの私ですが、この店にはいろいろ驚かされました。いちばん驚いたのは、店主の名前が蘇我家馬子《そがのやうまこ》、店員の名前が蘇我家イルカだということで、それを知ったときは思わず、大化の改新かい！　と叫んでしまいました。馬子の客あしらいにもびっくりしました。気に入らない客にはたこ焼きは売りません。酔っぱらいが店で騒いだりしたら、あっというまにたたき出してしまいます。一度、ソースの容器をひっくり返した客がいて、謝ろう

ともしなかったのですが、馬子はなんとその客を「巴投《ともえな》げ」で路上に投げ飛ばしたのです。いい店を見つけるとだれかにしゃべりたくなるものですが、「馬子屋」の場合、私にとって居心地《いごこち》がよくてもほかのひとにとっては最悪、ということも考えられるので、当分は、

（隠れた名店のままでいてもらおう）

と私は思っていたのです。馬子の口癖は、

「たかがたこ焼き、たかがたこ焼き」

でした。普通は、二句目は「されどたこ焼き」になるはずなのに、馬子の場合は二句とも「たかがたこ焼き」なのです。そんな風に、たこ焼きを見下しているかのような馬子ですが、じつはたいへんこだわりを持っており、それにも私は驚かされました。マヨネーズを置かない、とか、トッピングをしない、というのもそのひとつですが、基本は、

「どこにでもある材料で安くておいしいたこ焼きを」

なのです。たこ焼きに関する「馬子語録」を、いくつか紹介しましょう。

「なんぼ外がカリッとして中がトロッとしてるのが一番やゆうてもな、油で揚げたらあかんわ。クルクル回してるうちに、自然にそうなるのがほんまや」

大量の油を使うと、たこ焼きは揚げたような状態になり、外皮はカリッとするので

すが、それだと油っこくて、二つ三つ食べたらゲエとなります。

「噛んだときにサクッとさせるために天かすを入れるんやけど、これもぎょうさん入れたらええちゅうもんやない。うまいこと焼いたら、なかに空洞ができて、勝手にサクサクするさかい」

天かすをたっぷり入れると、たしかにサクサクした食感は出るのですが、あまりにクリスピー感が強くなりすぎて、たこ焼きを食べてるのかぼんち揚げを食べてるのかわからなくなります。それに、これも油っこくなります。私には近頃のたこ焼きはどれも味が濃すぎるし、油分が強すぎるように思えます。ソース・青のり・カツブシの三種の神器だけで十分なのにそれにマヨネーズをかけチーズをかけキムチをかけ、油で揚げたり、天かすを詰め込んだり……そうかと思えば、塩だけであっさり食べろと言ったりと、いくら温厚な私でもつい言いたくなりますね。

「中間はないんかい！」

さて、ある夜のこと、私がイルカに挨拶《あいさつ》しながら店に入ろうとすると、いちばん奥の席に先客がいました。しかも、若い女性です。こんな遅い時間、こんな汚い店に若い女性客がひとり、というのは珍しいのですが、その女性の顔を一目見て、私はだれであるかわかりました。大きなサングラスで顔を覆い、地味な普段着を着てはいるものの、一度身についた芸能人オーラは消し去れません。まちがいなく篠山《しのやま》ミチルです。

あの超人気アイドルグループ「燕尾服娘《えんびふくむすめ》」のなかでも一、二を争う人気ものだった「チルチル」です。どこへ行くにもおっかけを従えていた彼女もすでに三十歳。「燕尾服娘」脱退後は、ソロ活動をしたり、女優を目指したりしたものの鳴かず飛ばず。結婚して引退を表明したあと、すぐに離婚し、芸能界に復帰したのですが、最近はテレビ画面で見かけることはほとんどなくなっています。ミチルのまえには缶ビールの空き缶、それもロング缶が四、五本並んでおり、すでにかなりきこしめしているようです。せっかくのたこ焼きも、そっくりそのまま手つかずで舟に並んでいます。私はスターに気を使って、あいだを二つあけ、入り口に近い席に座りました。何度も言ったように狭い狭い店なので、だれか客が来たら詰めるつもりでした。

「なあ、あんた、たこ焼き冷めてまうで」

馬子が、ミチルにそう言いました。

「いいのよ。ビールもう一本ちょうだい」

「ええことないがな。うちのは世界でいちばんおいしいたこ焼きやで。いちばんおいしいときに食べてほしいねん」

「あたし、猫舌なの。熱いのは苦手なのよ」

「それをハフハフ食べるのがええんや。猫舌でも火傷せえへん食べ方、おばちゃんが教えたろ。ええか、見ときや……」

「ほっといてよ。注文したもの、どう食べようと客の勝手でしょ。それに……あたし、こういうたこ焼きは嫌いなの。あれが好きなのよ。ほら……明石焼きっていうの？　お出汁で食べるやつ。あれちょうだい」

「ごめんな、おネエちゃん。うち、これしか置いてないねんわ」

「あたしはどうしても明石焼きが食べたいの」

「無茶言うたらあかんわ。ないもんはないねん」

「いいじゃない。たこ焼きのタネを溶くときに使う出汁あるでしょ。あれを熱くしてくれたら、このたこ焼きを浸《つ》けて食べるから。そうすれば明石焼きじゃない」

「あのな、明石焼きゆうのは、こういう鉄やなしに銅でできた焼き板使て、もっと柔《やら》こう作るねん。こんなカリッとしたら出汁に入れたときふにゃふにゃにならんやろ。大きさももう少し大きいんや。天かすも紅ショウガも入れへん。具はタコだけや。タネも卵をぎょうさん入れてな、明石のほうでは玉子焼きてゆうんやで。せやから、このまま出汁に入れても明石焼きにならんし、だいいちおいしいことあらへん」

「いいじゃないの。客がそうしろって言ってるんだから、そうしなさいよ。あたしをだれだと思ってるの」

「だれやのん」

　ミチルは口ごもり、

「と、とにかくビールちょうだい！」

「へいへい」

そのやりとりを聞いていて、私はどきどきしました。いくらなんでも篠山ミチルを巴投げさせるわけにはいきません。いざとなったら割ってはいろうと思っていたのですが、案外、馬子はいつになくおとなしいのです。そこが逆に不気味だったりして……。

「飲まなきゃやってらんないわ」

ミチルは、ビールを一気にあおると、その缶をテーブルにカーン！と叩《たた》きつけ、

「ああ……最低。どうしてあたしがこんな店でこそこそお酒飲まなきゃならないのよ。いくらテレビの仕事がない、東京の仕事がないからって、マネージャーも付いてこないなんて……ありえないっ！」

馬子は、「こんな店」と言われても気にする様子もなく、にこにこしながらたこ焼きのタネをかき混ぜています。

「だいたい、レギュラーが大阪のラジオ一本しかないなんて、考えらんない。事務所も事務所よ。単発でもその他大勢でもいいから、せめてテレビの仕事とりなさいってるの。あの篠山ミチルが大阪のラジオで月曜日から金曜日までの帯で、演歌と歌謡曲かけながら手紙読んでしゃべってるなんて、格好悪くてだれにも言えないわよ。馬鹿《ばか》み

たい！」

　どうやら、ひとに見られたくないので、こういう場末のたこ焼き屋で隠れ飲みをしているようです。

「おネエちゃん、あんた、東京のひとか」

　馬子がききました。

「そうよ。芸能人よ。あたしの名前聞いたら、あんたたちびっくりするわ」

「ふーん、言うてみ」

「なにを」

「せやから、おネエちゃんの名前や。びっくりしてみたいわ」

「——やめとくわ。あたしはこっそり、静かに飲みたいの」

「静かでもないけどな」

「とにかく、普段は超一流の店で超一流の料理を食べて超一流のお酒を飲んでるの。だから、あたしがこんなとこに来るなんてすごいことなのよ」

「そらどうもおおきにはばかりさん。——道路の向こうにテレビ局あるけど、そこに出てはるの？」

「そうよ……」

　そう言ったあと、ミチルは小声で「テレビじゃないけどね」とつぶやきました。

「ああ、ラジオかいな」

馬子が大きな声でそう言ったので、ミチルは血相を変え、

「言わないでよ、そんな恥ずかしいこと」

「なんでラジオが恥ずかしいねん」

「恥ずかしいわよ！　いまどきラジオなんてだれが聴いてるっていうの？」

「あてはいっつも聴いてるで。テレビよりおもろいわ。ラジオは画面見んですむさかい、用事しながらでも聴けるやろ」

「ふん……つまりはテレビの代用品でしょ。ラジオとテレビが同じところに置いてあったら、みんなテレビを見るに決まってるわ」

「ラジオにはラジオの良さがあるがな」

「たとえば？」

「たとえば……テレビは見てるもんの数が多すぎて、みーんなにしっかり話を届けるゆうわけにはいかんやろ。ラジオはその点、聴いてるもんひとりひとりに、細かく、ていねいに伝えられるように思う。しゃべってるもんと聴いてるもんの距離が近い、ゆうんかな」

「結局、マイナーでローカルっていうことじゃない。ひとりひとりに伝える必要なんかないのよ。テレビは、情報を伝えるんじゃなくて、作りだすんだから。ムーブメン

トも流行もなにもかもテレビが作ってるのよ。テレビには力がある。お金も権力も名誉も……全部全部全部テレビのなかにある。ラジオにはなにがあるの？　はは……なーんにもないじゃない」

「それは言いすぎやろ」

「あたしは事実を言ってるのよ」

「ラジオには送り手と聴き手の触れあいがあるで」

「テレビにもあるわよ。街歩き、下町の人情、田舎《いなか》のひとのあったかさ……もちろんヤラセだけどね」

　ミチルはけたたましく笑ったあと、

「——ああ、東京のテレビに復帰できるならなんでもするわ！」

「そんなにテレビがええんかなあ。あてにはわからんわ」

「テレビがいい、というより、ラジオがダメすぎるんだってば。テレビに出ているひととラジオにしか出てないひとの格差は天と地ほどもあるわ。芸能人ならみんな、それが痛いほどわかってるはずよ。テレビは王様、ラジオは……下僕よ」

「ふーん、そんなもんかいなあ」

「こういうお店に来たら、少しはネタが拾えるかと思ったけど、なーんにもないわね。まあ、期待したあたしが馬鹿だったけどさ。毎日毎日しゃべらされて、もう話題なんかないっちゅーの」

「どこにでも話題はころがってるで」

「つまんない話題がね」

ミチルは立ち上がろうとしましたが、酔っているせいか、バランスを崩して、左手にはめていた大きなブレスレットをテーブルの角にぶつけ、細工にひびが入ってしまいました。ミチルは、そのブレスレットをさすりながら、

「これ、高かったのよ。あーあ、もうなにやってんだか、あたし」

「自分が悪いんや」

馬子はつれなく言い放ちました。

「もうホテルに戻るわ。週四日のビジネスホテル暮らし……もう飽き飽き。——おいくら？」

「たこ焼き、ひとつも食べてへんがな」

「もういらない。冷めちゃったもん。捨てといて」

「ホテルで食べえな。冷めてもうまいで」

「いいってば」

ミチルは料金の三倍ぐらいの金額をテーブルに置くと、ふらふら……ふらふらと店を出ていきました。馬子はため息をつき、

「あの子、かわいそやなあ」

「ブレスレットのこと？」

「ちがう。ええもん持ってるのに、本人がそれに気づいてないんや。それがかわいそうやねん」

「教えてあげたら？」

「あかんあかん。こういうことは自分で気づかな意味ない」

そのとおりだと私も思います。マネージャーや事務所や友だちがいくら言っても、本人が耳を閉ざしていては頭に入りません。篠山ミチルは、テレビが一番だと信じ込んでいます。でも、歌手や女優の才能はありません。「若さ」が武器になっていたころはよかったのですが、年齢とともに容色は衰えます。それでもミチルのなかには厳然として、媒体の上下関係が存在するのです。私の気持ちを見透かしたように、馬子が言いました。

「ラジオにはラジオの良さ、テレビにはテレビの良さ、映画には映画の、舞台には舞台の良さがある。大道でも公園でもお寺の境内でもその気になればステージやのに……」

馬子は、ミチルが食べ残した手つかずのたこ焼きの舟を私のまえに押しやり、

「もったいないことするわ。あの子、一口も食べへんかった。――あんた、食べ」

そう言われると、もったいない精神が首をもたげてきました。

「もらうわ。――うん、冷めたら冷めたで、また味わいがちがうな」

「さすがは『たこ焼きのジュン』や。あてが見こんだだけのことはある」

妙な誉められかたですが、悪い気はしません。でも、支払いのとき、イルカはその分の代金まできっちり上乗せして勘定にいれていたのです。さすがは大阪や！

◇

翌日の午後、私は仕事の休憩時間に「馬子屋」を訪れました。馬子とイルカは、持ち帰りの客のために忙しそうにたこ焼きを焼いていました。ちょうど店内に置かれたラジカセから、ミチルの声が流れていました。

「今日もはじまりました、篠山ミチルの『しゃべらんか船』。あたしがチルチルこと、篠山ミチルです。ミスチルじゃありません、ミチルですからおまちがえなく。アシスタントは……」

「アナウンサーの五月山《さつきやま》瑤子《ようこ》です。よろしくお願いします」

「はい、瑤子ちゃん、はりきっていきましょうね。秋になってもまだまだ暑いですが、元気にしゃべってしゃべって、暑さを吹き飛ばしましょう。お葉書が来ていますのでさっそく読ませていただきますね。都島《みやこじま》区のペンネーム、いくつになってもドキドキおばさんから。チルチルさん、瑤子ちゃんこんにちは。――こんにちはー。私は今年で五十三歳になる主婦ですが、気むずかしい夫とやんちゃなふたりのこどもの世話に追われ、長いあいだ家事にパートにしゃかりきになって働いてきました。そのあいだ、もし子育てが終わったら、自分の趣味の時間を持ちたいなあ、とずっと思っていました。ところが、ふたりのこどもがようやく手を離れ、いざ自由な時間ができてみると、な、なんと、自分には趣味がないことに気づいたのです。チルチルさん、瑤子ちゃん、どうしたら趣味を見つけることができるのか教えてください。——うーん、どうしたらいいでしょうね」

「そうですね。チルチルさんの趣味はなんですか」

「あたし……？　おいしいものを食べることかな。こう見えて、けっこうグルメなんですよ」

「うわあ、チルチルさんなんかきっと、いつもすごいごちそうばかり食べて、口が肥えてはるんでしょうね」

「そんなことないわよ。庶民的なものも食べますよ。たとえばたこ焼きとか……」

「あっ、最近、大阪のお仕事、多いですもんね」

ちょっと間がありました。私には、ミチルが何気ない女子アナの言葉にカチンときたのがわかりました。

「そうね……でも、あたしが好きなのは銀座にあるたこ焼き屋さん。大阪の屋台っぽいたこ焼きよりずっと洗練されてるっていうのかな。こどものおやつ感覚じゃなくて、料理として完成してるのよね」

「おいしそうですね。なんていうお店ですか」

「さあ、忘れたわ。――つぎのお手紙行きましょう。旭区《あさひ》のペンネーム、カピ・バラ子さんから」

リスナーが質問していた「趣味を見つけることができるか」という話題はどこかに行ってしまいました。

「先日、電車のなかで変なひとを見かけました。四十歳ぐらいのおじさんで、本を読んでいるのですが、その本が上下逆さまなのです。おじさんは、ときどきプッと噴きだしたり、悲しそうな顔をしたりして、読書を楽しんでいる様子でした。しかも、その本の題名が『速読術をマスターするには』だったのです。チルチルさんと瑶子ちゃんは、電車のなかで変なひとを見かけたことはありますか」

「私は、毎日、通勤でJRを利用しているんですが、いますよー、ときどき、変わったひと。こないだも隣に座ったおばさんが急に話しかけてきたんですけど、ジョニー・デップの大ファンだそうで、ジョニーの演技がいかにすばらしいかを滔々《とうとう》と教えてくれるんです。すごくマニアックで、私、駅に着いたので先に降りたんですけど、もっと聞いていたかったですもん。――チルチルさんは、電車移動されることありますか」

「ないわねえ。ほとんどロケバスかタクシー」

「でも、新幹線はよく使われるのでは？　東京のおうちとの往復で、週に二回はかならず乗りはるでしょう」

「新幹線では……寝てるわ。それに、グリーンにはそんな変な客、いないわよ。いたら、車掌さん呼んで席替えてもらうし」

「……そ、そうですよね。じゃあ、電車じゃないんですけど、私が先日、梅田《うめだ》の横断歩道で見た変なひとの話……」

「そろそろ、曲かけましょうよ。今日の一曲目は、えーと、谷口しげる……しげまさか。谷口しげまさの『慕情女ひとり』です。どーぞ」

たこ焼きをくるくるひっくり返していた馬子が、ぼそりと言いました。

「おもろない」

その口調が、いつになく強いものだったので、私はどきりとしました。

「この子、おもろないな。アシスタントとも全然嚙みおうてないし、しゃべりも投げやりやし、やる気なしや。どんな話題でも、持っていきようでおもろなるのに。ああ、惜しいなあ」

仕事に集中しているようで、じつはずっと聞いていたようです。

「なあ、あんたはどう思う」

「なにが」

「さっき言うてた、逆さまに本持ってたやつのことや。なんでそんなことしてたんやと思う?」

「そやな。——じつは、私も見たことあるんです、そういうひと。私の場合は京阪《けいはん》電車やったけどね。あんまり不思議なんで、私、直接きいてみたんです。すいません、本、逆さまですよって」

「やるなあ。ほな、どない言うたん?」

しゃべりながらも、たこ焼きを回す手はとまりません。

「すでんいいでれこ」

「は?」

「『すでんいいでれこ』って言いよったんです。これでいいんです、を反対から言うたわけや。こらおもろいな、といろいろ質問したら、そのひと、あるときふっと、本を逆さまにして読めるもんやろか、と思て、それ以来、ずっと上下ひっくり返して読んでるそうや。最初は読みにくかったけど、慣れたらいっしょや、て言うてはりました。目玉の運動にもなるらしい」

「言葉を反対から言うたのは、冗談かいな。茶目っ気のあるひとなんやな。たぶん、カピ・バラ子さんが会うたのもおんなじひとやろ。――ふつうは、変なやつおるな、で終わるけど、あんたはわざわざ質問した。一歩踏み込んだわけや。なんでやのん？」

「好奇心、やろね。私、人間観察が趣味なんですわ。この世に、人間ほどおもしろいものはない。ひとりひとりの人間が話の宝庫や。篠山ミチルも、少しは人間をじっくり見たらラジオのネタなんかなんぼでもあるはずやけどな」

馬子は、我が意を得たりという顔でうなずきました。

◇

夕方、私がその日の仕事を終えて商店街を歩いていると、向こうから篠山ミチルと三十歳ぐらいの男性が肩を並べてやってきました。私は軽く会釈しましたが、向こうは私に気づきませんでした。どうやら、なにか言い争っているみたいです。ふたりはとうとう立ち止まると、コーヒーショップの看板の陰で口論をはじめました。

「どうしてずっとほったらかしなの？　あんた、マネージャーなら、タレントをもっと大事にしなさいよ」

私は、いけないとは思ったのですが、少し離れたところから聞き耳を立ててしまいました。そう……好奇心てやつです。これも、人間観察なんですね。

「そりゃあそうしたいですが、私もミチルさんだけについてるわけじゃないんで

「……」

「あ、そう。どうせ、都落ちした落ち目のタレントの世話なんかするなって事務所の指示が出てるんでしょ」

「そういうわけじゃ……」

「なにしに来たの」

「局の制作に呼ばれたんです。打ち合わせしたいからって」

「なんの？」

「向こうの言うには、『しゃべらんか船』、かなり人気が落ちてるそうです。話題に乏しくておもしろくないって……」

「あたしのせいだっていうの？　毎日毎日じゃ、話題なんかないわよ。東京ならともかく、こんなところで派手なできごとは起きないってば」

「ラジオなんですから、派手なネタはいらないんです。身の回りのちょっとしたことでいいんですよ。それも、地元に密着した話題がいい。商店街を往復するだけでも、いろいろ拾えるんじゃないでしょうか。ミチルさん、仕事が終わったらずっとホテルの部屋に閉じこもって、テレビ見てるそうじゃないですか。それも、東京局の番組ばかり……。大阪の帯なんですから、せめて関西ローカルの番組を見て……」

「あんた、あたしに説教するつもり？　百年早いわよ。あたしだって、たまには街に出て、庶民的な店に入って、しゃべるネタを見つけようとしてるのよ」

「へえ、それはえらいなあ。なにかありましたか」

「なーんにも。大阪なんて、刺激的なこと、センセーショナルなこと、すごいこと、おもしろいこと……なにひとつないわね。局に来る芸能人もローカルタレントばっかり。こてこてのお笑い芸人とか、名前も聞いたことないようなパーソナリティとか……。がっかりだわ」

「だーかーらー、大事件も超有名人もいらないんですって。たとえば、このあたりを歩いてるひとやたたずんでるひとを観察するだけで、一時間しゃべるぐらいのネタはすぐに見つかると思うんですが……」

「そんなに言うんなら、あんたやってみなさいよ。こんなところ、平凡な連中しかいないわ。ああ、あたしが会いたいのはもっと、オーラをまとった、カリスマなひとたち、生まれながらに他人を引きつける魅力を持ったひとたち、世界動かすような才能のあるひとたちなの」

　マネージャーはため息をつきました。

「それでどうなの？　まさか……」

「なんとか打ち切りだけは免れました。でも、しばらく様子を見て、改善がなかったら……らしいです」

「………」

「ミチルさん、はっきり言って、今はこれしか仕事ないんです。しくじったら、東京には二度と戻れません。もっとがんばってくださいよ」

「わかってるわよ、言われなくても！　でも……」

ミチルは顔を両手で覆いました。涙ぐんでいるようにも見えます。

「わかんないのよ、どうがんばったらいいのか……」

私はそっと、その場を離れました。

◇

その夜、私が「馬子屋」にいると、ミチルがひとりで入ってきました。暗い表情で、いささか憔悴《しょうすい》しているようにも見えます。私は気を引き立たせようと、

「夕方、男のひとと歩いてましたね」

「見てたの？　あれ、東京から来たマネージャー」

そう言ったきり、注文もせずにじっとテーブルを見つめています。

「たこ焼きとビールでええか？」

馬子がたずねると、かすかに首を縦に振りました。

「ねえ……ママさん」

ミチルは、馬子のことをママさんと呼びました。

「人間観察ってどうやったらいいのかな」

「さあなあ……そこにおる『たこ焼きのジュン』にきいたらどないや。このおっさんは、人間観察のプロやで」

「人間観察にプロとかアマとかあるの？」

「あるがな。――なあ、ジュンちゃん」

私は頭を掻いてから、

「人間観察をするには、まず、人間が好きでないとあかんやろね」

「人間が……好き？」

「あんたは、平凡な人間には興味がないみたいやな。でも、どんな普通に見える人間にも、歴史があるし、生きざまがあるし、夢がある。よそから見たらしょうもないことでも、そのひとにとっては波瀾万丈《はらんばんじょう》かもしれん。そういう一人ひとりの人生に関心をもって、好きになれば、あらたまって『観察』なんかせんかて、勝手にそのひとのいろんなことが見えてくるはずですよ」

「そうかなあ……」

「たとえば、私はあなたがだれであるか知ってます。でも、私がいちばん興味をひかれるのは、あなたが有名人だということではありません。――そのブレスレットです」

ミチルは、ハッとして左手のブレスレットを隠そうとしました。

「ラジオが嫌だ、東京に戻りたい……そんな言葉が出るたびに、あなたはその腕輪をさすりますね。どうしてだろう、と思ったのが、あなたに興味をもった最初です」

ミチルはサングラスをぎゅっと押しつけるようにすると、深い息を吐き、

「あなた、たしかにプロね。——この際だから言ってしまうわ。あたし、都落ちが決まったときね……」

ミチルはブレスレットを外しました。そこにはかすかですが、傷が三日月のように口をあけていました。

「リストカットしたのよ。それぐらいショックだったの。わかる、この気持ち？」

「わからんことはないですよ」

「あなた、もしかしたら……探偵さん？」

「ちがいます。あなた、私と何度か会ってるでしょう。私がだれだか、観察すればわかるはずです」

「そんなのわかんないわ。たこ焼き好きのおじさん？」

「まあ、それもそのとおりなんですが……」

そのとき、

「ああ、ええ匂いやなあ！」

表で声がしました。五十歳ぐらいの中年女性がふたり、店頭のたこ焼きを見つめています。

「熱々食べたいから、なかに入って食べよか。ちょうど席もふたつ、あいてるわ」

「そやなあ」

ふたりは並んで座り、たこ焼きをふた舟注文しました。

「今日は楽しかったわ。――けど、あんた、まだ帰らんでええの？　旦那《だんな》さんの晩ご飯は？」

「そやねん。そろそろ帰らんとあかんねん。たこ焼き食べたら、JR乗るわ。あんたとこはだいじょうぶなん？」

「うちの亭主は、私が少々遅なったかて、ぜんぜん気にしよらんわ。かえって、羽根伸ばせるわ、言うて喜びよる」

「うちはうるさいわ。ちょっと外出しようとしたら、どこへ行くねん、だれと会うねん、何時に帰るねん……ほんま、ええかげんにしてほしいわ」

「旦那さん、焼き餅《もち》焼きやなあ」

「ものごっつう嫉妬《しっと》深いで。こないだ私がいつもより派手な服着ただけで、男ができたんとちがうか、とか言い出して、たいへんやったんやから」

「うらやましいわ。うちら、ほったらかしやもん。私を女として見てへんねん。晩飯製造器としか思ってないんや。焼き餅焼かれるうちが花やで」

「程度もんやて。――でもなあ、あのひとも昔はまるで焼き餅なんか焼かへんかったんや。ここ最近やな、急にいろいろ小うるさいこと言いだして……。今日も、七時半には帰ってこいよ、て何度も念押されてな、こどもやないねんから、ええかげんにしてほしいわ」

「ええやん。仲のおよろしいこと。――うわあ、このたこ焼き、ごっつおいしいわ」

「ほんまや。こんなおいしいたこ焼き、生まれてはじめて食べたわ」

「これで百円やて。安いわあ。これに比べて、スーパーで売ってる冷凍のたこ焼きのまずいこと」

ふたりはひとしきりしゃべったあと、店を出ていきました。

「今のふたりのこと、どない思た?」

馬子が、ミチルにききました。

「どない思た、て……そうねえ、旦那さんに愛されてる幸せな主婦とその友だちっていうところかな。どこにでもいるひとたちでしょ」

「そうか。あてにはそうは見えんかったけどな。――ジュンちゃんはどう?」

私は、少し考えてから、

「そうやな。まちごうてるかもしれへんけど、あのひとの旦那さんはたぶん……浮気してるな」

「えっ？」

「昔はそんな態度を見せたことのなかった男が、急にやたらと焼き餅を焼くようになった。これはおかしいですね。自分が浮気しているのをごまかすために、わざと奥さんに嫉妬深くみせているんじゃないかなあ」

「あ……」

「男が奥さんに必要以上に焼き餅を焼く、ということは、つまり、奥さん一筋で、奥さんだけを強く愛しているんだ、ということを露骨に示しているつもりなんやろね。そうすれば、奥さんは、うっとうしく感じながらも、まさか、よそで女を作っているとは思わない。そんな男の浅はかな心を、今の会話から私は読み取ったんです」

「なるほど……！」

その「なるほど」には気持ちがこもっていました。

「それが人間観察ってことね！　今、やっとわかった。――ママさんも気づいてた？」

「まあな」

「じゃあ……私だけがわからなかったのね。情けないわ」

「こういうのは訓練や。ジュンちゃんは、その道のプロやさかい、いろいろ教えてもらい」

「どういうこと？　ほんとに人間観察のプロなの？」

「ジュンちゃんをよう観察して、当ててみ」

「ママさんは、このひとの正体を知ってるのね」

「あたりまえやがな。大阪でこのひと知らんやつ、おるかいな」

なんだ、知ってたのか……。

「えーと……えーと……えーと……えっ？　もしかしたら……浜崎純、さん？」

私はうなずきました。

「『おめでとう、浜崎純です』の……？」

私はもう一度うなずきました。

「えーっ！　同じ局で、番組やってるのに、まるでわからなかった……」

「私は何度も、廊下ですれちがってるよ。ほんと、まわりを見てないね」

「すいません……」

ミチルは素直に頭を下げました。

「私、お名前だけは存じてました。大阪で何十年も帯のラジオをやってるすごいひとがいるって。毎日何時間もしゃべりにしゃべって、リスナーをまるで飽きさせない天才だって」

「天才ってわけやないよ。大事なのは日々の蓄積やね。なんにでも興味をもって、少しずつ少しずつ勉強していけば、すぐには使えないネタでもいつか役に立つ日が来るもんや。あとは……」

「人間観察、ですか?」

私たちは笑いあいました。はじめてミチルの心からの笑い声を聞いたような気がしました。

「やっと、人間観察のプロっていう意味がわかりました。さっきのふたり連れのこと、あたしだけわかんなくて恥ずかしい。あたしも、今日から蓄積していきます」

「おネエちゃん、このひとがなんでたこ焼き食べてるかわかるか?」

突然、馬子がそう言ったので、私はぎくりとしました。

「たこ焼きが……好きだからじゃないんですか?」

「それもあるやろけどな……このひとは超ベテランや。はっきり言うて、もうええ歳《とし》やろ。人間、年取るにつれて、どんどん滑舌は悪うなっていく。もちろん、それをおぎなう人間的魅力を持ってはるさかい人気があるわけやけど、このひとがたこ焼き食べるのは、ひとつには滑舌をようするためや」

「………」

「滑舌を維持するには、口や顔、舌、顎《あご》なんかの筋肉を鍛えると効果があるらしい。

それには、固いものを嚙むのもええんやて。熱々のたこ焼きを食べて、ホフホフホフいいながら口のなかで回転させるのは、筋肉の鍛錬になる。茹でたタコは相当弾力があるさかい、それを嚙むのもええ運動や。それとな、タコにはタウリンゆうのがたっぷり含まれてる。これはコレステロールを下げるし、中性脂肪を抑えるし、動脈硬化にも効く。血液もさらさらになるさかい、心臓や脳の病気にもええ。疲労回復とか視力の低下を防ぐのにも効果的やし、肝機能も維持してくれる。気管支にもええらしい。ラジオの帯を何十年も休みなくやりつづけるには、健康管理も大事な仕事やろ。このひとはたこ焼き食うことで、それを保ってるんや」

「なんでそれがわかったんや。——あんたこそ、人間観察のプロや！」

私はすっかり感心してしまいました。その話を聞いていたミチルが、

「あたし、まえに浜崎さんのことを聞いたとき、そういうひとにだけは絶対にならないようにしようと思ったんです」

「なんでやねん？」

と馬子がききました。

「ラジオの仕事にはまってしまったら、東京のテレビに戻ることができなくなる。何十年もラジオでしゃべりつづけるなんてまっぴらだ。だから、ほどほどにしよう。ラジオのプロになってはいけない。ラジオを好きにならないでいよう……そう思ってた

んです」

「今もそう思とるんか」

ミチルはかぶりを振り、

「いえ……皆さんみたいに、人間観察をして、一生懸命ネタを拾います。それと……もしかしたらラジオって、あたしに向いてるかもしれない。だって……顔が映らないでしょう。あたし、演技もできない、歌も歌えないタレントだったから、ひとに誇れるものは器量だけでした。それが衰えたから、こうしてラジオの仕事しかなくなったのかなあと思っていたんです。でも……ラジオは言葉だけでひとに伝えられる。一生でも続けていけます」

私は強く合点して、

「そういうことや。きみがラジオを好きになってくれてうれしいわ。――それとな、私がたこ焼きを好きな理由がもうひとつあるねん……」

私がそこまで言うと、馬子がニタッと笑い、

「たこ焼きの元祖は、『ラヂオ焼き』ゆうねん。しょう油味で、タコのかわりにスジ肉が入ってたんやて。昭和のはじめに会津屋の遠藤ゆうひとが発明したらしいけど、その当時、ラジオは世の中の最先端のハイカラなもんやったんや」

「そ、そのとおり……」

馬子があまりになにもかもお見通しなので、私は「人間観察のプロ」などと呼ばれていい気になったことが急に恥ずかしくなりました。

（まだまだ、修練が足らんな……）

私がしみじみそう思ったとき、ミチルがたこ焼きをひとつ、パクッと口に入れました。

「ハフハフハフハフ……お、おいしいっ」

ミチルはラジオと同時にたこ焼きも好きになったようです。

◇

その日を境に、篠山ミチルのラジオの人気はじわじわと上がっていきました。私も聞いてみましたが、なかなかおもしろい内容なのです。よく勉強しているらしく、話題が豊富で、アシスタントの女子アナとのやりとりも軽妙で息がぴったりです。

（たしかに、ラジオに向いていたな、この子は……）

私は、自分の目が節穴でなかったことをひそかに喜びました。そのラジオで火がついて、ミチルはまた東京の仕事、テレビの仕事が入るようになりました。まさに「ひっぱりダコ」状態です。しかし、基本はあくまで大阪のラジオというスタンスを崩そうとしません。

「ラジオはあたしの天職です」

彼女がそう言ってるのを耳にしました。そんなある日、私は、放送を終えた彼女を誘い、久しぶりに「馬子屋」に行くことにしました。バタバタして、一週間ほどごぶさただったのです。

「馬子さん、あたしのラジオ、聞いてくれてるかなあ」

「聞いてるやろ」

ところが、商店街のいつもの場所に「馬子屋」が見あたりません。おかしいな……とそのあたりを何往復かしてみたのですが、どうしても見つからないのです。そんな馬鹿な、とふたりで必死に探しても、見慣れたあの店が影も形もありません。目印にもなっていた、スプレーで落書きをされたシャッターはあるのです。ところが、そのすぐ隣のはずの「馬子屋」だけが……。

「ない」

「ない」

私たちは呆然《ぼうぜん》としてシャッターのまえにへたりこみました。悪い夢でも見ているような気分です。

「移転したんかな」

「というか……はじめからなかったみたいです。だって……」

ミチルが指さしたところは、数十年もそのままとおぼしきコンクリートの壁があり、店舗が入るスペースなどどこにもないからです。

「なにもかも幻だったんでしょうか」

ミチルはそう言いましたが、私にはどうしてもそうは思えませんでした。あの店で食べたたこ焼きの味は今でも舌のうえにはっきりと残っています。

「どこかにいてはりますよね、馬子さん」

「ああ、元気にしてるやろ。そこで毎日、私たちのラジオを聞いてくれてるはずや」

「ですよね、きっと」

私たちは、明日もまた、マイクのまえでしゃべるのです。リスナー一人ひとりの胸に届くように、そしてどこかでそれを聞いているはずの馬子に聞かせるために。

おうどんのリュウ

その店は、大阪ミナミの谷町筋《たにまちすじ》沿いのどこかにある。どこか、としか言えないのは、ぼくがすでにその店にたどりつく自信を失っているからだが、あの時期……今年の初春から三月末ごろまで、ぼくはたしかにその店の常連客だった。べつに、居心地《いごこち》がよかったから、とか、食べ物がおいしかったから、とか、店主が美人だったとか……そういった「理由」はなにひとつなかったのだが、なぜか毎晩のように仕事終わりにその店に通っていた。はじめてその店を知ったのはいつだったか……ぼくがこの仕事に就いたころ帰宅途中にときどきまえを通った記憶があるから、十年以上まえから存在したことはまちがいないが、入ったのはあのときがはじめてだった。仕事がうまくいかず、ぼくは悩んでいた。ふつうの職業のひとにとってはどうでもいいことだと思うが、ぼくのような仕事をしていると、それが死活問題なのだ。正直、だれにも相談できないことだ。以前、先輩に打ち明けたら、

「おまえはアホか」

その一言だけが返ってきた。そりゃそうだろう。あまりに馬鹿馬鹿《ばかばか》しすぎて、自分でも笑ってしまうほどなのだ。けれど……十年以上、ずっと悩んで悩んで悩みつづけてきた。この仕事はぼくが自分で選んだもので、やりがいもあるし大好きだ。しかし、壁にぶつかったまま蟻《あり》のようにもがいている。その壁は高すぎ、大きすぎて、とても乗り越えられそうにはない。

（もうやめようかな……）

やめたくはない。でも、今ならまだ、なんとか引き返せる。この仕事にしがみついていると、一日いちにち、傷口が大きくなっていく。そのうちに取り返しのつかないことになるんじゃないか……そんな恐怖が日に日につのる。その日も、仕事終わりで先輩たちと飲みに行き、

「ぼくはどうしたらいいのでしょう」

「そんなにいやならやめたらええやないか」

「やめるわけにはいかないでしょう」

「そうかあ？　べつにええと思うけどな」

「他人事だと思ってそんなに軽く言わないでくださいよ。もし、○○さんがぼくと同じ立場だったらどうします？」

「どうしますと言われても、うーん……おまえ、考えすぎやで。まあまあ、酒でも飲

め」

なんのアドバイスにもならない。悶々《もんもん》としたぼくは、そのあとひとりで飲みに行き、鶴橋《つるはし》のガード下の立ち飲み屋でしたたか酔った。そして、気づいたらいつのまにか深夜の谷町筋をよろよろ歩いていた、というわけだ。そんなとき、ぼくはその店の看板を目にした。

「コナモン全般・なんでもアリマ記念・店主ミスユニバー・馬子屋……」

ふだんならまちがいなくスルーするはずのその店のまえで、なんとなく足がとまったのは「コナモン全般・なんでもアリマ記念」という文言《もんごん》のせいだった。

（コナモンがなんでもある店……本当かな……）

コナモンという大阪弁が持つ意味は広い。コナモンのコナとは小麦粉ということだが、一般にコナモンという言葉から連想されるお好み焼き、たこ焼き、イカ焼き、焼きそば……以外にも、ピザもチヂミもうどんもラーメンも素麺《そうめん》も豚まんもパスタも焼きうどんも、もっといえばすべての「パン」もコナモンに分類されるはずだ。そんなことを思いながら、ぼくはその店の外観をじっくりと見た。木造だが、かなり汚らしい。いや、「ぼろぼろ」といってもいい。軽い風雨や軽い地震でも倒壊の危険があるのではないか、と思われた。谷町筋からちょっと東へ入ったところにあるちっぽけな、古くさーい店だ。隣は小さな公園で、寒空のもと、ホームレスがベンチで寝ている。

毛むくじゃらの腹部に月光が当たって、へそが青白く輝いている。幻想的なような、そうでないような光景である。界隈《かいわい》に人通りはなく、すでに深夜なのでほかに開いている店はない。もともと、民家が多く、店舗は少ない場所なのである。「馬子屋」という店の外壁には超年代物の「世界を飲みほせ！　源ちゃんコーラ」という看板がかけられているが、もちろんレトロ感を出すためではなかろう。パッと見ただけでは、大人が腰をすえてビールを飲むような店ではなく、こどもが百円玉を数枚にぎっておやつがわりにお好み焼きや焼きそばを食べにくるような感じに思えたが、こんなに遅くまで開いているとは意外である。

（入ろうかな……）

所持金は少ない。たぶん、ジャラ銭を入れても三千円ほどだ。でも、飲み足りなかった。安そうな店ではあるが……。迷いながらも横開きの戸に手をかけたとき、ぷーん……とある匂《にお》いがぼくの鼻をついた。それは、うどんの出汁《だし》の匂いだったのだ。心は決まった。からからから、と引き戸を開けると、うまそうな芳香はますます強まった。

「ああん？　客かいな。――いらっしゃい」

お好み焼き用の鉄板を敷いたカウンターの向こうから、あきらかにめんどくさそうな声がした。贅肉《ぜいにく》で作ったピラミッドのような体形の中年女性が、しょう油で煮染《し》めたようなエプロンをつけて立っていた。とにかく前後左右、どこから見ても贅肉が目に飛びこんでくる。でぶ、とか、太っている、というのとはちがう。「肥えている」というのがぴったりの表現だ。

「うどん、ありますか」

いささかびびりながらぼくがきくと、女は、

「ある」

一言だけ答えて、そのままズボッと立っている。そのあとぼくとその女はしばらく無言で対峙《たいじ》していた。

「あの……」

沈黙に耐えられなくなったぼくが口を切ると、

「食うんか、うどん」

「は、はい」

女は、大きな寸胴鍋《ずんどうなべ》から出汁を小鍋にとりわけると、ガス台に火をつけた。たちまち食欲をそそる匂いがぼくに向かって押し寄せてきた。

「鰹節《かつおぶし》のいい匂いですね」

「鰹だけとちゃう。鯖節《さばぶし》とうるめ節も入ってるんや。あとは昆布やな」

「ああ……うまそう。ぼくは和風出汁が大好きなんです。この寸胴鍋のなかで泳ぎた

いぐらいです」

ウケるつもりで言ったのだが、荒いパーマをかけたその女は眉毛《まゆげ》一本動かさなかった。

「あの……」

「なんや」

「なにうどんができるんですか」

「なんでもでけるで。けつね、きざみ、けいらん、かしわ、肉、天ぷら、月見、カレー……」

「あ、じゃあ、きつねうどんください」

「きつねやない。けつねや」

「はい」

「けど、今日はでけへん」

ぼくは椅子《いす》から落ちそうになった。

「なんでもできるって言ったじゃないですか」

「いつもはなんでもできる。今日はでけへん」

「今日できるものを教えてください」

「すうどんや」

「――それでいいです」

女はのろのろとネギを切りはじめた。店の壁には、さまざまなコナモンメニューに混じって「うどん」の文字もあった。ミミズののたくったような字で、

おいしいおうどん・手打ち・ゆがきたて

と書かれた紙の横に、リポーターとして人気のある落語家が、扇子を使っていわゆる「エアうどん」を食べているポスターが貼《は》られ、その上部に、

一日一度はうどんを食べよう！　日本うどん連盟

というキャッチが躍っていた。ぼくは舌打ちしてそのポスターから目をそらした。女は冷蔵庫を開けて、市販のうどん玉を取りだすと、ビニールを破って、湯のなかにほうりこんだ。

（どこが手打ち・ゆがきたてだよ……）

ゆでうどんを温めなおすだけなら、駅の立ち食いうどんと変わらない。

「はい、どうぞ」

丼《どんぶり》に入ったすうどんが、ぼくの目のまえにドスンと置かれた。刻んだ青ネギが載っているだけの、いたってシンプルなうどんだ。ぼくは逡巡《しゅんじゅん》しながら割り箸《ばし》を手にした。

「でも、珍しいですね。お好み焼き屋さんでうどんがあるなんて」

「あかんのか」

「い、いえ、珍しいと言っただけです。お好み焼きを食べたあとにちょっと汁ものが欲しいときもありますから、お客さんは喜んでるでしょう？」

これは、おべんちゃらである。ぼくがこの店に入った理由は「お好み焼き屋なのにうどんがある」からなのだ。最近増えた「こだわりのうどん専門店」はぼくの性に合わない。ぐずぐずしていると、ゆがきたてを味わってほしいからすぐに食べろ、とか、生《き》じょう油はこうかけろ、とか、出汁はこういう風に飲め、とかうるさいことを言われるし、残そうものなら、まるで犯罪者を見るような目でにらまれる。お好み焼き屋が片手間で出しているうどんなら、もっと気楽に食べられるのではないか……そう思ったのである。

「あのな、うちはお好み焼き屋やないで。看板見たか？　うちはコナモン屋や。コナモンはなんでもある、いうのがうちの自慢や」

そのわりに、すうどんしかなかったが……。

「そういえば、店主ミスユニバーっていうのはなんのことですか」

「あんた、若いのにミスユニバー知らんのか。ミスユニバーゆうのは、世界一の美人ゆう意味や」

「それはユニバースでしょう。スが抜けてま……」

女はいきなりぼくの胸ぐらをつかみ、

「あんた、あてがスが抜けててスカみたいやて言いたいんか！」

「いや、そんな……」

「すうどんからス抜いたら、ただのうどんや。ちがうんか！」

なんのことかわからないが、とにかくぼくは謝った。

「すいません、ぼくがまちがってました」

女は手をはなし、ゲラゲラ笑いだすと、

「なに謝ってるのん。冗談やがな。今のは笑うとこやで」

そ、そうなのか。どうにも、この店のノリがいまいち飲みこめない。

「あんた、お笑い嫌いか？　大阪の人間は、まずお笑いやで」

「お笑いは好きですよ」

そう言って、ぼくはまず、汁をすすった。なかなかうまい。いや、非常にうまい。本当は、よい出汁は飲まなくても、見るだけでそのよしあしはわかるものなのだ。この店の汁は、黄金色に輝いていて、一点のにごりもない。うまくないわけがない。

「うまいやろ」

客に誉《ほ》め言葉を強要するのも、大阪の店の特徴だ。ぼくは素直にうなずき、

「おいしいです」

「そやろそやろ、あんた、舌はしっかりしてるみたいやな」

「こういう出汁って、どうやってとるんです？」

「企業秘密や」

「あ、やっぱ……」

「けど、教えたる」

教えるんかい！

「まずは、自分で考えてみ」

「うーん、そうですね……まず、昆布を水に浸して二時間ほど置きます」

「ふんふん、そんで？」

「火にかけて、昆布から気泡が出るぐらいで火をとめ、昆布を引きあげます」

「ふんふん、そんで？」

「鰹節や鯖節を投入して、ぐらっとするまえにさっと取りだし、薄口しょう油で味を調えたらできあがり。――ちがいますか」

「まるっきりちごてるわ。そんなんやったら、馬のしょんべんみたいに味の薄い出汁

しかとれんで」

まさに出汁を飲んでいる客のまえで、馬のしょんべんとは……。

「あんたの言うてるのは、お吸いもんの出汁やな。そんなお上品な出汁では、うどんに負けてしまう。うちのやりかたはな、まず、昆布を水に入れて、ぐらぐら沸かす」

「ぐらぐらですか」

「そや。旨味《うまみ》を残らずぜーんぶ出しきった、と思たら、昆布を取りだして、鯖節をドバッと大量に入れる。それでまた、ぐらぐら煮出す」

「そんなんしたら、魚臭くなりませんか」

「もちろん煮すぎたらあかん。そこは勘や」

「ははあ……」

「最後に大きなふきんで濾《こ》す。そのとき、ふきんの両端をつかんで、ぐるぐると思いっきりねじるねん。鯖節のなかにある旨味も残らずぜーんぶ出しきるわけや。そこで塩と薄口醤油、酒、それと、ほんのちょびっとの酢や」

「みりんは……?」

「うちはみりんは入れへん。甘なるさかいな」

目からウロコだった。和風の出汁は、沸騰させたら香りが飛んでしまうし、しぼったりしたら生臭さが出るからそっと取りだす、と聞いていたが、ぐらぐら煮出して、ふきんに包んでしぼりきるとは……。だが、今ぼくが飲んでいるものが証拠だろう。

「はよ食べな、冷めるし、うどんが伸びるで」

「あ、はい」

ぼくは、うどんを箸の先にひっかけ、ずるずるとすすった。すでに冷めている。もともと、湯の温度が低かったのだろう。

「ここは『馬子屋』っていうんですか。おもしろい名前ですね」

「馬子ゆうのは、あての名前や。『まご』とちゃうで。『うまこ』や。ええ名前やろ」

ぼくは適当に相づちを打ち、なおもうどんをすすった。ずるずるずる……ずるずるずる……ずるずるずるずるずる……。うどんはぐんにゃりしてコシがほとんどなかった。そりゃそうだろう。買い置きのゆでうどんの玉を湯通ししているのだから、強いコシなど望むべくもないのだ。しかし、古くからある大阪のうどん屋のほとんどはこのやりかたでうどんを客に出してきた。大阪のうどんは出汁が命である。コシはまあ、あったらそれにこしたことはない……ぐらいの感覚だった。うどんはそばや素麵に比べて、ゆでるのに時間がかかる。イラチの大阪人にはそれを待つのが耐えられないのだ。打ちたて、ゆがきたてのおいしさよりも、うどん玉を温めなおして、サッと出してくれるほうがずっといい。たしかに、ぐにゃっとしているが、熱々のおいしい出汁がすべてをカバーしてくれる。コシがどうのこうのと言いだしたのは讃岐《さぬき》うどんがブームになって以来のことで、それまでの関西人のうどんに対する認識はそんなもんだったのである。

「四国ではうどんにしょう油かけて食うてる？　アホちゃうか。出汁作らんでええねやったら、うどん屋はすぐに蔵が建つわ」

そういうことを公言するうどん屋もいたほどだ。

（ここのうどんは、まさに大阪の昔ながらのうどんだな）

歯で嚙《か》みきるときの強い弾力感や表面の固さはないが、もちっとした柔らかさがある。ずるずるずる……ずるずるずるずる……。ようやく一杯を食べ終わり、出汁を一滴も残さず飲みほす。

「あーっ」

思わず声が出る。

「うわあ、汁全部飲んだんか。おなか、タポタポやろ」

「おいしい出汁でしたから、つい……」

「はははは。あんた、ほんまにおうどん好きやな」

「はははは」

「名前、なんちゅうの」

「えーと、竜《りゅう》……」

「え？」

「竜太郎《りゅうたろう》です」

「よっしゃ、決まった。あんたの名前は今日から『おうどんのリュウ』や」

「お、おうどんの……リュウですか」

「なんや、不服そやな」

「いえいえ、とんでもない。名誉なことだと思ってますよ」

「また来てや。今度はちゃんと、すうどん以外の材料も仕入れとくさかい。——あんた、なかなかええ男やがな」

「ありがとうございます」

「あんた、なんの仕事してるのん」

「仕事……そうですね。江戸時代のことなんかを研究してます」

「歴史の先生かいな」

「まあ、そんなもんです」

「あんた、独身？　あても独身やねん。もしよかったら、昼間、デートせえへん？」

「ははははは」

「はははは」

ぼくはその店を出た。公園に入ると、あのホームレスはまだいびきをかいていた。

起こさないようにそっとその横を通り抜け、ぼくはため息をつきながら自分のアパートに向かってよろよろと歩いていった。

◇

翌日と翌々日は地方での仕事だったが、三日目の夜、ぼくの足はまた「馬子屋」へと向かっていた。アパートから近い、ということもあるが、(店主は否定していたが)お好み焼き屋なのにうどんがあること、出汁がめったやたらとうまいことなど、ぼくにとってある意味理想の環境なのだ。とはいうものの、本当のところは、あの店主の発する妙な魅力にとりつかれてしまったのかもしれない。

「こんばんは」

「いらっしゃいませ」

てっきり馬子というあのおばさんがいるものと思ったら、返事をしたのは、おかっぱ頭の少女だった。

(馬子さんのこどもかな。いや、独身だって言ってたし……)

少女はぼくの気持ちを見透かしたように、

「うちはここの従業員です。店主は今、奥で……」

そこまで言ったとき、店の奥から、どぴっ、どぷぷ、ぺぱっ……という破裂音が聞こえてきた。ぼくが眉根を寄せてそちらに視線を向けると、おかっぱ少女は顔を赤らめて、下を向いた。ジャーッという水洗の音のあと、馬子が晴れやかな表情でトイレから出てきたので、ぼくは破裂音がなんであったかを理解した。

「あー、スウッとしたわ。二週間分の宿便がいっぺんに出た。すごい量やったでー。あんたに見せたかったわ。——イルカ！　手ぬぐい持ってきて。トイレのタオル、びちゃびちゃやがな。イルカ、いてへんのか」

　イルカと呼ばれた少女は、耳のつけ根まで真っ赤にしながら、手ぬぐいを店主に届けにいった。当の馬子はぼくを見つけると豪快に笑い、

「ああ、こないだの兄ちゃんかいな。ようお越し。あんたが来る思て、山のようにうどん玉仕入れたのに来《け》えへんさかい、困ってたとこやがな」

「ちょっと地方に行ってまして……」

「あのな、今な、おめでたいことがあったんや。なんかわかるか？」

　わかりますとも。

「白星や。大白星やで。めでたいわあ。二週間分の……」

　そこまで言いかけたとき、入り口の引き戸が開いた。ぼくはギョッとした。巨大なシルエットがそこにあったからだ。そのシルエットの頭部にはちょんまげが載っており、ぼくはまたまたギョッとした。まさか……江戸時代からタイムスリップしてきた侍……もちろんそうではなかった。

「ごっつぁんです」

そう言いながら入ってきたのは、

「昼白虎《ひるびゃっこ》関……！」

西の正大関で、なにかと物議をかもしている相撲《すもう》取りである。豪快な取り口で人気はあるが、一方では批判する連中も多い。

（そういえば、今は大阪場所か……）

三月半ば、大阪の府立体育会館で春場所が開催される。今日は五日目だった。たしか、昼白虎は二勝三敗で黒星先行のはずだ。昼白虎のすぐ後ろには、頭の禿《は》げた、背広姿の小男が立っていた。そのまた後ろには、付き人とおぼしき浴衣《ゆかた》を着た若い力士が二名、左右に控えている。

「大関、なにもこんなみすぼらしいお好み焼き屋に入らんでも、わし、どんな高い店でも連れていきまっせ」

顔の細い、目のつり上がったその小男の言葉を聞きとがめ、馬子が怒鳴った。

「みすぼらしいやて？　あんた、その口引き裂いたろか！　あんたらに食わすもんはないわ。出ていってんか」

小男は大関のまえに出ると、

「なんやと。大関昼白虎の御一行さまにケチつけるんかい」

「あんた……まさに『虎《とら》の威を借る狐《きつね》』やなあ」

うまい、とぼくは思ったが口には出さず、黙々とビールを飲んでいた。昼白虎が、

「まあまあ、かまやせんじゃないか、社長。わしは高い店でも安い店でも、気に入った店で飲みたい。それだけです。学生のころは金がのうて、安けりゃどこでも飲んだもんですわい」

「いや、昔はともかく、今は天下の大関や。それにふさわしい店に入らんと、大関の値打ちが下がる、言うてまんねん」

「社長、わしはのう……この店のまえを通りかかったとき、なかから『白星や。大白星やで。めでたいわあ。二週間分の……』ちゅう言葉が聞こえてきた。わしら相撲取りは縁起をいたって気にいたします。今のわしは、喉《のど》から手が出るほど白星が欲しい。そんなとき、白星や白星やという言葉は天から降ってきたようにも思えますわい」

「そ、そうか、そういうことやったら……」

狐顔の小男は、率先してなかに入ると、ぼくに向かって、

「兄ちゃん、大関がこの店で飲みたい、ゆうてはるんや。あんたの飲み食いした分、わしが出すさかい、今日は貸し切りにさせてんか」

またしても馬子が怒鳴った。

「この兄ちゃんは、『おうどんのリュウ』ゆう、うちの大事な常連さんや。勝手なこ

と言わんといてんか！」

「いや、いいですよ。ぼくはこれで……」

帰ろうとすると、

「あかん！　帰ったらどつくで」

むちゃくちゃだ。昼白虎があいだに入り、

「ええじゃないですか、社長。わしは皆さんといっしょに和気藹々《あいあい》と飲みたいですわい」

「そ、そうかね。じゃあ、大関のお許しが出たさかい、あんた、おってもええわ」

あくまで上から目線である。「社長」がぼくの隣に座り、その横に昼白虎、そしてふたりの付き人が順々に座った。力士たちはみな、あまりに身体《からだ》がでかすぎて、うしろのガラス戸に背中が当たっている。椅子も体重を支えかねてギシギシと悲鳴をあげ、今にも脚が折れそうだ。

「ほな、おばはん……」

社長が声をかけると、

「だれがおばはんや！」

馬子の右手からなにかが飛んだ。それは社長の顔面に当たり、

「ぎゃああ、熱うっ！」

あわてて振り払うと、鉄板のうえに落ちた。

「な、なんやこれ！」

馬子はこともなげに、

「昆布や。出汁とったとこやさかい、熱いやろ」

「こ、こ、このババア……」

「なに怒ってるねん。髪の毛にええと思て、親切で昆布あげたんやで」

頭頂から湯気を立てている社長の姿を見ながら、昼白虎はゲラゲラ笑って、

「お姉さん……お姉さん」

「お姉さんて、あてのことか」

「そうじゃや。生ビールがあれば、どんどん持ってきてください。あと、なにか、食べるものだが……なにがうまいかね」

「そやなあ。そら……うどんやわ」

馬子の魂胆はわかっていた。大量に仕入れすぎたうどんをさばいてしまいたいのだ。

「大関、酒のあてにうどんは……」

社長が口を挟むと、

「酒はさっきの店でさんざんにちょうだいしましたから、ちょこっと汁物が欲しいと思うてたところですわい。それに、ええ匂いがしとります」

「そういえば……」

馬子の出汁の匂いは、彼らの食欲を刺激したようだ。社長が言った。

「ほな、おば……いや、お姉さん、うどんや。いちばん高いやつはなんやねん」

「そやなあ、いちばん高いのは天ぷらうどんやな」

「よっしゃ、それや。じゃんじゃん作って、じゃんじゃん持ってきてんか」

馬子はイルカとともにうどんを作りはじめた。

「兄ちゃんは、なにうどんにする?」

「ぼくですか。——じゃあ、すうどんで」

そう言ってから、ぼくは昼白虎関をちらと見た。タニマチのまえでは快活そうにふるまっているが、二勝三敗では内心は穏やかではあるまい。社長がぺらぺらしゃべっている最中でも、時折ふと視線を外し、ため息をついているのを見てもそれは明らかだ。

(悩んでいるんだな……)

とぼくは思った。天下の大関といっても、いや、だからこそ悩みは大きいのだろう。それにくらべれば、ぼくの悩みなんか……。

(先輩たちのいうように、馬鹿馬鹿しいことなのかもしれないな……)

ぼくは、相撲にはそれほど詳しくはないが、人並みの知識はある。先輩のひとりに、相撲マニアがいて、そのひとからいろいろと情報を仕入れるのだ（向こうから勝手に教えてくれるのだが）。昼白虎は、こどものころから身体が大きかったらしい。少年相撲ではいつも優勝、K大相撲部に所属していたときは二年連続で学生横綱になった。プロ入りしてからも、巨体をいかした怒濤《どとう》の寄りでどんどん番付をあげていき、とうとう一昨年、大関にまで昇進したのだ。豪放磊落《らいらく》な性格で、インタビューでも「相撲は格闘技だから勝てば官軍だ」などと過激な発言を連発し、土俵に対戦相手を叩《たた》きつける仕草がまるでプロレスだ、と物議をかもし、また、酔っぱらって繁華街で暴れたり、うるさい取材陣に暴言を吐いたり、としょっちゅうマスコミに話題を提供することでも有名だった。国技なのだから勝てばいいというものではない、とか、大関としての品格がない、といった声が相次ぎ、相撲協会も親方を呼んで繰り返し厳重注意をしたが、なかなか素行は改まらなかった……。

（でも、こうして見ると、そんなにむちゃくちゃなやつとは思えないなあ。うちの先輩たちのほうがずっと……）

ぼくは、静かにビールを飲んでいる昼白虎の姿から、マスコミのいう「品格のない」力士とはまるでちがった印象を受けていた。

「ビール、おかわり」

さすがに相撲取りたちは飲むペースが速い。まるで水のように大ジョッキをつぎつぎと空にしていく。

「明日は、だれとの対戦やったかな」

社長がきくと、

「小結の低見山《ひくみやま》関です。先場所は負けましたわい」

空気が重くなった。

（先場所だけじゃない。そのまえの場所も負けているはずだ……）

大関になった当初はよかったのだが、昼白虎はすぐに壁にぶつかった。体重をいかしての寄り身、というワンパターンな取り口が相手に覚えられてしまい、はたき込みなどで負けてしまうケースが多くなって、どうしても勝ち星があがらない。そのうちに腰を痛めてしまい、成績は下がる一方となった。負け越しと勝ち越しを繰り返し、マスコミはこぞって大関としてのふがいなさを責めたてた。

「学生横綱は、いきなり幕下付け出しになるから基礎的な修業ができていない。だから、身体に無理がかかって、すぐに故障するんだ」

そんな意見もあった。

（たしか、今場所負け越したら、大関陥落のはずだ。うわあ、こんなところで飲んでる場合じゃないよな）

たぶん、本人もそれはわかっているはずだ。タニマチとの付き合いも大事だが、いてもたってもいられない気持ち。一方では「ゲンかつぎ」にこだわってでも白星をあげたい、という気持ち……。

「うどんがでけたで」

馬子が丼鉢《どんぶりばち》を皆のまえに運んだ。社長がそのなかを指さして、

「なんじゃこれは！　わしが頼んだのは天ぷらうどんやで。これなんやねん。なんか、妙なもんが入っとるがな。こんなもん食えるかい」

「妙なもんとちがうで。玉ねぎのカツや」

「玉ねぎのカツ？　そんな、貧乏くさいもん、天下の大関が……」

昼白虎が社長を制して、

「いや……お姉さん、あんた、勝負に勝つように縁起かついでカツを入れてくれたんか」

「そういうこっちゃ。これ食うて、明日は勝ってんか」

「おおきに、おおきに、ごっつぁんです」

昼白虎は箸を拝むようにしてから、いきなり食べはじめた。その勢いと迫力にぼくは圧倒された。ほんの三十秒ほどで、うどんは空になった。片手で丼をつかみ、汁も一滴も残さず飲みきって、

「ああ、うまい。もう一杯」

大きい丼が、まるで湯呑《ゆの》みのように見える。

「さすが、お相撲さんやな。一口でぺろりや。――ほな、作って作って作りまくるで」

それから、昼白虎は十杯ほどのうどんをあっというまに平らげた。付き人たちも食べるので、おそらく全部で三十杯ははけただろう。

「ああ、うまい。もう一杯」

まったくペースを落とすことなく十一杯目を注文した昼白虎に、馬子はお手上げのポーズをとり、

「今日はもううどん玉がのうなってしもた。売り切れや。閉店ガラガラや」

「そうですか。明日はもっとぎょうさん仕入れといてくださいよ」

「明日も来るんか？」

「明日勝てば、かならず参ります」

それもまたゲンかつぎなのだろう。昼白虎は、ひょいとぼくの丼を見て、

「お兄さん、食がすすんでませんのう。まだ一杯目じゃろう。『おうどんのリュウ』の名が泣きますよ」

「あはは……大関の、ものすごい食べっぷりに当てられちゃって……」

「あっはっはっはっはっ」

大関は、ぼくの肩にドン！　と手を置くと、腰に手をあてがいながらゆっくり立ちあがり、

「お姉さん、ごっつぁんでした！」

悠々と店を出ていった。社長が精算をすませてから、馬子に耳打ちし、

「明日は、今日の倍、いや、三倍仕入れといてくれ。頼むわ。――カツも頼む」

「そないに仕入れて、もし、あんたら来んかったらどうなるねん」

「全部わしが払うから心配いらん。うどんの百杯や二百杯、はした金やないかい」

早口でそう言うと、社長は力士たちのあとを追った。

「昼白虎はええやつやけど、あの社長がムカつくなあ」

馬子は、聞こえよがしの大声で言った。

「タニマチというやつですね」

相撲取りの贔屓《ひいき》の旦那《だんな》のことをタニマチというのは、その昔、谷町界隈に住んでいた医者がたいそう相撲好きで力士の応援をしたという故事によるらしい。

「あの子、腰が悪いんやろな。あれではなんぼゲンかついでも勝てんわ」

「わかりますか」

「ずっと腰に手ぇ当てて、そろそろ歩いとったやろ。体重はたぶん百六十キロぐらいあるんとちがうか。それを支えるんやから、腰もひいひいいうわ。――あんた、うど

ん残ってるで。もうおなかいっぱいか」

「いや、食べますよ」

ぼくは残りのうどんをすすりこんだ。

◇

翌日、昼白虎は苦手の低見山相手に勝利した。しかし、勝つには勝ったが、大関としてはみっともない相撲内容だった。相手が思いきり当たってきたところをはたいたが決まらず、後ろへ後ろへとさがって防戦一方、とうとう徳俵《とくだわら》に足がかかったとき、偶然半身の体勢になった。なおも前に出ようとする低見山が、勢いあまって前のめりになり、両力士はもつれるように土俵外へと落下したが、低見山のほうが先に手をついた。行司は昼白虎に軍配を上げ、物言いがついたものの、審判の協議の結果、軍配どおり昼白虎の勝ちとなった。ほぼ九割は負けていたわけで、「勝ちを拾った」としか言いようのない勝ちかたである。

「ああ、しんど」

「馬子屋」に入ると、店主が腰を押さえて、伸びをしていた。カウンターの内側に、大きな白い塊がある。

「どうしたんですか」

「うどん粉、こねてたんや。いつもはそないにうどん、出えへんさかい、うどん玉買《こ》うてたんやけど、こないだからえらい売れるさかい、久しぶりに自分で打ってみよ、と思てな。せやけど、力いるわあ。腰がめきめきいうてるわ。——あんた、かわりにこねてくれる?」

「ぼ、ぼくがですか」

「あんたが食べるんやろ。あては食べへんねんさかい、あんたが打つのがあたりまえや」

そ、そうか……?　ぼくが、店主が本気かどうかはかりかねているとき、

「ごめん!」

勢いよく戸が開いて、例の小柄な社長を先頭に、昼白虎一行が入ってきた。

「勝つうどんや。勝つうどん、二十人まえとビールや」

タニマチが勢いよく財布をカウンターに叩きつけた。だが、意気軒昂《けんこう》な社長にくらべ、昼白虎の顔色はすぐれない。

「白星、おめでとうございます」

ぼくがお愛想を言うと、昼白虎はかすかに笑い、ごっつぁんです、と言いながらも腰を押さえた。

「腰、だいじょうぶですか」

それを聞いて、昼白虎の笑顔が凍りついた。社長が叫んだ。

「腰て、どういう意味や。昼白虎関は腰悪うしたりしてないで」

「え？　でも、きのう……」

ぼくが馬子のほうを見ると、昼白虎は太い息をつき、

「――やっぱり、わかりますかな」

「きのうも腰をかばうてたさかいなあ、見るもんが見たらわかるわ」

「そうなんです。ずっと悪くて……外科に通ったり鍼《はり》を打ったり、いろいろやってみたがどうにもようならんのですわい」

社長も暗い顔で、

「今日はなんとか勝てたけど、このままやったら大関陥落……引退や。どないしたもんかと思うてなあ。頼みの綱は、ここの勝つうどんだけなんや」

馬子はちょっと考えていたが、

「昼白虎はん、あんた、四股《しこ》踏んでるか」

「四股……？　相撲取りですから四股は毎日かかせません。もっとも、腰を痛めてからは、あまり熱心には踏んでおりませんが……」

馬子は、白い塊を持ちあげ、昼白虎のまえにどすっと置いた。

「これは……？」

「うどん粉を練ったもんや。これを二つ、あげるさかい、床に置いて、そのうえで四

股踏んでみて」

「大関になんちゅうことさすねん」

社長が憤ったが、昼白虎は言われるがままにその塊を厚手のビニール袋に入れ、少し離して一つずつ床に置いた。そして、履きものを脱ぎ、素足になると、うどん粉のうえに乗った。まずは高々と右脚をあげ、

「よいしょーっ！」

ぼすん、という音とともに地響きがして、白い塊に足形が深々とついた。

「よいしょーっ！」

どすん、ぼすん、ずすん、ばすん……。

「だいじょうぶかいな、腰悪いのにこんなことさせて……」

心配げな社長に、馬子が言った。

「どうせこのままでも引退なんやろ。少々無茶してもええんとちがう？」

「そらそやけど……大関がいまさら四股なんか踏んで、なにになるねん」

「まあ、見ててみ」

そんなやりとりをよそに、昼白虎は真剣に四股を踏む。しだいに上気して、肌に赤みがさしていく。汗がじわっと流れだす。

「どないだす」

馬子の問いに、昼白虎は笑顔で、

「なかなか……よろしいです。稽古場《けいこば》の土のうえで四股を踏むと腰に響いていたが、これだけ弾力のあるものを踏むようにすると、これは……痛くないし、かえって気持ちいい。何時間でもできそうですわい」

「そうやって、毎日うどんを踏んだら、きっと腰まわりの筋肉がつくはずや。あんたは小さいころから身体が大きかったさかい、相撲も強かった。せやけど、それは体格で勝ってただけなんや。学生横綱になって、すぐに幕下付け出しになったから、たたき上げの修業があんまりできてへん。それやのに、巨体を作らなあかんゆうて、食うだけ食うて体重は増える一方。せやさかい、腰にむりがかかったんや。今からでも遅うないで。四股を踏んで踏んで踏みたおして、腰を鍛えなおすねん。それでうどんのコシも出る。シコでコシを出すねん」

調子がでてきたのか、うどんを踏む、ずどん、ずどん、と心地よい音がリズミカルに響きわたる。

「そうじゃ、わしは今まで腰抜けのへっぴり腰だった。これから、大阪場所のあいだは毎日ここへ来てうどんを踏ませてもらいます」

「そうしなはれそうしなはれ。大阪場所のあいだといわず、ずっと東京から通《かよ》といで。たっぷり踏ませたげるで。半年もしたら、讃岐うどんみたいにりっぱな腰ができあがるわ」

うれしそうにそう言う馬子のにやにや笑いは、ぼくにはどう見ても、自分が手抜きができるせいとしか思えなかった。そこへ社長が水をさすように、

「せやけど、今日から四股踏んでも、急には筋力はつかんやろ。半年後のことより、今場所のことが大事なんや。大関陥落がかかっとるんやで」

たしかにそのとおりだ。しかし、馬子は笑いながら、

「それやったら、これ、食べてみ」

丼に入れたものを大関に差しだした。それは、やや太めのうどんに、黒い汁がちょっぴりかかったものだった。昼白虎はおそるおそるそれを箸ですすりこんだ。

「な、なんじゃ、これは……。ふにゃふにゃで、まるでコシがない。コシくだけじゃ。けど……うまい」

「それは伊勢《いせ》うどんや」

まえに、伊勢に仕事で行ったとき、ぼくは食べなかったが、同行者が注文していた記憶がある。伊勢には独特のうどんがあり、ふつうは十分前後ゆでればよいはずのうどんを釜《かま》で一時間も煮るのだという。当然、うどんはくにゃくにゃになり、コシなどどこにも見あたらない状態になる。そこへ、たまりじょう油をベースにした濃厚なタレをちょっとだけかける。それをからめるようにして食べるのである。

「うどんはコシがあるもんや、というのはまちがいやで。こういううどんもあるねん。それに、大阪のうどんもそないにコシはないもんや。あんたも、腰が悪いからゆうて、腰をかばってかばって相撲を取ってたら、そら負けるに決まってる。腰がある、と思うさかいかばうんや。腰がない、と思たらええやんか」

「腰が……ない？」

そんなことを思えるだろうか。しかし、大関はなにかをつかんだ様子で、

「なるほど。わしは今までずっと腰をかばいながら相撲を取っていた。それでは勝てん」

昼白虎は、突然、戸を開けて表へ出ると、

「夜赤猫、昼緑亀、ちょっと来い」

付き人ふたりを外へ呼びだし、

「一番来い。思いきり来い」

言われて、まず夜赤猫がぶちかました。昼白虎はそれを受けとめたあと、本来なら力強くねじふせるところを、ふにゃり、と腰くだけのように、相手をまえに呼びこんだ。つぎの瞬間、夜赤猫は地面に這《は》っていた。

「つぎ、昼緑亀！」

つづいて、昼白虎よりも身体のでかい力士が激しいつっぱりを見せたが、昼白虎は

またしても、ぐんにゃりと腰を引き、そのまま昼緑亀を叩きつけていた。

「うおおおっ！」

社長が両のこぶしをつきあげると、「馬子屋」の店のまえを走りまわった。

「いけるっ！　これならいけるでえっ！」

昼白虎は浴衣の砂を払うと、

「まあ、大関相撲とはいえんかもしれんけど、今場所はなんとかなりそうじゃわい。

——ごっつぁんです」

馬子に向かって頭を下げると、

「ほな、しめくくりに、あてと一番、とってみて」

冗談か、と思って、ぼくは馬子を見たが、その顔はまじめそのものだった。

「一番というと……相撲を、ですか」

「もちろんや。こう見えても、あてはなかなか強いで」

「うはははは。いくらなんでも、この昼白虎、女と相撲はとれませんわい」

「ええからええから」

馬子は外へ出ると、地面に両手をつき、ガマガエルのような体勢になった。

「ちょ、ちょっと待ちなされ。わしはプロの力士じゃ。なんぼ腰が悪うても、あんたが勝てようはずもない。遊び半分で相撲はでき……」

「はっけよい、のこったーっ！」

馬子は怒濤の勢いで昼白虎につっかかっていった。大関も思わずそれをがっしと受けとめた。

「な、なんじゃこれは。おば……いや、お姉さん、あんた、たしかにとんでもない力じゃな。こりゃあ……真剣にとらねば、わしも怪我《けが》をするわい」

昼白虎は腕《かいな》に力をこめた。筋肉がぷりぷりと膨れあがった。

「はっけよい、のこったのこった」

イルカがいつのまにか行司役をしている。

「むむむ……わしも大関じゃ。女に負けるわけにはいかぬわい……」

「女も男も関係ない。これは勝負や！」

「よし、わかった。わしも本気出しますぞ」

だれもが、馬子が簡単にひねりつぶされるだろうと予測していた。しかし……。

「どあああああああっ！」

凄《すさ》まじい気合いとともに、馬子が上手投げを打った。昼白虎の巨体が宙を舞った。

「うわああっ」

皆が目を疑った。昼白虎は、かたわらの植えこみのなかに仰向《あおむ》けに放りこまれていた。

「大関……！」

「昼白虎関……！」

社長や付き人が駆け寄った。社長は馬子を振り向くと、

「あ、あ、あんた、なんちゅうことを……天下の大関を……怪我でもしたらどないしてくれるんじゃ！」

しかし、昼白虎は笑いながら立ちあがると、

「いやあ、負けた負けた。きれいさっぱり、見事に負けた。お姉さん……あんた、とてつもない力じゃなあ。あんたになら、負けてもしかたがない。たぶん、横綱でもあんたにはかなうまい」

「そらそや。あては、野見宿禰《のみのすくね》と勝負して勝ったこともあるんやで」

さすがに肩で息をしながら、馬子はわけのわからないことを言った。

「なんだか、あんたに投げられて、さっぱりさばさばした心持ちじゃ。身も心も軽うなったような気がする。負けて、こんなに気持ちがいいのははじめてですわい」

すがすがしい顔でそう言ったあと、昼白虎はグローブのような両手を叩きあわせると、

「はあー、どすこーい、どすこい」

相撲甚句《じんく》だ。

はあ、えー
はあー、どすこーい、どすこい
うどんの種類を甚句によめばよー
はあー、どすこーい、どすこい
はあー、日本全国広しといえど
うどんのない土地ありませぬ
生醤油かけるは讃岐うどん
細くて冷たい稲庭《いなにわ》うどん
氷見《ひみ》のうどんも細くてうまい
ふにゃふにゃしてるは伊勢うどん
ひもかわ、水沢、おきりこみ
武蔵野《むさしの》、加須《かぞ》は関東の雄
うまいもんだよ、かぼちゃのほうとう
味噌《みそ》で煮こんだ名古屋のうどん
ごぼ天載せたる博多うどん
ひっぱり伸ばすは五島のうどん

なかでもうまいは大阪のおうどん
コシは弱いが作る姉さんの
腰は強うて
よーうほほほい
はあー、粘り腰、よーう
はあー、どすこーい、どすこい

夜の谷町筋に朗々と、相撲甚句がこだまする。

「これがわしの御礼です」

歌いおえた大関がそう言うと、馬子は、

「あんた、明日は勝つで」

それから、昼白虎たちはビールを盛大に飲み、盛大にうどんを食い、丼を山と積みあげ、来たときとはうってかわって、意気揚々と引きあげていった。

「すごいですね……」

ぼくは、心から感心してそう言った。

「いくら手加減してくれたとはいえ、大関を投げ飛ばすなんて……」

「ははははは。あんた、あれ、向こうが手加減してると思う？」

「そりゃそうでしょう」

「手加減したのはあてのほうや。あてが本気出したら、あんな相撲取り、つぶしてしまうで」

「あっはっはっはっ。またまた冗談を……」

「冗談やあらへん。これ、見てみ」

馬子はそう言って、道路沿いに設置してある案内用の道路標識にむんずと両手をかけた。まさか……と思って笑いながら見ていたぼくの笑いがしだいにひきつっていった。馬子は、おそらく総重量十トンはあるだろうその巨大な標識の支柱をつかみ、左右にゆっくりと揺すっていたが、だんだんと高さ五メートルはある柱が揺れはじめたのである。コンクリートの地面にしっかりと固定してあるはずなのに、「天王寺・上本町」などと書かれたその大きな金属製のパネルが、まるで阪神の応援旗か、漁港の大漁旗のようにぶわんぶわんとたなびいている。鋼鉄製の支柱がメトロノームの針のように右へ左へと行きつ戻りつしている。夢を見ているようだ……。

「あ、あかん！　それ以上やったら折れる！」

我に返ったぼくは、あわてて馬子をとめた。

「わかりましたわかりました、力が強いことはよーくわかりました。頼んますさかい、もうやめてください」

「そやな、今日はこのぐらいにしといたろ。内緒やけどな、こないだ、一本折ってしもてな、先週、新しく取り替えられたとこなんや」

　無茶するなあ……。ぼくたちは、店に戻った。まだ背筋がぞくぞくしている。怖くて怖くて、小便ちびりそうだ。

「ほな、飲みなおそか。――イルカ、リュウちゃんにすうどん作ったげて」

　そうだ。昼白虎はなにかをつかんだようだが、ぼく自身の悩みはまるで解決していないのだ。奇《く》しくも大阪場所の千秋楽の日がぼくの勝負の日だ。しかも……ぼくのほうは負け越し決定といってもいい状態なのである。

「あと九日か……」

　ぼくがぽつりとつぶやいたとき、

「すうどんでけたで。今日も稽古するんやろ。もう、日がないさかいな」

　そう言って馬子が、ぼくのまえに湯気のたつ丼を置いた。ぼくは、のろのろと箸先に数本のうどんをひっかけ、ずるずるとすすりこんだあと、ぎょっとして馬子を見つめた。

「今、なんて言いました？」

「せやさかい、今日も稽古するんやろ、て言うたんや」

「な、なんの稽古ですか」

「うどんを食べる稽古に決まってるやんか」

ぼくは、まじまじと眼前の肥えたおばはんを凝視した。

「どうしてわかったんです」

「そら、わかるわ。あてをなめたらあかんで。あては、お笑い好きやさかいな、大阪の芸人さんはたいがい知ってるんや」

馬子は一枚のチラシをぼくに見せた。そこには、

第一回笑酔亭《しょうすいてい》竜吉《りゅうきち》独演会
○月○日午後七時より
場所・難波ペロティホール
演目・「時うどん」「七度狐《ぎつね》」ほか

とあった。もちろん、ぼくの高座姿の写真も大きく載っている。

「あんた、うどん、嫌いなんやろ」

「——はい」

「嫌い、というより、めちゃめちゃ大嫌いやろ」

「——はい。こどものころからうどんだけはどうしても食べられないんです。もとも

とコナモン全般が苦手なんですが、とくにうどんの、あの白くて太い、小麦粉臭い、ぼてっとした感じが苦手で……。なんでわかりました？」

「だれかてわかる。あんたの食べ方、どう見てもうどん好きには見えんわ。それに、あんたが来るたびにそこの公園の植えこみに、うどん吐いたあとがあったからな」

「すいません……」

「人間、だれしも嫌いなもんはある。しゃあないがな。そないむりに食べようとせんかて……」

「でも……ぼくは大阪の噺家《はなしか》です。上方落語にはうどんを食べる仕草をするネタがたくさんあります。『うどん屋』『風邪《かぜ》うどん』それに『時うどん』……お客さんも、噺家はエアうどんをうまくすすれるのがあたりまえ、という目で見ています。師匠からも、入門してすぐにうどんの食べ方を叩きこまれました。でも……がんばればがんばるほど、気持ち悪くなってしまうんです。高座でも、何度も吐きそうになって……」

「はあ……どんな商売でもほかのもんにはわからんたいへんさがあるんやなあ」

「先輩に相談しても、アホか、て言われるだけでなんのアドバイスももらえないし、もう落語家でやっていく自信がなくなりまして……」

「えらい思い詰めたもんやな」

「最後の勝負に出ることにしました。生まれてはじめて大きな独演会をすることにしたんです。そこで『時うどん』を演《や》って、うどん嫌いを払拭《ふっしょく》しようと……」

「それで、うちにうどんを食べる稽古に来たんやな」

「うどんの専門店に入るのは怖くて……。それに、うどん屋さんなら、注文するだけ注文して食べられないとお店に迷惑がかかりますが、お好み焼き屋さんならちょっとはましだろうと思ったんです。ほんと、すいません」

「ま、ええけどな。――で、どうなんや。エアうどん、なんとかなりそうか」

「いえ……」

ぼくは下を向くしかなかった。

「毎日努力はしたんですが、そのたびにもどしてしまって……。克服どころか、逆にどんどん嫌いになっていくようです。独演会は九日後です。どうしたらいいのか……」

「そばは食えるんか」

「――え？」

「そばやったら食べられるんか、てきいとんねん」

「そばは大好きです。週に三度は食べますね」

「ほな、うどんを全部、おそばに置き換えたらええやないの。『時うどん』も東京では『時そば』やろ」

「上方落語ですから、そばではむりですよ」

「だいじょぶやて。大阪にはそば屋はひとつもないんか？」

「いや……そんなことは……」

「大阪でも、ええおそばの店、いっぱいあるで。こだわりのおそば屋さんも増えてるみたいやないの。関西人でも、おそば好きのひと、ぎょうさんぎょうさんいてはると思うで。上方落語やからゆうて、ぜったいにうどんでないとあかん、てだれが決めたんや。あんたがおそばが好きなんやったら、おそばにしたらええがな」

「――な・る・ほ・ど……」

たしかに、東京の噺家が大阪に来演したら、「時そば」や「そばの羽織」を演じることもあるが、文句を言う客はいない。上方落語なのだからうどんしかダメと決めつけていたぼくは、頭が固すぎたのか……。

「わかりました。そばでやってみます。まだ九日ある。そばに置き換えて稽古します。――でも、チラシやポスターには『時うどん』で出してしまったから、お客さんに申しわけないです」

「『七度狐』も演るんやろ。狐に化かされた、ゆうことでええがな」

「そういえば、きつねうどん、というのもありますからね」

「ちがう、きつねやない、けつねや」

馬子はそう言った。

◇

翌日から、ぼくは「時うどん」あらため「時そば」の稽古に入った。家にこもっているので、「馬子屋」へも行かなかったが、テレビで昼白虎の取組だけは観《み》ていた。昼白虎の快進撃はすごかった。どんなに突貫相撲の相手でも、その突撃をやんわりと受けとめてしまう。すべての衝撃を吸収してしまうかのような、柳に風の受けかただ。まさに伊勢うどんのように「腰がない」感じである。相手力士のひとりは、

「力任せにぶつかったつもりなのに、こんにゃくを押しているみたいに手応《てごた》えがなく、いつのまにか負けている。なにがどうなっているのかよくわからない」

とインタビューで語っていた。解説者も、

「今場所の昼白虎は、ひとが変わったみたいですね。言動も落ち着いて、品格がでてきた。大関としての自覚を持つようになったんでしょうか。身体の切れもいいし、よほど体調がいいんでしょう」

と言っていた。じつは腰が悪いのだ、と教えても信じてはもらえないにちがいない。そして、とうとう十一勝三敗で千秋楽を迎えることになった。

◇

明日が独演会という日の夜、ぼくは久しぶりに「馬子屋」へと向かった。会のチケ

ットを渡して、招待するつもりだったのだ。ところが、店がどうしても見つからない。

（あれ……おかしいな……）

公園はたしかにある。あのホームレスもベンチで寝ている。しかし……店がない。

（いつも、来るときは酔ってたからな。道をまちがえたのか……）

そう思って、三十分ほどあたりを探したが、なぜかその日は店に行きつかなかった。明日は独演会の日なので、ぼくはあきらめてそのまま帰宅した。そして、会の当日、ぼくは楽屋で着替えながら昼白虎の一番を観ていた。十二勝の横綱との結びの一番で快勝し、決定戦の結果、昼白虎はみごとに優勝を飾ったのだ。ぼくは思わず、

「やった！」

とテレビのまえでガッツポーズを取ってしまった。ぼくはそのまま高座にあがり、高揚した気分のまま、「時そば」を演じた。めちゃめちゃウケた。馬子かイルカが来ているかもしれないと思って、終演後、ホールのまえで探したが、どうやら来てくれてはいないようだった。打ちあげもそこそこに、ぼくは「馬子屋」へ行った。だが……昨晩と同じく、店が見つからなかった。谷町筋沿いをくまなく探したが、どこにも見あたらない。例の案内標識の場所から脇道《わきみち》に入って、公園の横を通りすぎ……。

（ない……）

呆然《ぼうぜん》として、ぼくは、店があったはずの場所に立ちつくした。両隣の民家にはまち

がいなく見覚えがあるのだ。だから、ここに……ここにあるはずなのだが……。ふと、横を見ると、昼白虎関が立っていた。優勝パレードを終えて、駆けつけたのだろう。

「ない……」

彼もそうつぶやいて、何度も目をこすっていた。ぼくは、優勝おめでとう、と言うのも忘れていた。ぼくたちは、夜中にもかかわらず、隣の民家のチャイムを押した。すでに眠っていたらしい老人が出てきて、

「なに……？」

「あの……この並びに『馬子屋』っていうお好み焼き屋さんがありませんでしたか」

老人はうさんくさそうにぼくたちをじろじろ見ると、

「そんなもん、聞いたことない」

そう言ってドアを閉じた。ぼくと昼白虎は、無言で顔を見合わせた。あれから数カ月たったが、ぼくはいまだにあの店を探しだせずにいる。苦手なうどんを涙ながらに飲みこんだあの体験は、全部幻覚だったのだろうか。そうかもしれない。すべては谷町筋の夜の空気が形作った「エア」だったのだろう。だが、もしかすると、今もこの広い大阪のどこかで、あの肥えた「お姉さん」がうどん玉をゆがいている……そんな風に思えてならないのだ。

焼きそばのケン

その店は、大阪ミナミの三津寺筋《みってらすじ》のどこかにある。どこか、としか言えないのは、俺がすでにその店にたどりつく自信を失っているからだが、あの時期……今年のあたまから二月半ばぐらいまで俺はその店の常連だったのだ。はじめてその店に入ったとき、俺は世の中に愛想をつかしていた。世の中に、というと大げさだが、まずは自分の仕事の内容に、仕事を取り巻く環境に、そして自分自身に愛想をつかしていたってところか。とにかくまわりが馬鹿《ばか》ばっかりなのだ。そして、それがわかっていながらどうすることもできない俺も馬鹿なのだ。毎日毎日、会議に出て意見を述べても、

「そりゃむりだよ、バブルのときならともかくこんなに不況なんだからさ」

「あんたがそれをやりたい気持ちはよくわかった。でも、時宜《じぎ》というものがある。今は、いいものを作っても売れない時代だ。ましてや、そんなわけのわからんもの、だれが買う?」

「たまには冒険するのもいいんじゃない。私はごめんだけどさ」

「おまえは会社をつぶすつもりか。会社経営というのは遊びじゃないんだ」

「やるんなら、あんた個人でやんなさいよ」

そんななまぬるい応《こた》えしか返ってこない。たしかに、仕事というのは金もうけのためにやっているのだ。そうでなくては、社員に給料を支払えない。しかし、どうせなら、おもしろいこと、楽しいこと、新しいことをやりたい。そう思って、今の会社に就職し、それなりに貢献し、なかにはうまくいったプロジェクトもあって、会社の発展にも寄与してきたつもりだ。社長も俺には一目置いてくれているし、俺の発言は会議でも一応の重みを持っている。ところが、会社というやつは、でかくなればなるほど自由がきかなくなる。社員が増え、得意先が増え、動く金が増えていくと、好き放題はできなくなる。昨年の暮れ、三カ月かけて練りあげた案を俺が発表したとき、だれもやっていない新しい企画だからやってみよう、という意見と、時代を先取りしすぎだ、危険すぎる、という意見が半々だった。最終的には、社長の、

「時期尚早」

の一言ですべてがパーになった。俺がなおも食いさがって、

「新しいものはおもしろいんだ」

と主張しても、社長はかぶりを振り、

「新しいだけだ。おもしろくはない」

「新しいイコールおもしろい、だ」

「頭を冷やせ」

「ぜったいに当たる。俺が保証する」

「今は自重のときだ。流行に『ぜったい』はない」

暗澹《あんたん》たる気持ちになった俺は、その夜、社長の誘いを断って、ひとりで新宿に飲みにいった。何軒かはしごをしたあげく、ゴールデン街のスナックで濃い水割りをなめながら考えた。

(思いきって辞めるか……)

自分で会社を興すのだ。俺が社長なのだから、だれに遠慮することもない、どんなプロジェクトも勝手に進められるわけだ。だが……この業界、なにをやるにしても金がいる。資金なしで成功はない、ということは、身に染みてわかっていた。行き詰まりを感じた俺は、大阪に行くことにした。八方ふさがりのときは大阪だ。俺はこれまで、仕事はもちろん、人間関係や人生で問題にぶつかったとき、大阪という街から刺激をもらい、壁に風穴を開けてきた。べつに、大阪にアドバイスをくれる知人がいる、とか、なじみのパワースポットがある、とかそんなことはいっさいない。ただ、大阪という、東京人の俺からすると、わけのわからない、理屈で割り切れない、パワフルでいかがわしくでたらめな「場」が俺になにかを示唆してくれるのだ。「大阪に行けばなんとかなる」……その考えは俺にとって信仰に近いものだった。あるひとにとっては、それがニューヨークだったり、インドだったり、バリ島だったり、韓国だったり、アフリカだったりする。だから、俺にとっての大阪は「街」ではなく、「国」だ。

翌朝、俺は会社に電話をして、一カ月間の長期休暇を申請した。普段、土日も祝日もなくひたすら働きつづけているんだから、それぐらいかまわないのだ。いや、それぐらい休んでもお釣りがくるぐらいだ。人事部のほうも、ああ、またいつもの病気か、ぐらいに思っているらしく、簡単にOKが出た。午後には、晴れて大阪の土を踏んでいた。まずは、梅田の東通り商店街にある居酒屋からはじめて、生ビール二杯飲んだのを皮切りに、つぎの店に移る。ひとつところに腰を落ちつけず、どんどん河岸《かし》を変えていく。これが若いころからの俺の飲み方である。いわゆる「暴れ飲み」というやつだ。このやりかただと、たまに「ハズレ」の店があっても、ビール二杯で出てしまえばよいのだから、さほどのダメージもない。ときには、

（ここはもう少し尻《しり》をすえたいな……）

と思うこともあるが、リズムが狂うから、そこは店の雰囲気や味よりも、飲み方を優先させるのだ。そのときも、気づいたらベロベロになって、心斎橋界隈《しんさいばしかいわい》をほっつき歩いていた。時間はもう午前一時だ。まだ、宿を決めていない。この時間からでは、

ビジネスホテルを予約するのも面倒くさいし、

(朝まで飲むか)

そう腹をくくると、俺は三津寺筋の交差点を西側に渡った。細い裏通りをタクシーと酔っぱらいがごちゃごちゃと占拠し、秩序もなにもない。クラクションの音と、それに負けじと怒鳴り返す声が衝突し、

(ああ、大阪だ……)

と俺はようやくここがどこであるかを体感した。どこかの雑居ビルの地下に降りていったとき、スナックやピンサロのあいだにふと、その看板を見つけた。

「コナモン全般・なんでもアリ升・店主BIRJIN・馬子屋」

店主バージンという文言《もんごん》は、エロがかった店を連想させるかもしれないが、店構えは「積みあげられて自重でつぶれた段ボール箱」のようで、どこにもエロの要素はない。俺はじつを言うと、無類の焼きそば好きだ。うまい焼きそばがあると聞けば、忙しい仕事の合間を縫って、静岡でも秋田でも飛行機の日帰りで出かけていく。最近は各地に「ご当地焼きそば」なるものがあって、それぞれにうまい。仕事柄、旅も多いのだが、きつい日程のなかの楽しみは、そういったご当地焼きそばを食べたり、また、こんなところにこんな店が、というような「知る人ぞ知る」穴場を見つけることだ。屋台の焼きそば屋にだって、びっくりするぐらいうまい店はあるし、高級具材をこれ

見よがしに使用していても呆《あき》れるぐらいまずい店もある。断っておくが、俺が「焼きそば」というときはソース焼きそばを指している。塩焼きそばやしょう油焼きそばは俺にとって「似て非なるもの」だし、ましてやカキ油を使った上海風焼きそば、バリと呼ばれる揚げそばに中華あんをかけた堅焼きそばは言うまでもなく焼きそばの範疇《はんちゅう》に入らない。ソースを使わない焼きそばなど、焼きそばという名前で呼ぶこと自体がおかしいのだ。その点、大阪の「コナモン屋」なら安心である。まちがっても五目あんかけ焼きそばが出てくる心配はない。

（入ってみるか……）

魔が差した、というやつだ。脳細胞がアルコールでおかしくなっていたとしか思えない。俺はその店のドアに手をかけていた。その瞬間、頭にビビビビ……と電気のようなものが走った。コノ店ニ入ッテハイケナイ、と身体《からだ》が拒絶反応を起こしたのだ。しかし、俺の手はそのドアをガタピシ開けようとしていた。よほどウスターソースの味が恋しくなっていたのだろう。細めに開いたドアの隙間《すきま》から噴きだしてきたのは、食欲をそそる焦げたソースの匂《にお》い……ではなく、なにやら黴《かび》くさい、陰鬱《いんうつ》な臭気だった。俺の周囲を取り巻いたその風は、まるで地獄から吹いてきたように思えた。その時点なら、まだ引き返せた。扉を閉めて、回れ右すればいいのだ。でも、俺はなぜか、砂鉄が磁石に吸い寄せられるように扉を全開にしていた。予想どおり、いや、予想以上にというべきか、その店は暗く、狭く、解体寸前だった。客はひとりもいない。しかも、店主らしき姿もない。そもそも照明が暗すぎる。今日は休みなのか？　いや、扉に鍵《かぎ》はかかっていなかったし、流しには洗いものが積みあがっている。しん、と静まりかえった店内に、俺は不気味なものを感じた。

（だれもいないならしかたがない。帰ろう）

だが、泥酔していた俺は、しんどさも手伝って、椅子《いす》のひとつに腰をおろした。もう一度、ゆっくりと店を見渡す。笑えるぐらいにぼろぼろだ。テーブル席はなく、短いカウンターがあるだけ。棚には、ボトルキープなのだろう、昭和のころから置いてあるとおぼしき、油でべとべとのダルマウイスキーが並び、その横にはこれまた油まみれのルービックキューブとUFOキャッチャーの景品らしき羽根の生えたキティちゃんが押しこんである。そのキティちゃんの顔がソースの染みでまるで血塗られたようになっているのが不気味だった。見た瞬間、ぞくぞくっと寒けがした。以前に見た「血まみれゾンビのバラード」という映画の一シーンが頭に蘇《よみがえ》ったのだ。その映画では、腐臭の漂うキティちゃんのぬいぐるみが血を流し、ぱぷー、ぱぷーとおもちゃのラッパを吹きながら歩く場面があり、俺は映画館で観《み》て大笑いしたが、この状況下で思いだすとめちゃめちゃ怖い。立ちあがり、入り口のほうへ数歩歩いたとき、ぱぷー、ぺー……

ラッパのような音がした。心臓がキチキチッと縮みあがった。

ぺー……ぺぺー……

俺はキティちゃんを注視した。ソースの染みをこちらに向けていたはずのキティちゃんが、いつのまにか壁のほうを向いているではないか。しかも、壁が、ガタガタガタガタ……と小刻みに震動している。そして、とどめのごとく、腐臭らしき匂いが、つん、と鼻をついた。

（な、なんだ、この店……）

俺は、いわゆる「怖がり」ではない。どちらかというと剛胆なほうだ。夜中に青山墓地で、ひとりで宴会をしたこともある。しかし、この店は……おかしい。一刻も早く出るべきだ。本能がそう指示している。恐怖の塊《かたまり》が喉《のど》もとにまでこみあげてきて、俺はドアに向かって急いだ。そのとき、なにか柔らかいものを蹴飛《けと》ばした。俺の恐怖心のメーターが最大になったとき、

「むぎゅっ！」

その物体はうめいた。

「なにすんねん、あんた！」

その物体は叫んだ。

「い、いや、俺は……」

俺があとずさりしようとすると、

「女性のおいど蹴りあげるやなんて……このすけべえ！」

その物体は立ちあがると、こちらを振り向いた。それは、絵に描《か》いたような大阪のおばはんだった。ボンッ、キュッ、ボンッ……ではなく、ボンッ、ボンッ、ボンッとしたビヤ樽《だる》のような体形は、贅肉《ぜいにく》と普段から仲良くしていることを表していた。パーマを当てた独特の色合いかつ独特の形の髪形、巨大な虎《とら》の顔面がプリントされたトレーナー（虎の両眼は青いデコレーションがほどこされている）、下腹部がいくらせり出してもだいじょうぶな、ゴムがゆるゆるのジャージのズボン……大阪人女性のこういったファッションセンスだけはいまだに理解できない。こういうあたりも、大阪は「街」ではなく「国」だと思う。

「いらっしゃ……い。なにしましょ」

ガラガラ声の中年女は、顔を突きだしてそう言った。あまりのことに椅子に座りこんでしまった俺が黙ったままでいると、

「聞こえへんのかいな。なにしましょ、言うとんねん」

「あ……ああ」

「あんた、お客やろ。まさか泥棒やないやろな」

「じゃあ……ビールもらおうか」

女はカウンターに入ると、年代物の冷蔵庫から瓶ビールを取りだし、しゅぽっと栓を抜いた。

「どうしてそこにいたんだ」

「は？」

「どうして床にうずくまっていた」

「体操してたんや」

「体操って……」

俺は床に視線を落とした。油まみれで埃《ほこり》だらけ、踏みつぶされたゴキブリの死骸《しがい》も転がっている。

「ダイエットや。最近、ちょっと太りぎみやさかい、テレビで見た体操、やってみたんやけど……」

女は腹の肉をつまみ、

「痩《や》せへんなあ……」

そんなに急に効果は出るわけないだろう、と突っこみたかったが、冗談か本気かわからなかったのでやめた。

「俺が入ってきたのがわからなかったのか」

「わかってたけど、体操の最中やさかい、ほっといたんや」

「客が来たんだから、体操、やめろよ」

「イルカがおる、と思たんや。あの子、どこ行きよったんやろ」

イルカ……？　なんのことだ？

「あては蘇我家馬子《そがのやうまこ》ゆうねん。せやさかい、店の名前も『馬子屋』にしたんや。ええセンスしてるやろ」

馬子にイルカ……。信じられない感性だ。

「さっきの音はなんだ」

「音ってどんな？」

「ぱー、とか、ぺー、とかいう、ラッパみたいな音だ」

「ラッパて……ああ、もしかしたらこれか？」

ぺー……ぺー……ぷいっ

馬子と名乗った女はカウンター越しに手を伸ばし、俺の肩を思いきり叩《たた》いた。初対面の客をどつく……これも大阪のおばはんの特徴だ。

「あんた、いややわあ。あてのおならやないの」

「お・な・ら……?」

「体操して身体曲げたら、出てしもたんや。スカすつもりやったけど、おいどの穴が鳴ってしもた」

ということは、あの腐臭は……。もういい、俺はそのことを忘れることにした。しかし……。

「お、おい、壁がガタガタ震えてるぞ」

「してるなあ」

馬子は、こともなげに言った。

「ここ、地下やろ。道路をトラックが走ったら、地面ごと店が揺れるねん」

キティちゃんの向きが変わったのも、そのせいらしい。俺は安堵《あんど》のため息をもらし、ビールを飲みほした。

「それにしても、照明が暗すぎるだろう。流行《はや》りの無国籍料理店じゃあるまいし……」

そのとき、

「ただいま戻りましたー」

入り口から、リュックを背負った、おかっぱ頭の少女が入ってきた。馬子はたちまち険しい顔つきになり、いきなり少女の頰《ほお》を引っぱたいた。

「こらあ、イルカ！　あんた、店ほったらかして、どこをほっつき歩いとったんや！　お客さんに申しわけないやろ」

客が来てるのに床で体操をしたり、屁《へ》をこいているほうがよほど失礼である。

「お使いに行ってたんです」

「お使い……？」

「ほら、これ……」

少女がリュックから取りだしたのは、六十ワットの電球がふたつだった。馬子は、だはははと笑い、

「あー、そやったそやった。電球切れたさかい、買いにいってもろたんやったな。忘れとったわ」

イルカは、頰に赤い手形をつけたまま、その電球をソケットに差しこんだ。店内は、さっきまでの陰鬱さが嘘《うそ》のように明るくなった。

「ふたついっぺんに切れたさかいなあ、これでよし、と。イルカ、メリケン粉混ぜといて。ちゃっちゃとやりや」

馬子はまったく悪びれる様子はなく、イルカも黙々とその指示にしたがっている。
俺が小声で、
「きみもたいへんだね」
そう言うと、少女はかすかに笑顔を見せた。
「注文決まったか？」
馬子にうながされ、私は壁に貼《は》られたメニューに目をやった。
お好み焼き
焼きそば
タコ焼き
明石《あかし》焼き
イカ焼き
ホルモン焼きうどん
チヂミ
うどん
ラーメン
ソーメン
麩《ふ》

豚まん
ギョーザ
ピザ
スパゲティ
「なるほど、コナモンならほんとになんでもあるんだな。入り口の看板のとおりだ」
言いながら俺はふと思いだして、
「そういえば、『店主バージン』ってどういうことだ?」
「なんやて?」
「表の看板に書いてあるじゃないか。あんた、処女なのか」
そう言った途端、ビール瓶が「びゅん!」と俺の顔面目がけて真っ直《ます》ぐに飛んできた。間一髪、首を曲げてよけたからよかったが、もしぶつかっていたら今ごろ俺の顔はめちゃくちゃになっていたはずだ。ビール瓶は後ろの壁に激突し、粉々に割れた。
「む、むちゃするなよ!」
「なにがむちゃや。あんた、この店は下ネタ禁止やで。未成年の女子もおるんや。処女とか熟女とかSMとかバイブとか、いやらしい言葉使わんとって!」
そんなことは言ってない。
「でも、ほんとにそう書いてあったけどな……」

「そんなわけあるかいな。どこの世界に自分がオ◯コしたことないて看板で宣伝するもんがおる。アホか！」

馬子がいきまいたとき、ビール瓶の破片を慣れた手つきで掃除していたイルカが顔をあげ、

「ああ、それやったらうちも気づいてました」

「な、なんやて？」

表に出た馬子は首を傾《かし》げて戻ってきた。

「ちゃんと書いてあるやん、『店主美人』て。つづりまちごうてた？」

「美人？　それならＢＩＪＩＮだろう。Ｒはいらないんだよ。だいたい、なんで英語で書こうと思ったんだ」

「決まってるやないの。外人さんの客にアピールするためやがな」

「外国人観光客は、三津寺筋のこんな店には来ないだろう」

「ミッテラン大統領が来るんとちがうか」

いつの時代の話だ。楽しくなってきた俺は、もう一本ビールを注文すると、

「じゃあ……焼きそばもらおうかな」

「どんな焼きそばにすんの」

「普通のやつ」

ソース焼きそばにもいろいろ種類がある。牛肉を使ったもの、イカやエビなどの海鮮をたっぷり入れたもの、旬の牡蠣《かき》を使ったもの、茹《ゆ》でたじゃがいもを大量に入れたもの、粉鰹《こながつお》をたくさん振りかけたもの、目玉焼きを載せたもの、もやしそば、ネギそば……材料だけでなく、麺《めん》の太さ、ソースの種類、出汁《だし》や酒などの隠し味によるちがいを含めると、バラエティはいくらでもある。しかし、大阪で「普通のやつ」といえば、豚肉とキャベツを使ったシンプルなものがでてくるはずだ。

「普通のやつね、へいへい」

馬子はガスに点火して、鉄板を熱すると、油をひいた。俺は二本目のビールを飲みながら、すっかりくつろいだ気分になっていた。

（よく考えたら、そう悪い店でもないな）

ビール瓶をぶちかまされたことも忘れて、俺は店のあちこちを眺めた。お世辞にもきれいとはいえないが、近頃流行りの、ワインが置いてあるような洒落《しゃれ》たお好み焼き屋よりは、なんとなく「うまそう」な気がする。有線が流れていないのもいい。最近は、聞こえるか聞こえないかぐらいのボリュームでジャズがかかっているような店が多いが、ああいうのはいらいらする。また、ヒット曲をでかい音でがんがん流されるのもごめんだ。音楽は、自分の好きなものを好きなときに好きな音量で聴きたい。押しつけられたら、どんないい音楽でもウザく感じる。

「できたで」

馬子の言葉に我に返った俺が、目のまえの鉄板を見ると、そこにはたしかに焼きそばがあった。しかし……。

「なんだよ、これは!」

「焼きそばや」

「それはわかってる。俺が頼んだのは『普通のやつ』だ。こんな……せんべいみたいなもんじゃない」

そう、それは焼きそばの両面を固くぱりぱりに焼きあげたものだった。しかも、中華あんもかかっていないし、豚肉もキャベツもネギも白菜もイカも……とにかく具はいっさい入っていない。ただ単に、そばを焼いただけのものだ。

「お好み焼き屋で普通の焼きそばといったら、ソース焼きそばだろうが!」

「うちの店の『普通』はこれや。知らんあんたが悪い」

言われて俺はぐっと言葉に詰まった。なるほど、「普通」の概念はひとによってちがう。とくに、焼きそばのように作り方がいろいろある料理に「普通」はない。ふらっと入ったラーメン屋で「普通のやつ」と注文して、豚骨ラーメンが出てきたのを「どうして塩ラーメンじゃないんだ」と怒る客はいない。焼きそばもまたしかりだ。

「そりゃあそうだな。ちゃんと指定しなかった俺が悪かった。――作りなおしてくれ」

「まあ、そう言わんと、それ、食べてみぃな」

「これをか……」

俺は、しげしげとシンプルすぎる堅焼きそばを見つめた。

「うえからソースをかけるのか」

両面焼きそばという、焼きそばの上下を堅焼きにして、ソースを塗って食べさせる専門店があることは俺も承知していた。

「いいや、塩振ってあるさかい、そのまま食べられるで」

「俺はウスターソースの味が好きなんだよ」

「ええから、あての言うとおりに食べてみ」

不承不承《ふしょうぶしょう》、俺はそのせんべい状の物体を箸《はし》でつまみ、端を口に入れた。

(――え？)

口のなかで爆弾が爆発したようだった。

(なんだ、これは)

思っていたほど固くはなく、表面はカリッとしているが内部はもっちりとしている。まず、香ばしさが口のなかを満たし、そのあと少量の油分とともに軽い塩味が舌にまとわりついた。焼きそばを鉄板に押しつけて焼いたものだから、場所場所で嚙み心地《かごこち》がちがう。そういった歯ごたえの変化を楽しみながら、俺は一気に半分ほどを嚥下《えんか》してしまった。そこでビールを飲むと……これは極楽ではないか。

「うまい」

俺は自然に、そう口にした。

「うまいやろ」

俺はうなずいた。なぜ、こんな馬鹿みたいな食い物が極上の美味に感じるのか。おそらく、焼きそばをはじめとするコナモンのうまさとプレッツェルやせんべい、ポテトチップスなどのスナックのうまさが合体した状態なのだ。しかも、熱々である。もちろん、焼き方の妙もあるだろう。ただ単に、焼きそばを鉄板に押しつければよいというものではない。まとめかた、押しつけかたなどによって、分厚さも舌触りもすべてが変わってくるはずだからだ。正直言って、ここにソースをかけたらぶち壊しであることは俺にもわかった。

「もう一枚くれ」

「あいよー」

馬子が二枚目を焼きはじめたとき、入り口の扉が開いた。客かと思ったらそうではなかった。しょぼくれた中年男が、生ギターを持って立っていた。

「あのう……一曲いかがですか」

黄色いカッターシャツによれよれのネクタイをしめ、色あせたうす緑色のジャケットを羽織っている。ギターも、あちこち剝《は》げた代物で、メーカー名もよくわからない。髪の毛は短く刈りこみ、鼻の下に「ぴんから兄弟」のようなちょびひげを生やしているのが貧乏くさい。おどおどした表情で店内を見回しているが、俺や店主と目が合いそうになると、顔を伏せてしまう。

「あんた、流しかいな。珍しいな」

「そうですね。近頃は少なくなったみたいで……」

蚊の鳴くような声でそう言った。こんな気の小さそうなやつがよく流しなんてやってるな、と俺が思っていると、

「一曲なんぼ？」

「三曲で千円です」

「よっしゃ、あてが出したるわ。なにができるのん？」

「どんなリクエストにもお応えします」

「そやなあ……得意な曲はなに？」

男はなにか言いかけたが、

「いや……そういうのはとくに……」

「ほな、『津軽海峡冬景色』お願いするわ」

男はうなずき、狭い店内で窮屈そうにギターをつま弾きはじめた。ボロっちいギターだが、音色は良い。男は、やや甲高い声で歌いだした。

（なかなかうまいじゃないか……）

俺は感心した。ひとは見かけによらないとはこのことだ。男の歌声は、か細い伴奏の音とあいまって、しみじみと「馬子屋」の隅々にまで染みこんでいった。終わって、我々がぱちぱちと拍手すると、男はぺこりと頭を下げた。

「あんた、うまいけど陰気やなあ。津軽海峡ゆうより、オホーツク海峡ゆう感じやで」

馬子がわけのわからないたとえをした。

「すいません。根暗なもんで……」

「つぎはもっと、パアッとした曲がええな。イルカ、なんかないか？」

おかっぱ頭の少女はしばらく考えて、

「ほな……『ヤングマン』をお願いします」

なるほど、これなら暗くなりようがない。男は、コードブックを見ることもなくいきなり弾きだした。正確なストロークで、鋭いリズムを刻む。馬子が陽気に手拍子を開始した。しかし……歌がはじまると、俺を含めて一同はひっくり返りそうになった。こんな暗い「ヤングマン」は聴いたことがない。どこがどう暗いのかは説明できないが、男が物哀《ものがな》しい声で「Y・M・C・A……Y・M・C・A。憂鬱など吹き飛ばしてきみも元気出せよ」と歌うたびに憂鬱さが増し、元気が失われていく。なにもしていないのに、まるで照明を消したみたいにあたりに闇《やみ》が落ちたように思えた。数分後、ようやく暗澹とした「ヤングマン」が終わり、馬子がため息をついた。

「もうええわ。はい、千円」

「あと一曲残っていますが」

「もうええって。帰り」

「そうはいきません。三曲で千円ですから」

男は譲らない。

「それやったら、あてが歌うわ。かまへんか」

「もちろんです。どうぞ、歌ってください。曲はなにを……？」

「あての十八番、『俵星玄蕃《たわらぼしげんば》』や。でける？」

「ああ、はいはい」

軽くうなずいて、男はイントロを弾きはじめた。なかなかむずかしいリズムパターンだ。馬子は出だしを歌いだしたが、すぐに手をひらひらと振って、

「ちょっとキー高いわ。下げてくれる？」

「はいはい」

男はすぐに一音下げて、同じイントロを弾いた。馬子は顔をしかめ、

「まだ高い。もっと下げて」

「はいはい」

逆らわずに、男はもう一音下げた。

「やありいは錆《さ》びてえもこの名は錆びいぬううう……」

凄《すさ》まじい歌声が響きわたった。いや、歌声というのははばかられる。叫び声というか怒鳴り声、がなり声、呻《うめ》き声、喚《わめ》き声のたぐいだろう。動物園の塀の外を歩いていると、さまざまな獣の咆哮《ほうこう》が混じりあって、こんな風なサウンドに聞こえることがある。それほどすごい声だった。しかし、耳障りではなく、かえって引きこまれる魅力を備えていた。一応、歌詞をきちんと歌っているのだろうが、言葉と言葉がぶつかりあってへしゃげ、団子状になって、「ぎゃおおおうっ」という風にしか聞こえない。

「すげえな、このひと。なかなか後ひく味わいだよ」

イルカに耳打ちすると、

「クサヤの干物とか鮒寿司《ふなずし》みたいなものですね」

結局、馬子は途中の長ゼリフも含めて一曲を最後まで歌いあげた。終わったとき、あまりの愉快さに、俺は腹を抱えて笑っていたが、耳は「わあああ……ん」と蝉《せみ》が

鳴いているようになっていた。

「いやあ、久しぶりに気持ちよう歌えたわ。あんた、なかなかええ腕してるな」

馬子は男に千円札を渡しながらそう言った。

「どうも……」

男が一礼したとき、壁がガタガタガタッと鳴った。男は、びくっとして、後ずさりした。

「そないにびっくりせんかてええがな。上をダンプが通ったから揺れただけや」

「そ、そうですか……」

青ざめた顔の男に、馬子が急に振り返ると、なにかを突きだした。

「ひいっ」

男は顔をそむけた。

「あんた、ビビリやなあ。達者に伴奏してくれたさかい、祝儀や」

馬子の手には千円札がもう一枚握られていた。

「そ、そ、それはありがとうございます」

俺よりかなり上手の怖がりのようだ。その流しの男の横顔を見つめているうちに、俺はあることに気づいた。左の頬に、星の形をした小さな痣《あざ》が三つあるのだ。

「あの……あんた、もしかしたら……」

俺は男に言いかけた。

「なんでしょうか」

「あ、いや……なんでもない」

そんなわけがない、と俺は喉まで出かかった質問を飲みこんだ。男が帰ったあと、べつの客が来た。

「ソース焼きそばちょうだい」

「ごめん、今日、ソース焼きそばでけへんねん」

「じゃあ……豚玉」

「豚玉もでけへんねん」

「なにやったらできるんや」

「焼きそば焼いて、塩かけたやつ。おいしいで」

「はあ……？　そんなん、メニューに載ってたか？」

「今日だけの特別メニューや」

「どういうこっちゃ」

「あのな、ソース切らしてるねん。せやさかい、今日できるもんは塩焼きそばか、塩お好み、塩タコ焼き、塩スパゲティ……」

「そんなもんいるかい！」

客は怒って帰ってしまった。どうやら俺が食べた焼きそばはけっして「普通」ではなかったようだ。

◇

千日前《せんにちまえ》のホテルに長期滞在を決めこんだ俺は、翌日からほぼ毎日「馬子屋」に通うことになった。まずは宗右衛門町《そえもんちょう》あたりからはじめて、難波《なんば》を飲み歩き、しだいに北上して、最後に「馬子屋」にたどりつく。注文するのは決まって「普通の焼きそば」だ。いくら腹がいっぱいでも、これなら二、三枚は食える。もしかすると世界一ビールに合う肴《さかな》ではないかとさえ思えた。

「あんた、ほんまにその焼きそば好きやなあ。ほかにもいろいろメニューあるんやから、たまにはちがうの頼んだらどない」

喜々として堅焼きそばをほおばっている俺に、馬子が文句を言った。

「ほっといてくれ。俺にはこれがいちばんいいんだ」

「焼きそば焼いただけやさかい、お金とれへんがな。もっと高いのも注文してえな。もうからへんやん」

そう言いながらも、馬子は二枚目を焼きはじめた。

「そういうたら、あんたの名前、まだきいてなかったな。なんていう名前なん?」

「俺か……賢治《けんじ》だ」

「ふーん、賢治か。あんたは今日から『焼きそばのケン』や」

妙ちきりんなあだ名がついてしまった。

「こっちのひとやないな。転勤で来はったん？」

「そういうわけじゃない。ちょっと仕事に行き詰まったんでね、息抜きさせてもらってるのさ」

「ええ身分やなあ。あてら、息抜きなんかしたら、ただちに金欠や」

「俺だって、そうさ。一年間、土日もなく深夜まで働いてるんだ。たまには命の洗濯をしないとね」

「毎日、具も入れん焼きそば食べるだけやろ。安い洗濯代やなあ」

馬子の憎まれ口を聞き流しつつ、俺はビールを飲んだ。正直言って、この店に通うことで、かなり気持ちはほぐれていた。社長やほかの連中が言ってたことも、今ならわかる。たしかに俺はかたくなだったかもしれない。このご時世、売れないものに金をかけられるほど甘い環境は存在しない。そういうなかで俺が選択すべき道は、「おもしろければ売れるのだから、おもしろいものを作ればいい」ではなく、「おもしろくて、なおかつ売れるものを作る」ことだったのだ。この業界で長年仕事をしているうちに、知らずしらずに傲慢《ごうまん》になり、俺がおもしろいと言ってるんだから四の五の言わずに買え、これが今の「おもしろさ」だ、という気持ちになっていたのかもしれな

い。客を楽しませようという姿勢が欠けていた。ただ……、

（あとなにかひとつ足りないんだよな……）

俺が納得し、社長たちも納得するようなものを作りあげるには、最終的な決定打が欠けている。それが何なのかを、俺は大阪滞在中に見つけるつもりだったが、そうは問屋が卸さなかった。俺は悶々《もんもん》としながらも毎夜焼きそばを食べ、ビールを飲みつづけた。

「あれから、ビビリの流し、来《け》えへんなあ」

あるとき、馬子がぼそりとそう言った。

「そうだな。あんたが怖がらせたからじゃないのか」

「なに言うてんねん。あてほど優しい女はこの世にいてへんで」

優しい女がビール瓶をひとに投げつけるだろうか、と思ったが口には出さなかった。またしても瓶が飛んできそうな気がしたからだ。

「ビール、おかわり」

俺がそう言ったとき、扉がガラガラと開いた。俺は一瞬、あの流しの男が来たのかと思った。入ってきた客がギターケースを持っていたからだ。だが、ちがった。

「なんや、しけた店やのう」

キャップを逆さまにかぶり、細いサングラスをかけ、口ひげを生やした若い男だ。

耳と鼻と下唇にピアスをし、黒いジャケットを着ている。よく見ると、ケースもエレキギターのものだった。

「汚い店やし、どうせまずいやろ。やめとこか」

若い男は振り返って、後ろにいる女にそう言った。ドレッドヘアのその女は、これまた顔中にピアスをしており、雷の鳴っているときにはぜったいに連れだって歩きたくないタイプだった。おそらく二十代前半だろう。派手な柄のトレーナーに、金色のコートを着ている。

「あたし、もう歩くのめっさしんどーい。どこでもいいから休みたーい」

「そうか、ほな、ここにしよ」

ふたりはカウンターの隅に陣取ると、

「おばはん、豚玉ふたつと生ビール。おまえはなに飲む？」

「あたし、甘いカクテル」

「そんなもん、この店にあるかい。ジュースでええやろ」

「いやや。カクテルがいい」

男は馬子に向かって、

「おい、なにかカクテルみたいなもんできるんか」

「ああ、あるで」

馬子はあっさりそう答えると、冷蔵庫から皿に盛ったなにかを男のまえに出した。

「なんじゃ、これ」

「カクテキや」

カクテキとは大根のキムチのことである。

「おまえ、なめとんのか」

若い男は立ちあがったが、女は目を輝かせて、

「うわあ、あたし、大根キムチめっさ好きやねん。おばちゃん、ありがとう」

「どういたしまして」

さっそくパクつきだした女と馬子を七三に見ながら、男はため息をつき、椅子に腰をおろした。イルカが生ビールとジュースをふたりのまえに並べると、若い男はビールを一息で飲みほし、おかわりを注文した。

「なあ、金ちゃん、今日のライヴ、よかったわあ。金ちゃん、めっさかっこよかった。友だちもみんなめっさほめとったで」

「人前で金ちゃんて言うな。ゴールド・ドラゴンて呼べ」

「あ、ごめんごめん」

「まあ、大阪では俺よりうまいやつはおらんやろな」

「来月は東京のクラブでライヴやね。あたし、めっさ楽しみ。どこかのプロダクショ

ンにも売りこみに行くんやろ」

「アホか。そんな安売りできるかい。俺ら〈ドラゴンズ・ゴンドラ〉がギグすんねんぞ。ほっといても、東京中のプロデューサーが向こうから聴きにきよるわ」

「すごーい、それってめっさすごいやん。さすが金ちゃ……じゃなくてゴールド・ドラゴン」

馬子が、焼きあがった豚玉をふたりのまえにコテで押しやりながら、

「あんた、ゴールド・ドラゴンゆう名前なん？」

「ああ、そうや」

「どういう意味やのん」

「金の竜やな」

「えっ？　ほな、あんた、あの有名な……」

「ま、それなりに有名かな」

若い男は、得意気にそう言うと、二杯目のビールも一息で空にした。悪酔いしなきゃいいがなあ、と俺は内心思った。

「ラーメン屋チェーンの社長さんやろ。こんな若い子やとは思わんかったわ」

それは、難波に何軒も店舗のある「金龍ラーメン」だ。

「ち、ちがう。俺はラッパーや！」

「ラッパ？　ああ、甲子園で応援団が吹いてるやつ」

俺は思わず噴きだしてしまった。

「それにしてはでっかいラッパやな。チューバゆうやつか？」

「これはギターや。ラッパじゃなくて、ラッパー。ラップ・ミュージックを知らんのか」

「知らん。サランラップやったら知ってる」

「じゃあ、ヒップホップは？」

「ヒップ？　おいどのことやろ。いやらしいわあ」

横の女がケラケラ笑いながら、

「おばちゃん、あたしが説明したげるわ。ラップゆうのは、リズムに乗せて、あんまりメロディをつけんと、おしゃべりするみたいに歌詞を歌っていくことや。それをやるひとがラッパーゆうねん」

「なんや、それやったら『俵星玄蕃』の途中のセリフのとこといっしょやがな。『時に元禄《げんろく》十五年十二月十四日、江戸の夜風をふるわせて、響くは山鹿《やまが》流儀の陣太鼓……』」

馬子が顔を真っ赤にして長ゼリフをまくしたてはじめたとき、入り口の扉がそっと開き、

「えーと……一曲いかがですか」

　立っていたのはあの流しだった。

「待ってたんや、さあ入って入って」

「ありがとうございます」

　男は、ギターを抱えてなかに入った。

「なんじゃ、こいつ」

　ラッパーが三杯目のビールを水のように飲みながら、じろりと男を見た。男は、ぎくりとして一歩下がった。

「あの……また出直してきます」

「ええねんええねん。そこに座ってビールでも飲み」

「あの、私、お金は……」

「なにゆうてんの。あてのお・ご・り」

　馬子が科《しな》を作ったので、俺はぞっとした。おどおどと椅子に座った男に、ラッパーが言った。

「ぼろっちいギターやな。おまえ、なにもんや」

「あの……流しです」

「流しい？」

ラッパーが険悪な表情になった。

「おまえも俺と同じ、ミュージシャンだよな」

「――はい？」

「ギターで商売してるんだからミュージシャンやろっつってんだ。それとも、その楽器は飾りかよ」

「いえ……」

女がラッパーの袖《そで》をひっぱり、

「金ちゃん、やめときなよ。酔ってるよ」

「うるさい。――けどな、あんた、ミュージシャンとしては最低やで」

「そ、そうですか」

「流しゆうのは、注文されたらどんな曲でもやるんやろ」

「はい。その曲は知らない、というのは流しの恥ですから」

若い男は鼻で笑い、

「俺はラッパーだ。ヒップホップに命かけてる。ラップは俺にとって、メッセージを伝える手段なんや。俺はラップでこの腐れきった世の中を少しでも変えたいと思ってる。社会的になんの力もない俺たちが、馬鹿な政治家やまぬけな軍人やアホな金持ちと戦ってねじ伏せるには、ラップしかないんや。ヒップホップは、演歌とか歌謡曲みたいに、ぬるま湯に浸《つ》かったような、しょうもない音楽とはまるでちがう、戦いの道具なんや。俺は誇りをもってラップをしてる。それやのに……流しは、頼まれたら演歌でも軍歌でも歌謡曲でもポップスでも民謡でも童謡でも……とにかくなんでもやる。節操なさすぎるやろ。ミュージシャンやったら、自分の音楽に誇りを持てよ。金のためやゆうて、言われたらなんでもやるんかい」

流しの男は目をそらした。身体が細かく震えているのがわかる。

「おい、年下の俺にここまでディスられて、なにも言い返さんのかい。情けないおっさんやで。俺はなあ、おまえみたいなビビリがいちばん嫌いなんじゃ」

馬子が、にたーりと笑って、

「ほな、あんたはこれまでビビッた経験ないんかいな」

「あたりまえや。俺は生まれてから今まで、いっぺんも怖いとか恐ろしいとか思ったことないのが自慢や」

「ほっほー、なかなか元気のええ子やなあ。けっこうけっこうこけっこう」

「おばはん、なめたこと言うたら女でもしばくで」

「おー、怖」

ラッパーは、流しの男に向き直ると、その服にソースをかけた。胸のところに茶色い染みがついた。ラッパーはにやりと笑い、「カモン」というように人差し指をくいくいと動かした。俺はとめようとしたが、馬子がなにもせず、黙って見ているのが気になった。ビール瓶の百本も飛んできそうではないか。

(なにか考えがあるのか……)

俺は、しばらく傍観することにした。流しの男はため息をつき、

「おじゃましました」

そう言って出ていこうとした。ラッパーは立ちあがると、

「待てよ、逃げるんか」

「逃げるとかそういうのじゃなくて……お店に迷惑がかかるから」

ラッパーは踊るようにまえに出ると、両腕を突きだし、親指を下向きにして、

ミュージシャンのなかでも流しは最低
金をもうけて暮らしは安定
魂と引きかえ建てるぜ豪邸
だけど音楽はクズだと断定
YO! YO! YO! YO!
客はどいつもこいつも酩酊《めいてい》
こんな演奏頭から否定

ワックでチキンなやつだと露呈
感動伝える？　無理だぜ到底
岡山弁ならぼっけえきょうてえ
ＹＯ！　ＹＯ！　ＹＯ！　ＹＯ！

即興的なリリックで相手を批判し、ののしり、攻撃し、しまいにはぶっつぶす。いわゆる「ディスる」というやつだ。ラッパーは、流しの男に息がかかるぐらい顔を近づけて、揶揄《やゆ》するような表情で挑発する。流しの男は顔をそむけ、下を向いているが、その顔がしだいに青ざめていくのが横から見ていてもわかった。歌いおえたラッパーは、目を細めると、

「チキン野郎め」

男の顔面に唾《つば》を吐きかけた。しかし、男は動こうとしなかった。ラッパーはなにかを思いついたらしく、

「おい、おまえ、流しは金さえもらえばどんな曲でもやるっていったよな」

「言いました」

「ロックでもレゲエでもクラシックでもか」

「はい」

「ということは、ヒップホップもやるわけだ」

「……………」

「じゃあ、俺が千円払うから、ヒップホップをやれ」

ラッパーはポケットからつかみだしたぐしゃぐしゃに丸まった千円札を男に向かって放った。男は、それを手に取り、皺《しわ》を伸ばすと、

「ありがとうございます」

一礼して、顔についた唾を淡々とティッシュでぬぐってから、ギターを抱えた。

「お、おい、ほんまにやるつもりか」

男はその言葉を無視して、そのまま生ギターを弾きはじめた。低音弦を親指で叩くようにして力強いベースラインを作りだす。どぅんどぅ・どぅんどぅ・どぅどぅんどぅん・どぅんどぅ・どぅんどぅ・どぅどぅんどぅん……地を這《は》うようなリズムが店のなかに広がっていく。

俺はしがない酒場の流し
金も女もないその日暮らし
だけど持ってる自分のポリシー
忘れたことない音楽魂

おのれの主張は後ろに回し
客を楽しませるのさ、ｙｏｕ　ｓｅｅ？
ＹＯ！　ＹＯ！　ＹＯ！　ＹＯ！
どんな曲でもやれればセクシー
それが俺たちプロの証《あか》し
客の心をキャッチするテレパシー
相手の気持ちを思うデリカシー
それがなきゃただの頭ごなし
おしつけるだけじゃエマージェンシー
ＹＯ！　ＹＯ！　ＹＯ！　ＹＯ！
ブルース、ヨーデル、ハワイアン、デキシー
世界にゃ無数の音楽があるし
みんなに紹介できたらうれしー
客が喜んでくれりゃエクスタシー
だからやってるおいらは流し
じつは昔はおいらもＭＣ
人呼んでオリオン・ザ・ミツボシー

YO！　YO！　YO！　YO！

ラッパーは、口をぽかんとあけ、床にへたりこんでいる。

「オリオン・ザ・ミツボシーて……あ、あ、あの伝説の……俺、CD持ってるし……」

それだけ言うのがやっとのようだ。流しの男は俺と馬子に深々と頭を下げると、

「おさわがせしました。俺は、以前、彼と同じラッパーだったんですが、生来気が小さくて、怖がりで、ちょっとしたことで『びくっ』としてしまうんです。とくに、ラッパー同士でディスるのが苦手で……ひとを傷つけるのも自分が傷つくのも怖いんですね。傷つけるより楽しませるほうが性に合ってるんで、それで流しになったんですが……なかなかおもしろい、やりがいのある仕事ですよ。音楽のジャンルに対する先入観がなくなるし、いろいろ鍛えられることも多い」

「音楽の仕事のなかで流しほどたいへんなもんはないわなあ。あても昔、門付けやってたことあるからようわかるわ」

門付け……いつの時代の話だ。

「まあ、あんたのことはあてより、そっちのケンちゃんがよう知ってるはずや。――そやろ、村野《むらの》賢治はん」

立ちあがりかけていたラッパーは、またしても座りこんでしまった。

「ほ、ほな、花崎あゆみとかエグイザルをスターにした、バーナード・レコードの敏腕プロデューサー……！」

「敏腕は余計だよ」

俺は馬子に向かって、頭を搔《か》きながら、

「いつから気づいていたんだ」

「はじめっからや。あてはなんでも知ってるでえ」

俺は、オリオン・ザ・ミツボシーに向き直ると、

「あんたのことは知ってるよ。頰に星の形の痣があるラッパーだ。人気絶頂だったのに急に姿を消した。どこに行ったのかと思ってたら、流しになってたとはね……。でも、あんたがしっかりしたミュージシャンだということはわかってた。『俵星玄蕃』の伴奏するとき、キーを変えろと何度かいわれて、そのたびにカポもはめずに同じイントロと伴奏を弾いただろう」

「よく見てますね」

「なあ、あんた、ラッパーに戻る気はないか。俺が今考えてるプロジェクトにぴったりなんだ。なにかが足りない、と思ってずっと悩んでたんだが、やっとわかった。あんたが必要だったんだ」

「そんな……買いかぶりです。それに、俺はだれにでも楽しんでもらえるような音楽をやりたいんだ」

「そう、それでいいんだ。俺が考えてるのはヒップホップ演歌だ。演歌のメロディを使って、おっちゃん、おばちゃん、ガキんちょ、爺《じい》さん、婆《ばあ》さん……ごく普通のひとたちの悩みや苦しみ、楽しみなんかを過激にラップする。相当の腕がないとできないことだろ？」

「なるほど……」

「俺はこの店に来るまで、俺がいいと思ったものがいいものなんだ、と考えていた。でも、世の中は十人十色だ。ひとそれぞれ好みがちがう。できればみんなを、ひとり残らず喜ばせたい。そのためにはいろんな引きだしがないとダメだ」

そこまで言ってから俺は馬子をちらと見て、

「焼きそばも、そうだ。ソース焼きそば、あんかけ焼きそば、五目焼きそば、塩焼きそば……ひとの好みはいろいろだ。これしかダメだ、というのは損するね」

オリオン・ザ・ミツボシーはうなずき、

「わかりました。おもしろそうな仕事だし、俺を必要としてくれるなら、久しぶりにやってみることにします」

そう言って、俺とがっしり握手をした。連絡先を交換したあと、約束があるので、

と彼は先に帰っていった。扉が閉まったとき、馬子がしみじみとした声で、

「ビビリの流しやと思てたら、ビビリのラッパーやったんやなあ。せやけどさっきは……」

若いラッパーのほうを見ると、

「あんたのほうがビビッてたんとちがう?」

「くそったれ! 俺はビビッたりしてへんぞ。なにがオリオン・ザ・ミツボシーや。なにがバーナード・レコードや。俺はそんな権威とか先輩とかでかい会社とか……なんにも怖いことないんじゃゃ!」

「そういえば、あんた、生まれてからいっぺんも怖いて思たことない、て言うてたな」

「ああ、言うた。それが俺の自慢や」

「――これでもか?」

いたずらっぽい笑顔とともに馬子がそう言った瞬間、店の電灯がふたつ、前触れもなく消えた。薄暗くなった店内に、パー、プイッ……という妙な音が聞こえはじめた。

「おいおい、また屁じゃないだろうな……」

と俺が言いかけたとき、音は、パシッ、ピシッ……という、木の枝が折れるような

ものに変化した。ピシッ……パキパキ……バキバキバキ……コツコツ、コツコツ……ドドドドドン……ギシギシギシ……音の数はどんどん増え、音量も増していく。狭い店を見回してもどこが音の発生源なのかわからない。まるで……そう、別の空間から時空を超えて響いてくるかのようだ。カカカカカッ、カカカカッ……パーン！　パーン！　パパパパーン！　ピシッ、ピキッ……。若いラッパーは蒼白《そうはく》だ。連れの女は、すでに泣きながら顔を伏せている。

「こ、こ、こ、怖くない。俺は怖くないぞ」

その言葉が終わらぬうちに、壁が、ガタガタガタガタガタガタガタ……と揺れだした。トラックが通過している、程度の揺れではない。しかも、その震動はどんどん激しさを増していき、壁だけでなく、床も天井も、あらゆるところが大きく震えだした。埃、ゴミ、虫の死骸などが降ってくる。壁にかかっていたメニューが剝がれ、棚のウイスキーやルービックキューブが転落し、皿やコップが割れ、焼酎《しょうちゅう》や日本酒の一升瓶がぶつかりあって砕けちった。もはや椅子に座っていられない。俺は床にしゃがみこみ、横を見ると、若いラッパーは四つん這いになって、ぶるぶる震えている。その顔のすぐまえに、キティちゃんのぬいぐるみが転がりおちてきた。キティちゃんが鬼のような形相《ぎょうそう》になり、口を大きく開いて牙《きば》を剝《む》いたのを、俺ははっきりと見た。あまりの恐怖に俺は目をつむった。

「ひいいっ、たすたすたす助けてくれえっ」

若い男が悲鳴をあげた瞬間、震動はぴたりととまった。あの音も聞こえない。おそるおそる目をあける。信じられなかった。壊れて散乱していたはずの皿もコップも、ひとつも割れていない。転落したはずのボトルも、壁のメニューも、もとの位置にある。キティちゃんのぬいぐるみも、あいかわらずソースを顔につけたまま棚にある。俺が、椅子につかまるようにして立ちあがると、カウンターのなかで馬子がげらげら笑っているではないか。

「急にしゃがみこんで、どないしたん？」

「どういうことだ。——あんたがやったのか」

「あてはなんにもしてへんで。あんたら、夢でも見たんとちゃうか」

俺は太い息を吐き、そういえば……と思いだしていた。「ラップ」という言葉は、心霊現象でいうところの「ラップ音」と同じ意味なのだ……。女の子もそのうちひとりで立ちあがったが、金ちゃんだけは、いつまでたっても床から起きあがろうとしなかった。どうやら失禁したらしく、ズボンから湯気があがっていた。

◇

翌日、俺は東京に戻り、一カ月ぶりに出社した。さっそく会議が開かれ、俺はオリオン・ザ・ミツボシーを中心にすえたヒップホップ演歌の企画をかけた。社長をはじめ、出席者全員が賛成し、プロジェクトは動きだした。それがようやく軌道に乗ったころ、俺は久しぶりに大阪に行った。もちろん「馬子屋」に行って、あの「普通」の焼きそばを食べるためだ。毎晩通った三津寺筋の裏通りを、俺はあの店を探して歩いた。すぐにも見つかるものだと思っていた。だが、なぜか「馬子屋」はどこにもなかった。あの雑居ビルはあるのだが、地下がない。地下に店がないのではなく、地下に降りる階段そのものがどこにも見あたらないのだ。近所のスナックできいてみると、そのビルにはもともと地下なんかない、という話だ。「馬子屋」という名前の店や、馬子とイルカについて知っているひともひとりもいなかった。そんな馬鹿な、と俺はそのあたりを何時間も探しまわったが、結局、朝になってもあの店が存在したという証拠の片鱗《へんりん》すら見いだすことができなかった。驚いたことに、オリオン・ザ・ミッボシーすら、そんな店のことは知らない、俺と出会ったのはべつの居酒屋だ、と主張するのだ。嘘をついたり隠しごとをしたりしている様子はなく、本当にそう思っているようだった。俺が、あの店で食べた大量の焼きそば、大量のビール、そしてあのラップ現象はなにもかも夢だったのだろうか。そうかもしれない。すべては大阪の深夜の雑踏のなかで生じた、蜃気楼《しんきろう》のようなものだったのだろう。だが……蜃気楼でもかまわない、俺はもう一度、あの焼きそばが食べたいのだ。真似《まね》して焼いてみたが、似ても似つかぬものになってしまった。俺は今でも月に一度は出張と称して大阪に行く。

魔法のような料理の腕を持つ、マジの魔法使いかもしれないあのおばはんのいる「馬子屋」を探すために……。

マルゲリータのジンペイ

その屋台は、ＪＲ天王寺《てんのうじ》駅周辺のどこかにある。どこか、としか言えないのは、屋台だから日によって出る場所が変わるせいもあるが、あれほど毎日のように通いつめていたあの店がいつのまにか消えてしまったからで、今のわしにはあの屋台が本当にあったのか、それとも老いゆえの妄想、一場の夢だったのかすでにわからなくなっている。秋の風が下町の路地裏を通り抜けるころ、わしはあの屋台の常連客だった。そう……日本ではたいへん珍しいピッツァの屋台だ。わしがかつて、ヨーロッパに留学しておったときは街角で時折目にしたが、帰国してからは若いものが集まるような店か宅配ピッツァしかなく、さみしい思いをしておった。それが天王寺の裏通りに、それも驚くほど本格的なピッツァを供する屋台があるとは予想もしていなかった。なに？　ヨーロッパに留学していたなど、口からでまかせの嘘《うそ》八百だというのかね。そう思うのもむりはないが、はっはっはっ……わしも法螺《ほら》話《ばなし》、与太話が大好きだが、これぱっかりは本当のことだ。まあ、その話は脇《わき》へ置いておこう。えーと、なんだったかな、そうそうピッツァの屋台だ。あの日、わしは協会の会合に出席したあと理事たちと鍋料理を囲んで酒を飲んだ。じつはわしは、和食は苦手だ。刺身や寿司《すし》などの生ものは食べられないし、その歳《とし》で、と笑われそうだが、脂っこい料理や肉料理、煮込み料理などが好物だ。とくに目がないのがチーズで、鍋なら寄せ鍋やちゃんこ鍋などより、チーズフォンデュのほうがずっと口に合う。ヨーロッパ暮らしが長かったせいだろう。近頃の若い連中はアメリカに留学するものも増えているが、わしのころはなんといってもヨーロッパだった。家族と別れて、言葉もわからぬ異国で、厳しい師匠にスパルタ式に鍛えられる日々。そんななかで唯一心をなごませてくれるのが、街角で食べる立ち食いピッツァだった。稽古《けいこ》場の近くに出ていた屋台を切り盛りしていたのは、ブロンドヘアに青い目の少女だった。まだ十六歳ぐらいだった彼女が作るピッツァ。もちろん屋台なので、家で焼いてきたものをオーブンで温めなおすだけなのだが、冷えたものよりずっとましだ。八等分されたそのピッツァは、なによりわしの気持ちを温かくしてくれた。今思えば、わしはあの少女に恋をしていたのかもしれない……。そんなことを思いながら、同年代の理事たちとしたたかに酒を飲んだ。日本酒もあまり得意ではないわしは、ちょっと悪酔いしたようで、ふらふらしながら天王寺の駅に向かったのだが、どこかで道をまちがえたらしく、いつのまにかシャッターが下りた店舗ばかりの商店街を通っていた。これはいかん、駅のほうに行かねばと焦《あせ》れば焦るほど駅が遠のいていく。気がついたときには石畳の敷かれた、妙な街角にいた。周囲には目印になるような建物はひとつもなく、人家が並ぶだけだ。

（まあ、いいか……）

普段は協会の理事として、酔って原付に乗ったり、ひとを殴ったりするなどもってのほか、くれぐれも身を律するようにと後進を指導し、みずからも襟《えり》を正しているわしだが、その日は酔いも手伝ってか、なんとなくおおらかな気分になっていた。

（このまま歩いていけば、どこかの駅に出るだろう）

わしは夜の下町を、杖《つえ》を手にしてずんずん進んでいった。そのとき、不意にわしの鼻がチーズの匂《にお》いをとらえた。それも、適度に焦《こ》げた、うまそうなモッツァレラチーズの匂いだ。わしの目は自然に左右に動いたが、それらしいイタリアンレストランも宅配ピッツァの店も見あたらない。街灯のしたの路上にぽつんと取り残されたような、みすぼらしい屋台がひとつあるだけだった。そして、信じがたいことではあったが、その匂いの発信源はどうやらその屋台らしいのだ。わしは、吸い寄せられるようにそのぼろぼろの屋台に近づいていった。

（な、なんだ、この屋台は……）

まず最初にわしの目に入ったのは、小さなチェーンコンベアだ。そう、回転寿司にあるようなあのコンベアの、ものすごく小型のやつだ。わしは一瞬、

（回転寿司の屋台なのか……？）

と身構えた。さっきも言ったように、わしは生ものや寿司は大の苦手なのだ。寿司ならば用はない、と思ったとき、屋台の上部に取りつけられた看板が目についた。

「コナモン全般・なんでもアリア・店主絶生の美女・馬子屋」

そして、「コナモン全般」から「絶生の美女」までの箇所が黒マジックで消され、その横に「ピッツァ専門・ほかのものはなし」と汚らしい字で書かれている。わしは興味を覚えた。ほかに客はいないようだ。

「ごめんよ」

これまたおんぼろの木製ベンチに腰をかけると、

「いらっしゃい」

物憂げな、というより、やる気のなさそうな声が返ってきた。

「ここは、ピッツァの店かね」

「そや。看板に書いたあるやろ」

そう言いながら顔を出した店主らしき女に、わしはドン引きした。もしかすると、留学中に通ったあの店のような金髪碧眼《へきがん》の少女が現れるのではないか、などと夢想していただけに、ショックは大きかった。それは、水太りというのか、ぶくぶくに肥えた中年女だった。一応、金髪は金髪だが、どういう美的感覚をしているのかわからないようなおそろしく個性的な髪形のうえ、毛染めが安物なのか、金色というより錆《さ》びた金属のような色合いだ。顔面がやたらと大きく、唇も分厚くて、そこにこってりと赤い口紅を塗りたくっているので、よく使われる「人を食った狼《おおかみ》みたい」という形容がぴったりだ。どこで売っているのか、豹柄《ひょうがら》のつなぎに豹柄のエプロンをつけ、寒さ避《よ》けにうえから粗い手編みのカーディガンをはおっている。

「寿司屋じゃないだろうね」

わしが念を押すと、

「うっとこはピッツァしかないで。寿司が食いたかったら、よそ行ってんか」

「いや、その……コンベアがあったもんだから」

「ああ、これか。おもろいやろ。月曜大工であてが作ったんや」

中年女はこともなげに言った。

「それも言うなら、日曜大工だろう」

「うちは月曜が休みやねん」

なるほど。

「わしはピッツァが好物でな、あちこち食べ歩いたが、ピッツァの屋台とは珍しい」

「そうでもないで。ライトバンでやってはるひとはけっこうおる。でも、こういう人力でひっぱるタイプは石窯《いしがま》積んだ屋台としては珍しいかもな」

「石窯で焼いてるのか！」

わしは驚嘆したが、その女は眉毛《まゆげ》一本動かさずに、

「そらそや。本格ピッツァ・ナポレターナの店や。石窯で焼かいでどうすんねん」

天王寺の裏通りの屋台で、豹柄の服を着た中年女から、「ピッツァ・ナポレターナ」という言葉が出てくるとは思わなかったので、わしはベンチから後ろ向きに倒れそうになった。

「食べるか？」

「食べる食べる無論食べる。マルゲリータはあるかね」

「もちろんや。けど、ちょっと時間かかるで。そのあいだ、ワインでもどない？」

「いいね。ワインリストはあるかね」

そう言って、わしは少し後悔した。こんな小さな屋台にワインリストなどあるはずがない。赤、白一種類ずつ、それも国産の安ワインだろう。それでもないよりましだ。そう思っていると、目のまえに蕎麦《そば》屋の出前の品書きのようなものが突きつけられた。

「なんだね、これは」

「リストやがな。あんた、見せろて言うたやないか」

そこには、考えられない種類のワインの名前がずらりと並んでいた。しかも、デキャンター一本五百円程度の低価格のものからワインマニアが見たら涎《よだれ》を垂らすであろ

う超高級品まで……。

「こ、これが全部ここにあるのか」

「あるで。――まあ、普通の客はリストなんか欲しがらんさかい、その客の雰囲気見て、あてが適当なやつをあてがうんやけどな」

「それは、すごい。まるで……」

「ソリムエや、て言いたいんやろ」

惜しい……。

「では、これにするよ」

わしが指定したのは手頃な値段の赤だ。まずは様子見のつもりだった。屋台の背後の暗闇《くらやみ》のどこからか、中年女は一本のボトルを取り出して、グラスについだ。そのワインを目にして、わしはまたしても驚嘆した。芳醇《ほうじゅん》だ。保管がよほど良いのだろう、香り、色合いともに申し分ない。いつものようにテイスティングしようとしたが、そういう飲み方がこの場にふさわしくないような気がして、わしはそのワインをクーッと一息で飲み干した。

「うまい」

渋みと酸味のバランス、その底に潜む甘み、すべてが申し分ない。わしはお代わりを注文すると、

「あんたが、絶ナマの美女かね」

「ゼツナマてなんやねん」

「けど、ほら……」

わしが看板を指さすと、中年女は怪訝《けげん》そうにそれを見上げていたが、

「これはゼッセイて読むんや。あんた、物知らずやなあ。ほれ、小野小町《おののこまち》とか楊貴妃《ようきひ》とかのこと、ゼッセイの美女ていうやろ」

たいした自信である。

「どうしてマゴ屋という名前にしたの」

「あんた、ほんまに字の読み方知らんなあ。マゴ屋やあらへん、ウマコ屋や。あての名前が蘇我家馬子《そがのやうまこ》やさかいにウ・マ・コ屋。わかった？」

「ああ、それは失敬」

しゃべりながらも馬子は手を休めない。指だけで生地《きじ》をたくみに伸ばしていく。みるみるうちに、ろくろを使ったかのごとき完全な円形になった。縁が少し盛り上がっているのも、ナポリ風ピッツァの条件を満たしている。馬子はポモドーロ（トマトソース）を大雑把《おおざっぱ》に塗り、バジルを散らすと、どばどばとモッツァレラチーズを載せ、最後にしょう油差しからオリーブオイルらしきものをかけ回した。それをどうやって焼くのか、と興味津々で見守っていると、馬子はどこかのスイッチを入れた。ブウー

ン……と音がして、例のコンベアがゆっくりと回りはじめた。そのうえに置かれたピッツァは、屋台の片方に取り付けられた茶色い鉄製の箱に向かって移動する。

「さっきから気になってたんだが、この箱は……？」

「箱のなかに石窯が入ってるんや」

箱の横には煙突状のものも取り付けられている。これはもしかすると……。馬子はうなずき、

「石焼き芋用の芋焼き窯や」

馬子がバルブをひねると、懐かしい「ぽーっ」という音が鳴り響いた。

「石焼き芋の設備をリヤカーごともろてな、それをあてが改造したんや。たいしたもんやろ」

「月曜大工で？」

「そう、よう覚えてたな」

回転寿司用のチェーンコンベアに載ったピッツァは、自動的に窯のなかに入り込んでいく。その瞬間、真っ赤な炎がちらりと見えた。そして、ピッツァは窯のなかにとどまり、なにも載せていないコンベアがわしのまえを通過した。

「これやったら、手ぇ火傷《やけど》せえへんやろ」

「どういう仕掛けなんだ。コンベアが焼けるだろうに」

「そこは企業秘密や」

馬子はにやりと笑った。

「燃料はなにを使ってるのかね」

「薪《まき》や。ピッツァには薪。昔からそう決まってる」

すぐに、いい匂いが漂ってきた。さんざん飲み食いしてきたあとなのに、腹が期待感からグゲウと鳴った。ものの一分ほどで、馬子はもう一度コンベアのスイッチを入れた。窯から現れたマルゲリータは、縁が大きく膨れあがり、モッツァレラチーズがほどよくとろけて、見事な焼き上がりだ。馬子は小型のパーラ（ピッツァを載せるへら）を使ってそれをすくいあげると、木製の皿にそっと載せた。

「さ、食べ。ナイフとフォークいるか？」

「ナイフだけもらおうか」

わしは、ナイフを使って放射状に四等分すると、手で熱さを楽しみながら口に入れた。ガシュッ、という音とともに熱い汁がほとばしった。表面はざっくり、そして、内部はもっちりした最高の状態だ。やや辛めのソースの酸味、ニンニクの風味、長く糸をひくチーズの脂肪分、バジルの香り……それらが一体となって感動的な味わいを作りあげている。もちろん、舌が火傷するほどに熱々であることが絶対条件だ。焦げのついたコルニチョーネ（縁の部分）もふくふくとして旨味《うまみ》たっぷり。わしは半分ほどを息もつかずに平らげたあと、ワインを口に含んだ。

(うまい……!)

ひとは心底感動したときは、言葉が口から出ない。ただただ、心のなかで「ケ・ブォーナ!」と繰り返すだけだ。

「この窯は、内部温度は四百度ぐらいあるんじゃないのかね」

すべてを食べ終えたあとに出てきた最初の言葉はそれだった。

「そやろな、測ったことはないけど」

「屋台でよくここまで……」

そう言いかけたとき、

「またか。ちょっといいかげんにしてくれよ」

振り返ると、制服姿の若い警官だ。馬子は露骨に顔をしかめると、

「また、あんたかいな。いいかげんにしてほしいのはこっちやで。しょっちゅうしょうもないこと言うてきて」

「しょうもないこと? このあたりは屋台営業は禁止されてるって何度も言っただろう。営業したかったら道路使用の許可証を取れ。保健所にも届けてないし、酒類販売の許可も得ていない。すぐに営業を中止して撤収しなさい」

まだ幼さの残る顔立ちのその警官は、厳しい表情でそう言った。

「ええやないの。うっとこはずーっとここで商売しとんねん。まわりからの苦情も来てへんし、お客さんみんな喜んではる。なにがあかんのん」

「そういう問題じゃないんだ。許可を取れと言ってるんだよ」

「うちのピッツァ、おいしいでえ。こんな寒い晩には熱いピッツァをがふがふ食べたらあったまるでえ。――な、あんた」

わしは突然話を振られて、

「あ……ああ、たしかにここのピッツァは最高だ」

「そやろそやろ。このお客さん、歳は食うてるけど舌はまともや。――なあ、ポリさん、いっぺん食べてみ」

若い警官は一瞬、まえに乗りだしかけたが、

「な、なにを言ってるんだ。ぼくは公務中です。そんなもの食べるわけにはいかない」

「あいかわらず固いなあ。まあ、ポリさんなんちゅうもんはほんまはそれぐらいでないとあかんのや。悪いことする警官が多すぎて、あてら庶民はなにを信用してええんかわからん。あんたの良さはその固さや。まあ、しっかり働き」

「…………」

「しっかり働き、じゃない！　営業をやめないならしかたがない。むりやりにでも

警官は屋台の梶棒《かじぼう》を持ちあげようとした。

「こら、なにさらすねん！　火ぃ焚《た》いとるんや。危ないやないか！」

馬子は警官に飛びつくと、その頰《ほお》を張り飛ばした。若い警官はきりきりっと回って倒れた。

（うわあ……警官を殴った。これはただごとではすまんぞ……）

さすがのわしもどうなることかと思っていると、警官が痛そうに頰をさすりながら起きあがり、

「公務執行妨害と暴行の現行犯で逮捕……」

そう言いかけたとき、

「あっ、イルカ。ええとこに帰ってきたわ」

警官が背後に顔を向けた、その一瞬の隙《すき》をついて、

「ほな、お客さん、お代はまた今度でええわ。さいならーっ！」

馬子は屋台をひっぱると脱兎《だっと》のごとくその場を去った。まるでエンジンでも搭載しているみたいな凄《すさ》まじい逃げ足だった。若い警官は、

「あ、待てっ」

と叫んで追いかけようとしたが、しばらく走ってあきらめたようだ。彼はとぼとぼと戻ってきて、わしに言った。

「ピッツァ、うまいですか」

「うまいね」

わしは心からそう答えた。

◇

その夜から、わしは毎晩のように屋台を探して界隈《かいわい》をうろついた。警官との悶着《もんちゃく》がどうなったかを知りたい、という気持ちももちろんあったし、思いがけずツケになってしまった代金を支払わねばならぬ、ということもあったが、本当の理由は、

（もう一度、あのピッツァが食べたい……）

それだけだった。しかし、「馬子屋」は発見できなかった。シャッター商店街まではたどりつけるのだが、あの石畳の街角がどうしても見つからない。商店街の途中の路地も全部調べてみたが、つぶれかけたような倉庫や朽《く》ちかけた無人のパーマ屋などがあるだけだ。時間帯がちがうのか、とあれこれ試してみたが、それでも馬子の屋台にはめぐりあえない。四日目の夕方にダメもとで、駄菓子屋の店先に置物のようにちょこんと座っていた老婆にたずねてみると、

「ああ、あの屋台やったら、〇〇通りの中途を右に曲がって、××公園の手前の街灯の下にいつも出てるはずやで」

と有力な情報を得た。さっそく行ってみると……あった。深夜だし、わしも酔って

いたので気づかなかったが、小さな公園の裏口に石畳が敷かれており、そこに「馬子屋」の屋台が鎮座していた。今日は先客がふたり、ベンチに座っていた。わしが端に座ると、

「いらっしゃい」

あの中年女が迎えてくれた。やはり夢ではなかった。馬子屋は実在したのだ。

「あれからどうなったか心配でね」

「あれから……？　ああ、ようあることやねん。つぎの日は、またふつうに営業しとったで」

「ツケはいくらかな」

「マルゲリータとワイン二杯で……えーと、八百五十円ちょうど」

ちょうど、ではないと思ったが……安すぎる。採算がとれているのだろうか。

「イルカ、はようしいや。間に合わんで」

馬子は後ろを向いて、だれかに声をかけた。見ると、公園の敷石に木製の板を置き、そのうえで若い女が小麦粉をこねていた。若い女、というか、まだこどものようにも見えた。髪をおかっぱにしているうえに童顔なのでそう思えるのだろうが、おそらく十代半ばだろう。汗だくになりながら、掌底を使って必死に白い塊と格闘している。

「あかんあかん、なにしてんねん！」

馬子は、乱暴にも、イルカというその少女の尻《しり》を蹴飛《けと》ばした。

「あんたは腰が入ってない。ピッツァは腰でこねるねん。もっと……こうや！」

馬子はイルカを突き飛ばし、腰を深く落とすと、全体重をかけて小麦粉を押した。ドムッ、という一押しで固い塊に手の形の穴が掘れた。

「わかったか」

「――はいっ」

ふたたびイルカがチャレンジしたが、穴の深さは馬子の半分にも及ばなかった。屋台に戻ってきた馬子は、

「今日はなににする」

「そうだなあ。ワインは白にしよう。それと……」

わしは、隣でピッツァをパクついているふたりの先客の様子を見た。ひとりは、派手なTシャツのうえに緑色のジャンパーを着た若い男。おかっぱ頭に黒縁眼鏡《めがね》、丸っこい風貌《ふうぼう》はどこかで見たような気がする。アンチョビーとオレガノのピッツァ・ナポリをほおばりながら、雑学の本を読んでいる。もうひとりは派手なサングラスをかけ、黒いスーツを着た小男で、年齢は三十歳ぐらい。唇が薄く、額と顎《あご》に傷がある。かたわらに黒い革製のアタッシュケースを置き、ワインをちびちび飲みながら、ムール貝、イカ、生ハム、マッシュルームを載せたピッツァをかじっている。ふたりとも、なぜ

か険しい表情だ。機嫌が悪いのかもしれないし、ピッツァを食べることに没頭するあまりかもしれない。だが、わしはあえて、サングラスの小男に話しかけた。

「うまいかね」

小男はぎょっとしたようにわしを一瞥《いちべつ》すると、

「あ、ああ……うまいね」

「じゃあ、わしもそのクワットロ・スタジョーニをくれ」

小男は驚いたようにわしを見た。ジジイのくせに、やけにピッツァに詳しいやつだとでも思ったのだろう。しかし、それ以上はなにもきいてこなかった。ふたりは黙々とピッツァを食べ、わしも黙ってよく冷えた白ワインを飲む。やがて、例のコンベアに載って登場したわしの分のクワットロ・スタジョーニも特筆すべき出来映えだった。しばらくして、サングラスの小男が立ち上がり、

「お勘定……」

ぼつりとそう言った。会計をすませて闇のなかに消えたその男の後ろ姿を見送ったあと、わしは馬子に言った。

「わしのほうをちらちら見ておったが、どういう御仁《ごじん》かね」

「あのひとは謎《なぞ》の人物やねん。自分のことは一切話さへん。せやけど、かなりのピッツァ好きやな。無口やけど、いつもおいしそうに食べてくれはる」

「ふーん……」

ただの人見知りなのか、とわしが思ったとき、おかっぱ頭の若者が、

「ごちそうさま。おいしかったわ」

彼も、どことなく元気のない足取りで帰っていった。わしは馬子にそっと、

「いまのひと、どこかで見かけたような気がするんだがね」

「ああ、アホ忍者ツトムゆう芸人さんや。たまーにテレビに出てるわ」

そう言われて思いだした。アホというかお馬鹿《ばか》を売りものにしているピン芸人だ。

以前はときどきバラエティ番組などで見かけたが、最近は目にしないので忘れていた。

「あの子は大事な時期にさしかかってる。なんとかかんとか今を乗り切ったら、つぎにつながる仕事が来るんやろけどな」

そういうものか。芸の道も厳しいのだろう、という想像はつく。わしも、今でこそ後進の育成に専念しているが、昔は自分の技術を磨き、表現に腐心することを生業《なりわい》としていた人間だ。芸人の気持ちもよくわかるつもりだ。

「もう一枚、ピッツァを焼いてくれ。今度はマルゲリータだ」

「よう食べるなあ。ハーフサイズにしよか」

「いや、だいじょうぶ」

この店のピッツァは、一枚では飽きたらぬ。自然と二枚、三枚と食べることになる。

うまいピッツァとうまいワイン。人生の喜びとして、これに勝るものがあろうか。満ち足りた時間を過ごしたわしは、当分、この店に通いつめようと決心した。

◇

翌日からほぼ毎晩、わしは「馬子屋」へ通った。注文はマルゲリータと決めていた。マルゲリータがいちばんシンプルで、いちばんうまい、というのがわしの持論だ。パスタでいえば、ペペロンチーノみたいなものか。アホ忍者ツトムはいつも来ていて、雑学の本を読んでいた。サングラスの男のほうは、三日に一度ぐらいの割で現れ、決まってクワットロ・スタジョーニを食べていた。

「あんた、そろそろ名前つけなあかんな」

ある夜、サングラス男、アホ忍者ツトムと並んでマルゲリータを食べていたわしに、馬子が言った。

「名前……？」

「常連さんにはあだ名つけることになっとんねん。あんた、名前なんちゅうのん？」

この、ずけずけした質問の感じが、いかにも大阪なのだ。

「わしか……」

本名を明かすことが一瞬ためらわれた。というのも、うぬぼれかもしれぬが、わしはその世界ではそれなりに名前が通っているからだ。せっかくの隠れ家なのだから、できればただのピッツァ好きの爺《じい》さんでいたかった。

「山田……山田甚平だ」

「ジンペイか。ほな、今日からあんたはマルゲリータのジンペイや」

わしはそのニックネームをありがたくちょうだいした。わしがワインのお代りを頼んだとき、かたわらで大きなため息が聞こえた。アホ忍者ツトムが、持っていた本を膝《ひざ》のうえに伏せると、ぐったりとした表情で宙を見つめている。

「ツトムちゃん、どないしたんや」

「あ……なんでもないっす」

「そんなことないやろ。あんた、このごろずっと勉強してるみたいやけど、どういうことやのん？　お馬鹿芸人からキャラ変えるつもりなんか」

またしてもずけずけと踏み込んでいく。一見デリカシーがないようだが、ひとを教えるには、こういう大胆さ、相手の心へのもう一歩の踏み込みが必要なのかもしれない、と日頃、後進の教育に頭を悩ましているわしは思った。

「変えるつもりはないんです。ないんですけど……」

またしてもため息。

「じつは……今度、『クイズ・タイムスピン』の芸人特集に出演が決まったんです」

「すごいやないの！」

馬子は大声を出した。「タイムスピン」といえば、わしもよく観《み》ている。全国ネットの大人気番組だ。ひとりにつきクイズが十問出題され、全問正解すると海外旅行に行けるが、正解が三問以下だと解答者席がくるくる回転する。

「あんたはお馬鹿芸人として呼ばれてるんやろ。なんで付け焼き刃で雑学の勉強しとるんや。そんなこと気にせんと、いつもの調子でアホなこと言うとったらええやないの」

「そうなんです。俺以外の出演者はみんな、頭がいいことをウリにしている芸人ばかりなんですけど、俺はウケ担当というか、アホな解答ばかりして、最後に回転させられて、ギャーッと叫ぶ、みたいなリアクションを期待されてるはずなんです」

「そやろな。でないと、あんたを呼ばへんわ」

そのとき、今まで黙っていたサングラスの小男が、

「馬鹿を売りものにしているのに嫌気がさして、見事に全問正解して一躍ヒーローになるつもりかい。やめといたほうがいいぜ」

「せやせや。あんたはアホのキャラのまま突っ走ったほうがええ。今、ブレたら印象が薄くなって、損するだけやで」

アホ忍者ツトムは、下を向いたまま、

「わかってます。わかってるんですけど……俺、回るのが怖いんです」

意外な答だった。

「俺、芸人になるまえはブレイクダンスをやってて……頭で回転するヘッドスピンっていうの知ってますか」

「ああ、テレビで見たことあるわ。ヘルメットつけて、三点倒立してからくるくる回るやつやろ」

わしも知っている。はじめは三点倒立だが、最終的には頭だけで高速スピンするのだ。ヘルメットをつけずにニット帽だけで回る場合もある。優れたダンサーなら一分間に九十回転することもできるらしい。

「ああいうアクロバティックなのはパワームーブっていうんですけどね、毎日練習して、かなり上達しました。それで、気持ちが緩んだんでしょうか、ある日、公園で披露してるとき、回転が最高潮になった瞬間でした……」

思いだすだけでもぞっとしているのだろうか、ツトムは一旦《いったん》言葉を切ると、あとは押し出すようにして、

「突風が吹いたんです。頭の位置がずれて……首がゴッていう妙な音を立てたのが聞こえました」

サングラスの小男がぶるっと震えた。

「しばらく気を失ってたらしいんです。気がついたときは、仲間に介抱されてました。

鼻や口から血が出てて……左手と左足がしびれて動かなくなってた。あとで聞いたら、首が曲がった状態で地面を回転しながら横滑りして、そのまま壁に激突したらしいんです。見ていた連中はみんな、死んだ、と思ったそうです」

スポーツでもダンスでも、激しくアクロバティックな表現に危険はつきものだが、演技者はそれを最大限に回避するよう細心の注意をはらわねばならないのだ。

「それからしばらく入院して、リハビリで手足のしびれは治りましたが、ダンサーの道はあきらめました。それで、松茸《まつたけ》芸能の養成所に入って、芸人になったんですが……怖いんです。あれ以来、回るのが怖くて……」

アホ忍者ツトムは両手で顔を覆うと、

「遊園地のロケとかで、メリーゴーラウンドとかコーヒーカップに乗るだけでも、酒によって泥酔してるみたいに地面が揺れて、立っていられなくなるんです。医者にかかっても、三半規管は異常なしだそうで、要するに俺のなかで『回る』ってことがトラウマになってるみたいなんです」

「なるほどなあ……」

「今度の『クイズ・タイムスピン』は、俺の芸人としての将来を左右するような大事な仕事だとわかってます。断ることなんてできない。でも……もし、三問以下しか正解できずに椅子《いす》が回ったら……もしかしたらパニックになってカメラのまえでめちゃくちゃしてしまうかもしれない。そうなったら芸人人生おしまいです。だから……」

「アホキャラを捨ててまで、雑学を勉強してたんか」

「そうなんです。どっちに転んでもろくな結果にはなりません。ああ、俺、どうしたらいいのか……」

だれも言葉を発しなかった。テレビ局が要求しているのは、お馬鹿キャラのまま不正解を並べて椅子を回らせてギャーッと叫ぶことだが、そうなると恐怖のあまり混乱状態になって醜態をさらし、以降、テレビを干される可能性もある。しかし、勉強して四問以上正解したら、それは番組が求めていることとはちがううえ、あいつ、本当はかしこいのに馬鹿を装っていたのか、と勘ぐられ、結局、仕事をなくすことになる……。わしにはなんのアドバイスも思いつかなかった。

「あのさ、あんた、後ろ向きすぎるんじゃないか？」

サングラスの小男が言った。

「俺、えらそうに説教なんてできないけど、せっかくのチャンスなんだから、もっと前向きに考えろよ。椅子が回るのが怖い。だから、回らないように自分のキャラクターを捨ててクイズに答える。それは本末転倒じゃないのか」

「どういうことです……」

「回るのが怖いなら、恐怖を克服する努力をしてみたらどうだ。身体《からだ》は異常ないって医者も言ってるんだろ。もう一度、回ってみろよ」

「あ、あんた、俺がどれだけ怖かったかわからないからそんなことが言えるんだ。あのときの……首の骨が折れた音……なにもかもがくるくる回って……」

「だったら、勉強でもなんでもして、四問答えて、仕事を失えよ。あんた、芸人としての矜持《きょうじ》はないのか？　お馬鹿がウリなんだろ。なら、お馬鹿に徹しろよ。弱音を吐くな。もう一度、ぶつかってみろ。回るのが怖いなんて気持ち、吹っ飛ばしちまえよ。人生、やり直しは何度でもきくはずだ」

最後のほうは、自分に言い聞かせているような話し方だった。

「本当にそう思いますか」

「思うよ。思う。俺だって、とうとう決心したんだ。今日はやってやる。今日こそは……」

そこまで言いかけたとき、

「おいっ、性懲《しょうこ》りもない連中だな。すぐに撤収しなさい」

あの若い警官が、怒りに顔を朱に染めてこちらに向かってくる。

「またかいな。あんた、営業妨害やで」

「無許可のくせに、なにが営業妨害だ。盗っ人猛々《たけだけ》しいとはあんたのことだ。これは立派な犯罪行為だぞ」

「うるさいなあ。夜中にそんなに怒鳴りなはんな。明日の朝刊に『警官が安眠妨害で逮捕』て新聞に載るで」

「な、なんだと！」

若い警官の怒りは爆発した。彼は屋台に両手をかけ、力ずくでその場から動かそうとして……。

「熱ちちちちちっ！」

警官は跳び上がった。

「そら熱いわ。あんたが持ったとこ、四百度の窯やで」

若い警官は、ぎゃああっと叫びながら商店街のほうに走りさった。

「許可証許可証て九官鳥みたいにおんなじことばっかり……ほんま、難儀な話やで。

——あれ？　あのお客さん、帰った？」

そう言われると、サングラスの小男の姿がない。

「本当だ。いつのまに帰ったんだろう」

そう言いながら彼が座っていた場所に目をやると、黒いアタッシュケースが置いてあった。サングラスの男がいつも大事そうに抱えていたものだ。

「カバンが置いてあるということは、また戻ってくるつもりじゃないかな」

「小便かいな」

屋台なので、トイレは公園の公衆便所に行くことになっていた。だが、そのあといくら待ってもサングラスの男は帰ってこなかった。深夜零時を過ぎ、アホ忍者ツトムは立ち上がった。

「あのひとの言うことにも一理ありますね。俺はお馬鹿芸人なんだ。回るのが怖くて、雑学の勉強をするなんて自分を見失ってたのかもしれない。でも……どうすればトラウマを克服できるんでしょうか」

わしの後輩に対してなら、練習で得た恐怖は練習で克服するしかない、と言うだろう。しかし、芸人さんに対してかける言葉は、わしは持ちあわせていなかった。

「ええもん見せたろか」

突然、馬子が言った。

「ええもん……？」

「見せもんやないさかい、人前ではめったにやらへんけどな……」

言いながら馬子は、ある程度形が整った生地を持って路上に出ると、指の先でくるくると回しはじめた。生地はまるで独楽《こま》のようにぶんぶん回りながら遠心力で広がっていく。芯《しん》がぶれないので、生地の広がり方は均一だ。少しずつ、同心円状に成長していく。

「だあっ！」

馬子は、生地を空中高く放りあげた。生地は見事に旋回しながら高々と上昇した。落下してきたそれを、馬子はまたしても指一本で支える。完全に中心をとらえているので、生地はまだまだ回りつづける。衝撃で破けるのではないかと危惧《きぐ》したが、馬子は涼しい顔でジャグラーのように軽々と生地をさばく。

「でやっ！」

生地はふたたび放りあげられた。今度はさっきよりも高い。ちょうど満月だったので、月がふたつ出たようだ。そこそこの大きさに広がった生地はふわりと馬子の指に着地したが、回転は衰えるどころかますますスピードを上げる。

「いつもよりたくさん回しております」

適度に広がったとき、馬子は生地を回すのをやめた。あれだけ回したら、さぞかし薄くなっているだろうと思ったが、意外にも生地はちょうどいい薄さになっていた。おそらく、生地の硬さに秘訣《ひけつ》があるのだろう。

「さあ、でけた」

馬子はその生地でマルゲリータを作り、半分に切って我々のまえに出した。

「あてのおごりや。食べて」

わしとツトムは顔を見合わせた。

「あんた、あてが生地回してるの見て、どう思た？」

「そうですね……なんだか気持ちよさそうでした」

「そやろ。本式のナポリ・ピッツァは手で伸ばすんやけどな、あてはこうして、ときどき回して作るねん。遠心力で伸ばすと、きれいな同心円になって、なかの気泡もつぶれへんさかい、焼いたときに生地がもちもちになる、と言われてる。けど、あては指でも麺棒《めんぼう》でも、もちもちのおいしい生地を作れるで。あてがピッツァを回すのはな……気持ちええからや」

我々は馬子の講釈を聞きながら、マルゲリータを食べた。回転させて作った生地でのマルゲリータは、いつもとはちょっと食感がちがうような、いや、やっぱりいつもと同じような……いずれにしても「おいしい」できあがりであった。

「いやあ、うまいなあ」

アホ忍者ツトムは、少年のように顔をほころばせながら無心にピッツァにかぶりついている。最近ずっと、彼の笑顔を見たことがなかった。この笑顔があれば、

(彼はきっと人気が出るにちがいない)

とわしが思ったとき、

「ジャッキー、来てへんか」

やたらと背が高い、緑色のスーツを着た男が急に現れて、やけにドスを利かせた声で言った。目つきが鋭く、一目でその筋のものとわかる。

「ジャッキーってだれやねん」

馬子がたずねると、

「グラサンかけたチビや。デコと顎に傷がある。この店の常連やと聞いてたんやが……」

「ああ、来てたけど、ポリさん見たらどっかに行ってしもた」

「ポリ……？　警察か？」

男は舌打ちをして、

「俺とジャッキーはいつもこの近所で待ち合わせしとるんやが、今日は約束の時間に来んかった。それで、ここにおるんやないかと思て、来てみたっちゅうわけや」

「おらんようになったん、二時間ぐらいまえやさかい、もう戻ってけえへんわ。また、今度来てんか」

男はいらいらと靴の先で地面をタップしながら、

「そうはいかんのじゃ。——あいつ、なんぞ荷物を持ってなんだか」

アホ忍者ツトムが、

「ああ、それやったらそこにある黒いアタッシュケース……」

そう言いかけたとき、男はそれをひったくると、

「こいつや。よかった……」

そして、そのまま立ちさろうとした。

「待ちんかいな」

馬子が男のまえに立ちはだかった。

「なんじゃ、ババア」

「それは、うちのお客さんが忘れていったもんや。あんたのもんとちがう。勝手に持っていかれたら、あてが困る」

「こいつは、ジャッキーが俺に渡すはずやったもんなんや。だから、俺が持っていってもええんじゃ」

「そんなん、あんたが適当に言うてるだけかもわからんがな。あてとしてはな、あのお客さんに確認してからやないと渡されへん」

「話のわからんやっちゃなあ。だーかーらー、俺はどうしても今日中に、これを受け取らんとヤバいねん。確認しとるひまなんかないんじゃ！」

「そんなん知らん。あんたの都合や。あてはぜったいに渡さんからな」

「ババア、あんまりひつこいと怪我《けが》することになるで」

「おもろいやないの。このゼツナマの美女に手ぇ出せるもんなら出してみい！」

「ゼツナマ……？」

グリーンスーツの男は一瞬首をかしげたが、

「わけのわからんこと抜かしやがって。そこ、どかんかい！」

男はアタッシュケースを抱えて肩で馬子に体当たりを食らわし、そのまま、全速力で走り去った。わしは、馬子があっさりと男を通してしまったのが意外だった。この中年女のいつもの迫力からすると、突進してくる男に張り手をかますぐらいのことはするのではないか、と思っていたからだ。しかし、馬子はけらけらと笑い、なにもかも飲み込んでいるような顔つきでわしに向かって親指を立てた。

◇

その翌晩もわしはいつものように「馬子屋」でピッツァを食べ、ワインを飲んでいた。アホ忍者ツトムも来ていたが、雑学の本こそ読んでいないものの、しかめ面でため息をついている。

「どうしたんだね。お馬鹿に徹するんじゃなかったのか」

わしがきくと、

「腹はくくったんですが、まだ怖いんです。今日も昼間、公園の回転遊具に乗ってみたんですけど、途中で気分悪くなって、降りてしまいました。幼稚園のこどもでもキャッキャッ言いながら遊んでるような遊具ですよ。——先が思いやられます」

「なにかこう、思い切った荒療治が必要なのかもしれんな」

「荒療治ってなんです？」

「たとえば……ヘッドスピンをやってみるとか」

「無理です無理無理無理無理。ヘッドスピンのせいで回転が怖くなったんだから、いきなりは無茶です」

「そうか。だったら……遊園地にある回転系の絶叫マシーンに乗るというのはどうだ」

「いやー、公園の遊具でもダメなのにそんな怖《おそ》ろしいこと……」

「ぐだぐだ言ってたら、いつまでたっても今のままだぞ。清水《きよみず》の舞台から飛び降りるつもりでチャレンジしてみろ。道はきっと開ける」

「舞台から飛び降りる？　それこそ無謀ですよ。脚を折ったらどうするんですか」

「クイズの収録はいつかね」

「明後日《あさって》です。ああ……スタジオが火事になって収録延期にならないかなあ。せめて、回転する装置が故障するとか……」

「ダメだこりゃ」

わしは、ワインをぐびぐびと飲んだ。やはり、うまい。それに安い。なにを注文しても出てくるので、わしはよほど大きなワインセラーがあるのか、と屋台の裏側の暗闇を透かして見るのだが、それらしいものはどこにもない。〇〇をくれ、と言うと、どこからかそのワインが魔法のように現れるのだ。

「うわ、えらいこっちゃ」

馬子が大声で言った。

「小麦粉がもうないがな。これではピッツァが焼けん。――取ってこなあかんわ」

馬子は私とツトムに、

「十五分ほどしたら帰ってくるさかい、それまでおってくれる？　だれか客が来たら、そない言うといてんか」

「ああ、わかった」

馬子は肥えた身体を揺すってどすどすと走りさり、わしとツトムは留守番をすることになった。

「おい、ババア」

柄の悪い言葉にそちらを見ると、昨夜の男だ。今夜も緑色のスーツを着込んでいる。

「なんだ、あんたか」

わしがそう言うと、男は周囲をじろじろ見回したあと、

「あのババアはどこ行きよったんじゃ」

「店主は留守だよ。明後日おいで」

「なんやと、おのれ、なめとんか。俺をなめとったらえらい目にあうで。――そういえば、ジジイ、おのれもきのう、ここにおったな。ははあ……さてはおのれもグルか。

おんどれ、はよ出さんかい」

「出す？　ピッツァなら店主が帰ってくるまで待ってなさい」

「あ、アホなこと言うな。なんでここの腐れピザ食いにわざわざ来るんじゃ。俺が言うとるのは、アタッシュケースの中身や」

「中身？　さあ、知らんな」

「とぼけるな。白い粉の入ったビニール袋が二十四個入ってたはずや」

「それがなくなっていたのかね」

「いや、入ってることは入ってた。せやけど、その白い粉は……全部小麦粉やった」

「ふーむ……本当はなにが入ってるはずだったのかね」

「鈍いやっちゃなあ。言わんでもわかるやろ。大の大人が夜中にアタッシュケースに入れて取り引きしよか、ちゅうもんや。小麦粉でもうどん粉でもメリケン粉でもないわい」

アホ忍者ツトムが、最近仕込んだらしい雑学の知識をさっそく披露して、

「あのね、知らんのやったら教えてあげますけどね、小麦粉とうどん粉とメリケン粉はおんなじものですよ」

「そんなことどうでもええ！　おのれらがすり替えたんやろ」

ようやくわしには、昨晩の馬子の落ち着いた態度の理由がわかった。

「あっはははは。さすが馬子さんだ。小麦粉は売るほどあるからなあ」

「冗談言うとる場合か」

男はふところから拳銃《けんじゅう》を取りだし、こともあろうにこのわしに突きつけた。それを目にした途端、アホ忍者ツトムは「ぎゃあんっ」と叫んでその場に倒れた。ショックで気絶したらしい。

「なんのまねだね」

「ブツを返せ」

「わしは知らんと言っただろう」

男は、屋台のあちこちをひっくり返して調べていたが、

「ここにはないようやな。——おい、ジジイ」

「なんだね」

「こうなったら、おのれを痛めつけてブツのありかを吐かせるしかないな。俺と一緒に来い」

「どこへ？」

「それは……言えるかい。秘密の場所じゃ」

男は、わしにタオルで目隠しをすると、その場でぐるぐると三十回ほど回転させた。

「どや。ふらふらになったやろ。これでどこへ向かってるかわからんようになったは

ずや。さ、歩かんかい」

わしは目隠しをされたまま、男の言いなりになってその場を離れた。

◇

一時間ほど歩かされ、ひんやりした場所に到着した。目隠しを外されたわしは周囲を見渡したが、暗くてよくわからない。ひたすら黴《かび》くさく、物音ひとつせず、静まりかえっている。シャッターを開け閉めする音が聞こえ、階段を上がらされたので、どこかの倉庫の二階か三階だと思うが……。

「さあ、言うてもらおか」

男はわしを椅子に座らせると、その背もたれにガムテープでわしの胴体をぐるぐる巻きに固定した。両手の自由は利くが、ガムテープは外せない。

「なにを」

「ブツをどこに隠した。あれがないと、俺は……殺されるんじゃ」

「おまえさんが殺されようとわしの知ったことじゃない。――ジャッキーとかいう男にきいてみればいいじゃないか」

「あのガキは信用できん。だいたい、きのうからどこへ行ったかわからんのや。店主のババアもおらんし、おのれにきくしかないんじゃ」

「わしはただの客だ。知らんといったら知らん」

それからその男は、わしに対して一種の拷問《ごうもん》を行った。足首を固定して、足の指を一本ずつ逆向きに曲げていく、という地味な地味な方法だが、そういうことには慣れていないらしく、そのうえ力も弱い。ことさら大げさに、

「ひいーっ、やめてくれっー」

と叫んでみせたが、じつはわしはまるで平気だった。逆に、男のほうが疲れてしまったようで、はあはあと荒い息をつきながら、

「今日はこのへんにしといたらあ。おんどれ、ほんまになんにも知らんようやな。こらあかん。やっぱりあのババアにきくしかないか……」

「最初からそう言ってるだろう」

男はおろおろして、

「あれを取り返さんと、マジで俺の命がヤバいんや。どどどどないしょ」

「あんたがたの商売もなかなかたいへんだな」

「うるさい、黙れ」

男は携帯を取り出して、どこかへ電話しはじめた。

「はい……はいそうです、すんまへん……すんまへんすんまへんすんまへん。いや、俺が悪いんやないんです。ジャッキーが……そうですねん、どこへ行ったかわかりまへんのや。ブツですか？　あ、もちろんそれは……いや、そんなことおまへん。どれ

だけ探してもないんですわ。俺がガメた？　とととととんでもない。俺にそんな根性あったら、とうに……いや、なんでもないんです。ジャッキーもおんなじです。あいつ、そんなタマやおまへんわ。まちがいなくこのジジイと、あの馬子ゆうわけのわからんおばはんの仕業です。——え？　警察？」

男は電話を切ると、がっくりと両肩を落とし、

「あかん……あかんあかんあかん。警察が乗り出してきてるから、本部は手ぇ引く。あとは俺ひとりでなんとかせえやなんて……」

男は涙ぐみはじめた。

「おまえさん、女々《めめ》しいぞ。男ならしっかりせんかい」

「じゃかあしいわい！」

緑色の男はわしの胸倉をつかむと、

「おのれのせいや。おのれのせいで俺は……」

そこまで言って、男は急に手を放し、

「俺、ちょっと便所行ってくるわ。興奮したら、腹具合おかしなってきた。——逃げるなよ、と言うても、表のシャッターには鍵《かぎ》かかっとるさかい逃げられへんやろけどな」

下腹部を押さえながら、早足で部屋を出ていった。鉄製の階段を下りていく足音が

聞こえた。やはりここは二階に位置するようだ。わしは椅子ごと立ち上がると、男が間抜けにも置いていった携帯を手に取った。

◇

男は手をハンカチで拭《ふ》き拭き、戻ってきた。なぜか顔をゆがめ、足取りも重そうだ。

「久しぶりに痔《じ》が出てしもた。便器真っ赤っ赤や。——おのれのせいじゃ！　おのれがめっちゃストレスかけたから、俺のケツが……」

しばらく呻《うめ》いたあと、男は逆手に構えた拳銃の台尻を振り上げると、

「俺は今からタイへ高飛びする。そのまえに……おんどれのどたまカチ割ったる！」

そのとき、どこからかシャッターを平手で叩《たた》くような、ぐわわあん、ぐわわあんという音が聞こえてきた。

「な、な、なんや。だれか来よったんか。いや、そんなはずはない。この場所はだれも知らんはず……」

「おおい、はよあけんかい！　ここにおるんはわかってるんやで！」

馬子の声である。

「こらあ、あけろあけろあけろ！　もう逃げられへんで！」

男はぶるぶるっと震えると、

「なんでここがわかったんや……」

「わしが通報したのだ。そこにある携帯電話でな」

男は「しまった……」という顔になったが、

「せ、せやけどおまえ、ここがどこか知らんはずやないか。なんでここが……」

ぐわっしゃん、ぐわっしゃん、ぐわっしゃん……とシャッターになにか重たいものが激突しているような音。しかも次第に激しくなる。寺の鐘のように反響して、耳がわんわんいいだした。当初、揺れているのはシャッターだけだったが、だんだんと建物全体が振動しはじめた。男は蒼白《そうはく》になり、あたりをうろうろ歩きまわったあげく、どこかのスイッチを入れて明かりをつけた。それでようやくわしにも自分がどういう場所にいたのかがわかった。大きな倉庫の奥にわずかだが二階があって、そこにわしらのいる部屋があるのだ。鉄製の手すりがあり、そこから一階全体が見渡せる。倒産したスポーツ用品店かなにかの倉庫だったのか、埃《ほこり》がうずたかく積もった箱がでたらめに積まれている。箱の横腹には、十年ほどまえに引退したプロ野球選手が笑っている写真が印刷されていた。

「入ってくるな！　入ってきたらこのジジイをぶっ殺す！」

とうとう歪《ゆが》みはじめたシャッターを凝視しながら男はそう叫んだが、ぐわっしゃん、ぐわっしゃんという音が大きすぎて、その声は表には届いていないようだ。

「くそったれ」

男が階段を駆けおり、変形していくシャッターに向かって拳銃を構えた途端、めりめりめりめりという音とともに鋼鉄製のシャッターが左右に押し広げられ、なにかが凄《すさ》まじい勢いで突入してきた。わしはジープかなにかと思ったが、それはあの屋台だった。馬子とイルカが左右に付き、そしてアホ忍者ツトムとサングラスの小男――ジャッキーが後ろから押している。怒濤《どとう》のごとく雪崩《なだ》れ込んできた屋台に吹っ飛ばされて、緑色のスーツの男は壁際に積まれた箱に衝突した。箱が崩れ、なかから軟式野球のボールが何百と転がりだした。男は立ち上がろうとしたが、ボールで滑って転倒を繰り返す。

「ほれ……これが欲しいんとちがうんか」

そう言って馬子が取り出したのは、白い粉の入ったビニール袋だ。

「やっぱりおのれが持ってたんか！」

馬子はにやりと笑い、袋を全部、屋台のうえに取り付けられたチェーンコンベアのうえに置いた。

「欲しかったらここまでおいで」

男は咆哮《ほうこう》しながら屋台に向かって突進した。それを阻止しようと、アホ忍者ツトムが男の腰に後ろからしがみついた。

「邪魔すな！」

男はツトムの後頭部を殴ったが、ツトムはかんぬきのようにした両手を放さない。

男はツトムをおもりのように引きずりながら屋台に近づいた。彼の手がビニール袋にかかったとき、馬子はコンベアのスイッチを入れた。チェーンをきしませながら、コンベアが回転をはじめた。

「ど、どないなっとんねん。これ……取れへんがな」

男はビニール袋をひっぱるのだが、なぜか袋はコンベアに貼り付いているようだ。

「こらあ、おばはん、おのれ、アロンアルファかなんか使《つこ》たやろ」

「あては知らんで。はよ、取りいな」

「取りとうても……取れへんのじゃ」

男はビニール袋の移動とともに屋台の周囲を回りはじめた。その腰をつかんだアホ忍者ツトムも一緒に回る。男はツトムの頭をガンガン叩き、

「こら、放せ。放さんかい」

「死んでも放すか」

馬子はそんなやりとりを楽しそうに見ながら、

「ほれほれ……どんどんスピードは上がるでえ」

リモコン操作でもしているのか、馬子の言葉どおり、コンベアの回転速度はどんどん上がっていき、男とツトムは今や、屋台のまわりを全速力で走っている。

「やめんかい、おばはん、やめんかい」

「死ぬっ、死ぬうっ」

「ふふふふふ……トップギアや！」

ふたりの男の足が、ふわりと浮いた。あまりに高速なので、すでにふたりの姿はおぼろげにしか見えない。

「助けてくれっ」

「助けてタスケテ！」

その悲鳴すら聞こえなくなったころ、馬子はふたたび不気味に笑うと、コンベアのスイッチを突然オフにした。男とツトムは、ひとつの塊のようになって宙を飛び、倉庫の壁にぶつかった。ツトムは白目を剝《む》いて倒れている。緑色スーツの男は気絶こそしていないが、鼻血を流しており、口から泡を吹いている。

「こらあ、もう逃げられへんで。神妙にしいや！」

「じゃ……かあ……しゃい！」

男は悲鳴のような声で虚勢を張ると、階段を這《は》うようにしてのぼり、わしのもとへとやってきて、首筋に銃口を突きつけた。

「このジジイがどうなってもええんか。ここから出ていかんかい！」

「まだやる気か。懲りへんなあ」

馬子は鼻で笑うと、屋台の横の窯から焼きたてのピッツァを取りだし、それを指先に載せてくるくる回しはじめた。

「な、な、なにしとんねん。――おい、あのおばはん、頭おかしいんか」

わしにきかれてもわからん。馬子は男の罵声《ばせい》を気にもとめず、回転を速めていく。

「だあっ！」

掛け声とともにピッツァは空中高く舞いあがり、フリスビーのように旋回しながら、わしの鼻先をかすめて、狙いあやまたず、男の顔面を直撃した。

「ひぎゃあああああっ！」

男の顔からとろとろ熱々のチーズが垂れ下がっている。馬子たちは二階にあがってきた。最初、先頭にいた馬子は肥えているせいか、はあはあ言いながら途中で遅れていき、結局いちばん最後になった。ジャッキーが男を押さえつけ、イルカがわしのガムテープをはがしてくれた。

「麻薬取り引きが行われているというのはここですか！」

シャッターの割れ目から入ってきたのは、あの若い警官だった。

「そやで。こっちこっち。ここだっせえ」

馬子が手招きをした。警官は銃を右手に、階段を軽快に駆けあがってきた。

「やっぱりおまえか。琴畑《ことはた》組の若頭《わかがしら》グリーン伊藤、これで年貢の納め時だな」

「なんで……ここがわかったんじゃ」

「馬子さんから通報があったんだ」

馬子があとを引き取り、

「ジンペイはんから、商店街の途中の路地を右に曲がったところにある、一階にシャッターがある倉庫みたいなところに閉じこめられてる、て電話があったんや。あんた、一時間も連れ回したらしいけど、屋台から十分もかからへんとこやないか。アホにしては企《たくら》んだなあ」

グリーン伊藤は半泣きの顔でジャッキーを指差し、

「おまえ、裏切りよったな。おまえだけは許さんからなあ」

ジャッキーはゆっくりかぶりを振り、

「まえからこんなことやめるつもりだったんだ。いい潮時だよ」

グリーン伊藤は覚悟を決めたらしく、警官に両手を突きだし、

「お縄をちょうだいします」

若い警官はプッと噴きだし、

「古い表現だな。――縄なんかかけないよ」

「ほな手錠でっか」

「手錠もかけない」

そう言うと警官はいたずらっぽく馬子を見た。馬子はうなずき、

「あんたら、小麦粉のやりとりしてただけや。そんなん、逮捕でけへんやろ」

グリーン伊藤が、

「えっ……あんたがすり替えたんやないのか」

「あてはなーんにもしてへん。昨日は、ジャッキーはんははじめからアタッシュケースに小麦粉入れとったんや。せやさかい、あれもこれも、ぜーんぶ小麦粉や」

グリーン伊藤は驚きのあまり、言葉を失っている。ジャッキーはすまなそうに、

「もともと昨日、出頭するつもりだったんだ。臭い飯を食って、更生して、一からやり直そうと思ってね」

「そ、そやったんか……」

「ぼくはなにも見なかった。なにも知らなかった。そういう約束でしたね、馬子さん」

若い警官の言葉に馬子は、

「あんたには悪いけど、ピッツァおごったるさかい」

「それはダメです」

「なんで」

「許可証のない店での飲食はできません。まあ、私の任務は麻薬取り引きの捜査なの

で、屋台の件はついでだったのですが……」

グリーン伊藤はうなだれて、

「でも、このジジ……お爺さんの監禁罪が残ってます」

「わしは、あちこちの倉庫を巡るのが趣味でな、今日も見物させてもらってたんだ」

ようやく気絶から回復したアホ忍者ツトムも合流し、我々は半壊状態の屋台のまわりに集まった。顔中にトマトソースとチーズをつけたグリーン伊藤は泣きべそをかきながら、

「せやけど、なんでこのジジ……お爺さんは、目隠しして三十回も回したのに、ここの場所がどこかわかったんや。たいがいの人間は、七回ぐらい回しただけでよれよれになるはずやのに……」

「あのな、あんた、このひとがだれか知らんのか」

「し、知らんわい」

「このひとはな……元フィギュアスケートの日本代表で、オリンピックにも出た藪川《やぶかわ》甚平さんや。現役のころはずっとヨーロッパで練習してはったんや」

「——あっ！」

アホ忍者ツトムが大声で、

「思いだした。こないだ、日本フィギュア界のドキュメント番組に出てはりましたよ

ね。芦田《あしだ》美代を育てた指導者で、今でも週三回、リンクでの練習をかかさないって。そうか……フィギュアの選手だったら、いくら高速でスピンしてもなんともないはずだ」

「それはそうと、きみはどうなんだ」

「なにがです」

「屋台のコンベアで思い切り回転してたじゃないか。回るのが怖かったはずだろ」

「そういえば……」

ツトムは頭を掻《か》き、

「さっきは夢中だったんで、怖さなんて忘れてました」

「じゃあもう『タイムスピン』はだいじょうぶだな」

「ですね」

我々は屋台を押して倉庫を出た。夜気が身に染みる。なにもかもうまくいったような達成感があった。

「ええ月やなあ」

空を見上げた馬子が言った。たしかに、真円の満月だ。

「ええか、みんな見ときや」

馬子はピッツァの生地を取り出すと、それを指先で回しはじめた。あいかわらず見事だ。

「そりゃそりゃそりゃそりゃそりゃそりゃ……だあっ！」

生地は指から空中へ高々と上昇していった。皆の視線が白い円盤に集中した。そして……。

「おかしいな」

警官が言った。

「落ちてこないぞ」

そのとおりだった。いつまで待ってもピッツァ生地は降下してこない。全員が空を見つめる。

「――あれ？」

地上に目をやったわしはきょとんとした。今の今までそこにあったはずの屋台がない。馬子とイルカの姿もない。みんながそれに気づいて、周辺を探してみたが屋台もふたりも煙のように消え失《う》せていた。

「気まぐれなひとだから、急に思いついてどこかに行ったんだろう。明日の晩にはまた、いつものところに店を出してるさ」

わしがそう言うと、皆が同意した。しかし、そうではなかった。

◇

それ以来、「馬子屋」は我々のまえに現れることはなかった。わし、ジャッキー、アホ忍者ツトム、警官の四人、ときにグリーン伊藤を加えた五人は、その後毎晩、公園裏のあの場所を中心に、馬子の屋台が出ていそうな場所をくまなく探したが、二度とあの中年女に会うことはできなかった。それどころか、以前に場所をきいたことのある駄菓子屋の老婆にたずねても、

「そんなピザの屋台なんか見たことも聞いたこともない」

と言うのだ。なにもかも夢だったのだろうか。いや、わしの舌にはあの屋台で食べたマルゲリータの味や飲んだたくさんのワインの味が今でもはっきりと残っている。

そして、かなりの時間が経過した。アホ忍者ツトムは「タイムスピン」出演がきっかけとなって再ブレイクを果たして東京に進出した。ジャッキーとグリーン伊藤はたがいの故郷に帰って正業についた。若い警官も所属署が変わって、天王寺を離れた。もう彼らと会うこともなくなってしまったが、あれからわしは、夜に見知らぬ街の商店街をうろつく癖がついてしまった。ピッツァの屋台を無意識に探しているのだろう。そんなある晩、何気なく空を見上げたとき、月をかすめるようにして円盤状の物体が通過していくのを目撃した。

（ＵＦＯか……？）

その物体はわしが見ていることに気づいたかのように、ひらりと反転すると、闇に

溶け込むように消えた。まさか、あのふたりは宇宙人……そんな馬鹿げた空想が頭をよぎった。そういえば、月はチーズでできている、という外国の言い伝えもあるそうだが……。回転寿司のまえを通ったり、石焼き芋のリヤカーを見かけるたびに、「馬子屋」でピッツァを飽食し、ワインを痛飲した日々を、わしは今でも思いだす。

豚まんのコーザブロー

その店は、心斎橋筋《しんさいばし》の裏通りのどこかにある。なにごともはっきりさせたい性分の私にとって、「どこか」などという曖昧《あいまい》な言葉を使うのは忸怩《じくじ》たるものがあるのだが、そう言うよりほかないのだ。というのも、あのころほとんど毎日通っていたあの店が煙のように消え失《う》せてしまったからだ。マジックならばかならずタネがある。しかし、屋台店などではない一軒家のあの店舗が、まるではじめからなかったがごとく消失してしまったマジックに対する答を私はいまだ持ちあわせていない。この世に科学的に解明できないことはない、というのが私の信条だが、その信条がぐらつきはじめたことを白状しておこう。

あのとき、私は深刻な悩みを抱えていた。人生最大の難儀に直面していたと言ってもいい。その昔、白河法皇《しらかわほうおう》は、自分の自由にならぬものは賀茂《かも》川の流れとサイコロの目、そして、延暦寺《えんりゃくじ》の僧兵だと嘆いたというが、私にとって自由にならぬものは「数字」というやつである。オックスフォード大学でユークリッド幾何学を修めた私が、帰国後、まるで畑ちがいともいえるこの職業に就いて以来、ずっと「数字」と格闘しつづけてきた。若いうちから、私にしかない切り口でさまざまな課題に挑戦し、それなりの実績もあげてきたつもりだ。だが、社内での地位もあがり、ひとに指図する立場になってからは、新しければいい、とか、評価はあとでついてくる、とかいったわけにはいかなくなった。ある程度は部下を信頼して任せなければ、下のものが育たないし、かといって、部下が失敗したら責任はすべて自分が背負わねばならないのだ。「ひとを使うは苦を使う」とはよく言ったものだ。慣れぬ大阪での仕事、というのもストレスを感じる理由のひとつだった。東京生まれ東京育ちの私にとって、大阪という土地がどうも肌に合わないのだ。今回の仕事は大阪が現場なのでしかたないのだが、無遠慮にずけずけとこちらの領域に土足で踏み込んでくるようながさつさは、私にはトゥー・マッチだ。大阪のスタッフたちが大阪弁でふっかけてくる議論（というか無理難題）のせいで、私の心はぎすぎすして落ち着かなかった。しかも、大阪の人間は案外保守的で、冒険とか改革を好まない。新しいなにかを提案すると、かならず、

「なんでそんなことせなあかんねん」

「まえのやり方でどこが悪いんや」

という不平が返ってくる。同じやり方のままでは、どんどんじり貧になっていく……それがわからないのだ。

たしか「反省会」と称する飲み会で、下品かつ無礼かつ後ろ向きな会話に辟易《へきえき》する二時間を過ごしてから、直属の部下ひとりを連れてふらりと立ち寄ったのが、心斎橋の二本ほど東に入った南北の筋で、スナックや飲食店が林立する一角であった。一軒のガールズ・バーに入ってそこそこボラれたあと、二軒目のショット・バーで部下がからんできた。

「南部《なんぶ》さん、今日は無礼講でよろしいか」

「ああ、かまわんよ」

「ほな、ずけずけ言わせてもらいますけど、怒りなはんなや」

「怒らないから、言ってみたまえ」

「だいたいあんたのやり方は危なっかしすぎますねん。一《いち》か八《ばち》か、ゆうのは、もう流行《はや》りまへん。そこそこでよろしやおまへんか」

「そこそこ……では、上が認めてくれないし、私自身も納得できないんだよ」

「あんたのやり方では、当たるときはバーンと大きいけど、外れたらどん底や。昔、阪神におった大豊みたいなもんや」

すぐに野球、それも阪神にたとえるのも、大阪の人間の特徴だ。

「あんたはこれまで、勝率八割ぐらいで、なんとかうまいこと当ててきたからよろし。けど、ぼくの見たところ、それはたまたま運がよかっただけや。今季の金本みたいに、大振りしすぎて三振も何度か食らってますやろ。今度の仕事も三振かもわからん。あんたは『今回は失敗したなあ』ゆうて東京に戻りゃええけど、我々下のもんが往生しますのや。ちょっとは考えとくなはれ」

「でも、ホームランをかっ飛ばせたら、スカッとするだろう」

「送りバントで十分ですわ」

「全員が送りバントでは、試合には勝てないぞ」

いつのまにか巻き込まれて、私も野球でたとえてしまっていた。

「これは趣味やのうて、仕事ですねん。給料もろて、それで女房こどもを養《やし》のうてまんのや。――なにも考えることあらへん。前回どおりの内容で、今度もやりましょうな」

「『同じ』というのは私にとっていちばん嫌な言葉なんだ。同じことをやっていてはそのうち飽きられる。きみたち若いものこそ、つねに新しいことにチャレンジして……」

「きれい事や。下手《へた》打ったら、もとも子もない。全部パアになる。あんたはだいたい……」

店を出たところで部下とわかれ、なんとなくむしゃくしゃした気分の私は、ホテルに戻るまえにもう一軒どこかに寄りたかった。普段は、はしご酒などしないのだが、あのときはよほど気分を直したかったのだろう。できれば、高級感のある、落ち着いたワインバーなどがよかったのだが、土地鑑がなくて探しだせない。とぼとぼと歩いているうちに、大阪へ来てからここ十日ばかりのあいだにじわじわ広がっていたらしい心の傷口が、とうとうぱっくり開いてしまったようだ。

「今の企画ではダメだ。私はぜったい自分のやり方を曲げんぞ！」

電柱に寄りかかり、私は夜空に向かって叫んでいた。自分でも思いがけないほど大きな声が出てしまった。まわりの通行人がギョッとした顔でこちらを見ている。

（だが、今の企画がダメなら、かわりの企画がいる。それが思いつかないからずっともやもやしているんだ）

そんなとき、雑居ビル一階の道に面した側にある小さな看板が目に入った。

「コナモン全般・なんでもゴザル・店主エロ・ザ・ブス・テーラ・馬子屋」

そして、「コナモン全般」から「エロ・ザ・ブス・テーラ」までの箇所が黒ペンキで汚らしく消され、その横に「おいしいおいしいホカホカ豚まん・点心専門店」と書かれている。看板上部には、コック帽をかぶった豚が、湯気のあがる大きな豚まんを両手で持って、それにかぶりついているマンガが描いてあった。「ホカホカ豚まん」という言葉と、その絵のかもしだすほっこり感が私を引き寄せた。そうだ、今の私に必要なものは高級ワインでもステーキでもフォアグラでもない。「ホカホカ」だ。荒《すさ》んだ心を包み込んでくれる温かさだ。私は、その黴《かび》くさい雑居ビルに入りこんだ。暗く、狭い通路はゴミだらけで、「ホカホカ」どころか「じめじめ」している。途中、何度か躊躇《ちゅうちょ》したが、それでも引き返さなかったのは酔っていたせいだろうか。「ヘルクラブ」「スナック黄泉《よみ》」「サロン血の池」といった不吉な名前のスナックを通りこし、廊下のいちばん奥にその店はあった。年代物のガラス戸越しになかをのぞき込もうとしたが、ガラスが曇っており、どんな様子か、客がいるのかどうかなど、なにもわからない。しかたなく思い切って戸を開けると、

「いらっ……しゃ……」

語尾の「い」が聞こえないほどやる気のなさそうな挨拶《あいさつ》が聞こえた。内部はカウンターだけで、六人も入ったら満員だ。カウンターの向こう側に、小太りの中年女が立っていた。小太り、というのは正確ではない。大太り、というべきだろう。立っていた、というのも正確ではない。後ろの壁に斜めにもたれており、もし壁がなかったらひっくり返っているにちがいない。キラキラの飾りで薔薇《ばら》の花を描いた黒いセーターのうえに、もとは白衣だったと思われる料理人風の上っぱりを羽織っているが、あちこちに赤や茶色の染みがついていて、汚らしいことこのうえない。頭髪は、基調は茶髪で、そこに青い色を流している。異常な美的センスの持ち主にちがいない。顔はカバのように大きいが、眉毛《まゆげ》も目も鼻も唇もでかいので、顔の大きさがそれほど目立た

ない。そこへけばけばしく化粧品を塗りたくったので、まるでキャッツのメイクだ。豹《ひょう》柄のスカートは、突き出た腹ではち切れそうになっている。一目見た瞬間、私は「しまった」と思った。典型的な「大阪のおばちゃん」ではないか。がさつで図々《ずうずう》しくて目立ちたがりでいちびりで、電車待ちの順番を守らず、ポーチに氷川きよしの写真入りのブローチを入れ、大量の飴《あめ》を所持している、あの猛獣だ。そういう「大阪臭」から逃れるためにここに来たというのに……。私は肩を落とした。しかし同時に、私の鼻はふくよかな、かすかに甘い匂《にお》いを嗅《か》ぎつけた。女のそばには大きな蒸し器があり、そこから白い湯気が入道雲のように湧《わ》きあがって、店内を染めているのだ。ガラスが曇っているのもこの湯気のせいなのだ。

(点心か。たまにはいいだろう)

私は日頃、肉まんやシューマイ、ギョーザなどを食べることはほとんどない。嫌い、というわけではないが機会がないのだ。ただ、香港に出張したときに食べた飲茶《ヤムチャ》は、最高の味だった。日本で、あれ以上の点心に出会うことはまず不可能だろうし、かといって町の大衆中華料理店でニンニク臭いギョーザを食べる気にもならない。

(今日は、肉まんとビールで締めにしよう)

私はスツールに座り、

「肉まんとビール」

と注文した。女は、ぎろりと私を一瞥《いちべつ》し、

「豚まんか？」

と言った。

「そう言っただろう」

「肉まんて聞こえたけどな」

「同じものじゃないか」

「豚まんは豚まん、肉まんは肉まん。うちは豚まんしか売ってない」

これだ。この態度がうっとうしいのだ。大阪では肉まんやのうて豚まん、トン汁やのうて豚汁、マックやのうてマクド、アイスコーヒーやのうてレイコーゆうねん、よう覚えとき。みんなが大阪流を押しつけてくる。大阪が一番だと思っているのだ。一瞬、店を出ようかと思ったが、蒸し器から立ちのぼるうまそうな湯気が私の足をとめた。

「じゃあ……豚まん」

「うっとこの肉は、豚百パーセントや。牛も馬も鶏も混ぜてへん。もちろん段ボールも入れてへんで。せやさかい、豚まんやねん」

なるほど、それなりのこだわりがあるというわけか。

「あんたが、エロ・ザ・ブス・テーラかね」

瓶ビールをコップに注《つ》ぎながら、私はきいた。

「だれがエロでブスやねん！」

肥えた中年女は、巨顔をぐいと突き出すと、

「あんた、なめとったら承知せえへんで。しょうもないこと抜かしたら、中華包丁で頭からとんとんとんとん叩《たた》いて……挽肉《ひきにく》にしてやんよ」

たしか、若手漫才師のギャグだ。ここは笑うところなのだろうか。私がとまどっていると、

「あんた、眼鏡《めがね》かけてるけど、よっぽど目ぇ悪いみたいやな。あれは、エリザベス・テーラーて読むんや。世界の恋人やで。知らんやつはよっぽどのアホや」

「エリザベス・テーラーなら知ってるよ。でも、たしかにそう書いてあったが……」

「アホなこと言わんとって」

憤激に顔を朱に染めて、女は店外に走りでたが、すぐにげらげら笑いながら戻ってくると、

「どこのどいつや。マジックで『リ』を『ロ』に、『ベ』を『ブ』に書き換えて、あいだに黒丸打っとんねん。ほんまに……なかなかおもろいやないか」

書き換えが気に入ったようだ。

「たしかにあてはエロいし、ブスや。これでもし太ってたら、三重苦やなあ」

「え……?」

それで太っていないつもりなのか……と混乱した私の頭を、女はいきなりパーン!

とはたいて、

「そこは、『十分太っとるがな!』てツッコむとこやがな」

私は泣きそうになった。客の頭を叩くなど、東京では考えられないことだ。

「言うとくけど、エリザベス・テーラーゆうのはあての本名やないで」

わかってる。

「本名は、馬子《うまこ》ゆうねん。蘇我家《そがのや》馬子」

妙な名前だと言おうとしたが、また叩かれると嫌なのでやめた。

「さあ、できたで」

私のまえに、もうもうと湯気のあがる肉ま……いや、豚まんがふたつ、白い皿に載せて供された。大きい。相当食いでがありそうだ。

「なんもつけんと、そのまま食べてみて。カラシはお好みでな」

言われるがまま、口を全開にしてかぶりつく。皮がかなり分厚く、その弾力を歯に感じつつ、わしっ、と噛《か》むと、挽肉から熱々の肉汁がほとばしり、口中にあふれる。挽肉はやわらかく、口腔《こうこう》内で崩れていく。ところどころコリコリとした食感があり、それをタマネギの甘みが支えて……。

「うまいっ！」

「そやろ」

馬子という女は、当然のようにうなずいた。私は、息もつかずにふたつの豚まんを食べてしまった。熱いうちに食べなくてはうまさが半減する……そう思うと、急いで食べざるをえないのだ。手がべとべとになったが、そんなことはどうでもいい。なるほど……これは「肉まん」ではなく「豚まん」だ。「豚」の濃厚かつあっさりした味わいがぎゅっと凝縮されている。それを包む皮の発酵具合も上々で、蒸しの加減も完《かん》璧《ぺき》だ。こんな豚まんは食べたことがない。ビールを飲み干すと、

「あとふたつ、追加だ」

「おおきに。――イルカ！」

馬子が声をかけると、店の奥の暗がりから、どう見ても小学生のような外見のおかっぱ頭の少女がとことこ現れた。

「豚まん包んでんか」

少女はうなずくと、大きなボウルに入った発酵した生地をひとちぎりし、器用な手つきで広げると、そこにタネを包んだ。数秒で、饅頭《まんじゅう》の形ができあがる。たいした手際だ。イルカと呼ばれた少女の作業を、馬子は隣でじっと見据えている。

私はかねて、ギョーザや豚まんなどの点心類を「コナモン」に入れることに疑問を

持っていた。小麦粉を使っている食材を全部コナモンと称するなら、パンもケーキも天ぷらもトンカツもムニエルもカレーもコナモンだ。コナモンと呼べるのは、小麦粉が料理の主体となっていて、スイーツではないものにかぎるべきではないのか……そんな風に思っていたので、薄い皮で材料を包むだけの点心は、どうも「コナモン」という気がしなかった。しかし、この店の豚まんは皮を味わう比率が大きい。これなら「コナモン」と呼ぶにふさわしいといえる。

「どうしてこんなにうまいんだね。豚まんなんて、どこも大差ないと思っていたが……。よほどいろいろな材料をミックスしてあるんだろう。タケノコとかシイタケとかネギとかザーサイとかエビのすり身とか……」

「豚肉とタマネギだけや」

「じゃあ、アグー豚とかイベリコ豚みたいなブランド豚を使ってるのか」

「なんやそれ。うちのは、ふつうにスーパーで売ってる豚肉やで。それをとんとん叩くねん」

「調味料にこだわってるんだな。紹興酒《しょうこうしゅ》とか味噌《みそ》とか鶏ガラスープとかニョクマムとかショウガとか……何十種類もブレンドして……」

「そんなめんどくさいことだれがするねん。しょう油だけや」

「それは嘘《うそ》だろう」

「ほんまやで。最後にしょう油を、ぴゃーって入れるだけ。豚肉とタマネギからええ味が出るさかい、それで十分や。あとはひたすら、こねてこねてこねてこねまくるんや」

本当だろうか。私は、今食べた豚まんの味を反芻《はんすう》していた。

「さあ、でけた」

ふたたび、その白くふくよかな肌合いを目にしたとき、私は知らずに笑みがこぼれていたらしい。

「えらい笑《わろ》てるなあ」

「ああ、さっきはうますぎて一瞬で食べてしまったから、今度はよく味わえると思ってね」

「この店に入ってきたとき、あんた、えらい深刻な顔してたで。悩みがあったんとちがうか」

「よくわかるね。そのとおりだ。でも……」

私は三個目の豚まんをがぶりとほおばると、

「もうどうでもよくなった。——豚まんには、悩みを吹き飛ばしてくれる効果があるね」

馬子は、私の頭をまたしてもぺしゃっと叩き、

「そうゆうこっちゃ。豚まんはな、あったかい皮であったかいタネを包んであるやろ。白うて熱々でぽっちゃりして……見てるだけでもほっこりするねん。いわば『癒《いや》し系』の食べ物やな」

「それをがつがつ食べる私は、『いやしい系』だな」

言ってから、自分で驚いた。こんな親父《おやじ》ギャグをいつもは毛嫌いしている私なのだが……。

「あっはっはっはっ。豚まんにかぶりつくときの顔はみんな幸せそうやろ。ちょうど、お母ちゃんのおっぱいにむしゃぶりついてるときみたいにな」

そう言って、馬子は自分の巨乳を二、三度揉《も》んでみせ、私は赤面して下を向きながら、

「もうふたつ、追加だ」

「よう食うなあ。うちの豚まん、大きいから、ふたつも食べたら腹一杯のはずや。ほかにもいろいろ点心あるで。あてはこう見えても、広東《カントン》の一級点心師の免許持ってるねんさかい」

「いいからいいから」

そうだ、私は幸せになりたいのだ。だから、豚まんを食べるのだ。酔っぱらっていたせいかもしれないが、私の頭のなかで「豚まん＝幸せ」という方程式がいつのまに

かできあがっていた。

　蒸しあがるのを待っていると、戸が開いて、太った青年が入ってきた。

「いらっしゃ……あ、あんたかいな。なにしましょ」

　青年は巨体を縮めるようにしてスツールに身体《からだ》を押し込み、

「えーと、えーと……」

　二分ほどたっぷり考えたあげく、

「シューマイください」

「毎度あり」

　イルカが、シューマイを並べた小型の蒸籠《せいろ》を蒸し器に入れた。馬子は青年に、

「あんた、あいかわらずうじうじ悩んでるんか」

「はあ……」

　それは私にもわかった。顔色は悪いし、ずっと下を向いている。さっきまでの私を見ているようだった。

「また体重増えたんやな」

「わ、わかりますか」

「そらわかるわ。カバかゾウアザラシみたいやもん」

　率直にもほどがある。私はひやひやしたが、馬子はなおもかぶせるように、

「ほんま、あんたデブやなあ。ひとのことは言われへんけど」

そう言って、馬子は下腹部の贅肉《ぜいにく》をポンッと叩いた。鼓《つづみ》のような、いい音が響いた。

「痩《や》せなきゃいけないのはわかってるんですが、うまくいかなくて……」

言いながら、青年は私が食べている豚まんをじっと見つめている。気になって食べにくい。

「うーん……どうしようかな。うーん……」

私が五個目の豚まんを嚥下《えんか》したとき、青年もごくっと喉《のど》を鳴らし、

「ああああ、我慢できない。ぼくにも豚まん四つください」

「シューマイはキャンセルか？」

「いえ、シューマイももちろん食べます」

そう言ったあと、がくりと肩を落とし、

「ダメだダメだ。ほんと、意志が弱いと自分でも思います。でも、おいしいものには目がなくて……我慢できないんです」

「あんた、食べたいもんを食べたいだけ食べたほうがええんとちがうか。ぐずぐず悩みながら食べたら、おいしないやろ」

「でも……太ると仕事に差し障りますから……」

肥えた青年が、ぶーっ、と大きなため息をついたとき、彼のまえに熱々のシューマ

イと豚まんが同時に並べられた。ぷあっ、とあがる湯気に青年は両眼を輝かせ、

「うわっ、うまそう。いただきます！」

ほとんど「瞬殺」だった。四つの大きな豚まんと八つのシューマイが、あっというまに彼の口のなかに消えていった。食べている、というより、食べ物のほうから青年の口に飛び込んでいくようだ。唇のまわりをべたべたにしながら、彼は法悦状態で、

「美味《びみ》しーっ！」

と叫んだ。

「なんだね、それは」

私が思わず質問すると、青年は照れたように笑い、

「ぼく、おいしいものを食べたとき、『美味《びみ》しーっ』と言う癖があるんです。こどものころ、読み方をまちがえて覚えたんでしょうね」

「いやあ、すごいすごい。まるで人間バキュームだな。きみみたいにおいしそうにものを食べる人間、はじめて見たよ」

私は心から賞賛したつもりだったが、青年は突然、暗い表情になり、泣きそうな声をあげた。

「また食べてしまった！　ぼくはダメ人間だ」

あとはなにを言っても悲しげに首を振るだけで、そそくさと勘定をすませ、背中を

丸めて店を出ていった。

「彼はよく来るのかね」

「常連さんや。『太っちょの亮《とおる》くん』ゆうあだ名でな……」

そのままますぎる。

「劇団やってるねん。ほら、着ぐるみ着て、遊園地やら百貨店やらでこども相手の客寄せにヒーローショーとかやってるやろ。ああいうのをやるのが仕事らしいわ」

「スーツアクターだな」

「ほかにもプロ野球の球団マスコットとか、最近流行りのゆるキャラとか……着ぐるみに入って、うまいこと演技できる役者の需要て、けっこう多いみたいやで」

「ほほう……」

「太ってるけど、なかなか男前やろ。もともとはヒーロー役がやりとうて、その劇団に入ったんやけど、どんどん太ってしもて、とうとうヒーローの着ぐるみに入られへんようになってな……」

「だろうな」

「今は怪獣の役専門や。でも、最近は怪獣のぬいぐるみすら入らんようになってきて、ダイエットせなクビや、て劇団から言い渡されてるらしいわ」

「ふーん……」

興味深い話である。私が抱えている悩みともかかわりがないとはいえない。そんな私の様子を、馬子は湯気越しに見つめていた。

◇

その夜から、私の考え方が少しだけ変わった。大阪が嫌だ嫌だという気持ちがなくなったのだ。たしかにがさつで、ずけずけ踏み込んでくるのは困ったもんだという思いに変わりはないが、「かたくなに毛嫌いする」というよりは、大阪弁で「かなわんなあ」ぐらいの「嫌さ」になってきた。馬子の態度を観察していると、一見がさつに見えるその踏み込み方が、じつは絶妙の間を置いたコミュニケーションの取り方ではないか、と思えてきたのだ。東京で暮らしていると、どうしても他人と距離を置いてしまいがちである。仕事上のつきあいはあっても、それ以上に深い接し方はおたがいに遠慮しあってしまい、なかなかできないものだ。それを一瞬で乗り越えるのが、大阪のがさつさなのだ。しかし、がさつなだけでは不愉快である。それを、うまく包み込む温かい包容力がなくてはならない。私が心を開くと、大阪人の部下たちとの関係もぎすぎすせず円滑になってきた。会議などでも、どんどん有益なアイデアが出てくるようになった。

とはいえ、肝心かなめの問題解決に至ってはいないのだが、豚まんひとつで、私の大阪に対する偏見があっさり変わってしまったように、なにかこれまでとはちがった新しい見方をすることで、活路が開けるのではないか、という望みが湧いてきた。

　そして、私は「馬子屋」に通い詰めることになった。もちろん、豚まんを食べるためだ。私は馬子という女が作る豚まんのとりこになってしまった。毎晩食べてもまったく飽きることはない。ほかの点心には目もくれず、私はひたすら豚まんだけを食べつづけた。ここだけの話だが、おかげで体重も増加した。

「あれ？　南部さん、ちょっと肥えました？」

　女性スタッフにそんな言葉をかけられるほどになったが、豚まんはやめられない。それほどはまったにもかかわらず、私は「馬子屋」に部下や知人を連れていったことはない。仕事を離れた、私だけの隠れ家にしておきたかったからだ。あまりに毎晩、豚まんだけを食べつづけるので馬子も呆《あき》れて、

「あんた、ほんまに豚まん好きやなあ。よっしゃ、あんたにあだ名つけたろ」

「あだ名……？」

「そや。常連さんにはあだ名つけるねん。あんたの名前、なんてゆうの。下の名前やで」

「考三郎」

「ふーん……ほな、今日からあんたは豚まんのコーザブローや」

　名誉なことなのかどうなのか、私は「豚まんのコーザブロー」と呼ばれるようにな

った。しかし、本来「豚まんの……」という二つ名は私ではなく、べつの人間に与えられるべきだろう。あの「世界一うまそうに豚まんを食う男」に、私はあの夜以来お目にかかっていなかった。

ある夜、「馬子屋」の戸を開けると、三名の先客がいた。ひとりは例の「太っちょの亮」だが、その隣に座っている白髪の老人とまだ十七歳ぐらいの女性には見覚えがなかった。三人とも陰気な表情でうつむいている。なにやら深刻な話をしていたようだ。私は青年に軽く会釈しながらスツールに座った。

「いらっしゃい。豚まんやろ」

「そうだ」

ビールを飲みながら、蒸しあがるのを待っているあいだに、三人の会話が耳に入ってくる。

「もうどうしようもない。最後まで努力はしてみたが、限界のようだ」

老人がため息まじりにそう言った。

「先生、そんなことおっしゃらずに……あそこは、なくしてはいけないんです」

亮が言う。

「あいつら卑怯《ひきょう》だわ。先生をだまして借金を背負わせて……最初から権利書が目当てだったのよ、お兄ちゃん」

若い女も吐き捨てるように言った。亮を「お兄ちゃん」と呼んでいるということは妹なのか。目が大きく、まつげが長く、唇が薄い。兄とちがって、スレンダーな身体つきだ。

「そりゃ、私だって身が切られるようにさびしいよ。でも、どうにもならんのだ」

「私の……私のせいで……」

「美咲《みさき》くんのせいじゃないよ。私が悪いんだ」

「ぼくたちは両親を早くに亡くして、〈タイガー園〉で育てられました。あの園はぼくたちにとっては『故郷』ですが、今あそこにいるこどもたちにとっては『家』なんです。必要な場所なんです。〈タイガー園〉がなくなったら、あいつら、路頭に迷うんですよ」

「わかってるよ。――だが、嶋木《しまき》の手下の借金取りが毎日のように園に押しかけてくるし、近隣の住宅にまで迷惑をかけるようになってな、警察沙汰《ざた》も多くて……うちがあるからだ、と主婦が先頭になって立ち退《たの》き運動が起こっているんだ」

「そんな……押しかけてくるほうが悪いのに、こっちに立ち退けだなんて、本末転倒だわ」

「美咲の言うとおりだ。今の仕事に必要なスキルは、ぜんぶ先生に教えていただきました。だから、ぼくにとって先生は二重の意味で先生なんです。人生の師であり、仕事の師でもある。先生の苦境をお救いしたいんです」

「きみたちにはこれまでさんざん助けてもらったよ。とくに亮くんには、いろいろと匿名で寄付をしてもらったり……私や職員だけではない。こどもたちもみんな感謝している。以前はよく、仮面ダンダーやミラクルマンの着ぐるみでプレゼントを持ってきてくれたなあ。あれは大受けだった」

亮は頭を下げ、

「すいません。こんなに太ってしまったので、もうヒーロー役の着ぐるみは入らなくて……。今は怪獣専門です」

「ははは。太ったヒーローだって、いてもいいんじゃないか？ 身体は動くんだろう？」

「それは、毎日ジムで鍛えてますから。でも……いくら身体がキレても、外見がこれじゃダメですよ。キレンジャーが主役になることはありませんから」

「いや、じつは園に今、太ってる子がいてね……」

「ああ、信二《しんじ》でしょう」

「そうそう。彼は太ってるのがコンプレックスになっていて、少しいじめも受けていたようだが、亮くんが来るたびにいつも勇気づけてくれたおかげで自信がついたらしく、見違えるように元気になったよ。いじめもなくなったらしい」

「ははは。太ってることもたまには役に立つんですね」

亮が自嘲《じちょう》気味に笑ったとき、

「お待たせしましたーっ！」

イルカが、三人のまえに蒸籠を置いた。

「うひょーっ！」

亮の表情がいっぺんに明るくなった。

「ここの豚まんは日本一、いや、世界一なんですよ、先生。ぜひ熱々を味わってください」

「きみがそこまで言うなら、期待できそうだな」

三人はほぼ同時に豚まんにかぶりついた。

「おお、うまい！」

老人は目を三倍ほどに見開いた。

「私は本場中国でも食べたし、あちこちの中華街でも食べたが、これほどの豚まんは……お、おい、亮くん、もう全部食べたのかね」

「はい。豚まんをおいしく食べるにはスピードが必要なんです。美味《びみ》しーっ！」

「はっはっはっ。久々に亮くんの『美味《びみ》しーっ』が聞けたよ。たしかに、こりゃ『美味しーっ』だ」

私はほほえましくなった。この兄妹は、かつての恩人を励ますために、この店のうまい豚まんを食べさせようとしたのだろう。しかし、招待した本人が真っ先に食べ尽くしてしまったのだ。先日も思ったが、この男ほど豚まんを全身全霊で味わいながら食べる人間を知らない。食べているところを横から見ているだけでよだれが出そうだ。

「おいしいものを食べたので、ちょっと元気が出てきたよ。——じゃあ、先に失敬する。今日はどうもありがとう」

「もうお帰りですか」

「私がいないあいだに園でなにか起こってたら困るからね。また、嶋木の手下が押しかけているかもしれんし……」

「ああ……ぼくが本当のヒーローだったら、バイクで颯爽《さっそう》と園に駆けつけて、そいつらを叩きのめすんですが……」

情けなさそうな声を出す亮の肩を老人は軽く叩き、

「きみたちの気持ちは十分にわかってるよ」

そう言うと、〈馬子屋〉を出ていった。戸がぴしゃっと閉まったとき、亮と美咲の兄妹はため息をつき、

「ほんとにどうなるんだろうなあ」

「私、許せないわ。こどもたちにとってあの園は唯一の居場所なのに……」

「ぼくたちにとってそうだったようにね。金があればなあ……今の仕事を続けていても、ろくに稼げない。競馬か宝くじで一発当てて……」

「ダメよ。お兄ちゃん、ギャンブルの才能ゼロだし」

「だよなあ」

話を聞いていた私は、ついつい口を挟みそうになったが、他人のプライバシーに立ち入るわけにはいかず、ぐっとその気持ちを抑えていた。すると、馬子が言った。

「あんたら孤児やったんか」

これだ。ずけずけと踏み込む。私にはとても真似《まね》のできない荒技だ。

「その嶋木とかいうやつはなにものやねん」

「不動産屋です。高利貸しもしています。うちの妹が以前、そいつの経営する不動産事務所でしばらくバイトしてたことがあって、そのころはいいひとだと思ってたんですが……」

亮の説明によると、〈タイガー園〉というのは児童養護施設で、父母のいないこどもや父母が養育を放棄したこどもを受け入れている。さっきの老人は園の創設者で現在も園長をつとめる元プロレスラーのタイガー片岡だ。昨年、会計担当の古参職員のひとりが帳簿を操作して多額の現金を勝手に引き出していたことがわかった。調べてみると、預金引き出しは長年にわたって行われており、残高はほとんどゼロに近かった。これでは園の運営・維持に必要な支払いができない。タイガー片岡は金策に駆け回ったが、ほとんど集まらなかった。亮と美咲も貸してくれる相手を探したが、そんなときに、美咲のかつてのバイト先の社長である嶋木陽二《ようじ》が、

「金やったら、わしが貸したろか。美咲ちゃんの大切な場所のピンチや。あるとき払いの催促なしでええわ。――ただし、慈善事業やないさかい、それなりの利子はもらうで」

それは、一般的な利率よりはかなり高いものだったが、背に腹は替えられない。タイガー片岡はしかたなく嶋木から金を借りた。「あるとき払いの催促なし」という言葉を信じてのことだった。片岡はその金ですべての支払いを済ませ、ほっと一息ついた。しかし、数カ月後、嶋木が態度を一変させた。数人の、ガラの悪い男とともに園を訪れ、

「タイガーはん、あのときは『あるとき払いの催促なし』やなんてええかっこ言うた手前、言いにくいねんけどな、じつはちょっと金のいることができまして……あの金、返してほしいんや」

「お借りしたものですから、もちろんご返済はいたしますが……いつまでにお返ししたら……」

「今すぐや。元金と利子、耳をそろえて払《はろ》てもらおか」

「そ、それはあんまり無茶な……」

「なにが無茶や。借りたもんは返すのが常識やろ。それともなにか？　おまはん、最《は》初《な》から踏み倒す気やったんか」

「そういうわけではありませんが……」

「返さんかい。返されへんのやったら、土地の権利書寄《よ》こせ」

その日から、嶋木とその手下たちによる執拗《しつよう》な嫌がらせがはじまった。毎朝、園にやってきては「金返せ」と拡声器を使って怒鳴る。壁に「ここの園長は金借りて返さん詐欺師。人間の屑《くず》。大泥棒」という落書きをする。職員や園児につきまとい、脅す。近所の家を一軒ずつ訪れ、園の悪口を言う。怪文書をばらまく。もちろん警察が来たら、すばやく姿をくらませる。

「ふーん、えげつないな。ヤクザのやりくちやがな」

馬子がそう言った。

「つながっているらしいです」

「けど、もともと職員が帳簿に穴あけよったのが原因やろ。弁護士立てて、嶋木ゆうやつに返済を待つように裁判したらええんちゃうか」

「嶋木は、権利書を寄こさなかったら、このことを全部マスコミにばらす、て言ってるんです。そうなったら、社会福祉法人の認可が取り消される可能性があって……」

「閉園に追い込まれる、ゆうわけか」

そのとき、美咲が思い詰めた表情で立ちあがった。

「私、嶋木のところに行きます。そうすれば、なにもかも解決するんです」

「なにを言ってるんだ、美咲」

「私、嶋木と先生が園の応接室で話してるのを立ち聞きしてしまったの」

亮の顔色がさっと変わった。

「嶋木が先生に言ってたわ。『美咲ちゃんをわしとこへ寄こせ。そしたら、返済を待ったるわ』って」

それまでこらえていた私は、とうとう口を出した。

「それって、人身御供《ひとみごくう》じゃないか！」

美咲は、第三者が突然話に入ってきたのでぎょっとした様子だったが、馬子は私を無視して、

「タイガー先生はなんて答えたんや」

「そんな馬鹿げた話はきけないって。美咲ちゃんを園の犠牲にするわけにはいかないって」

「そらそやろな。もし、あんたを差し出すようなやつやったら、あてがタイガー片岡

を張り倒したる」

　この女ならやりかねない。

「でも、私さえ承知すれば……」

　亮が美咲の胸ぐらをつかみ、

「わけのわからないこと言うな。先生だって、そんな馬鹿げた話はきけないって、はっきり言ったんだろ。おまえにそんなことさせるぐらいなら、ぼくが嶋木と刺しちがえてやる」

「お兄ちゃんこそわけのわからないこと言わないでよ」

　美咲は涙ぐみながら馬子に言った。

「私が悪いんです。私があんなやつを先生に紹介さえしなければ……」

「あのな、美咲ちゃん。悪いのは嶋木や。あんたやない。かんちがいしたらあかんで」

　あとは美咲も亮も沈黙するだけだった。やがて亮がしぼりだすように、

「先生は、ぼくの親代わりですが、ヒーローになりたい、スーツアクターになりたいと言いだしたぼくに、手取り足取り、スタントの基本を一から叩き込んでくれた師匠でもあるんです。あの厳しい稽古《けいこ》のおかげで、ぼくは今の劇団のオーディションに合格できた。先生がいなかったらぼくはこの仕事に就けていない。だから……なんとか

したいんです！」

馬子は腕組みをして、

「嶋木とかいうガキ、権利書も欲しい、美咲ちゃんも欲しいやなんて、ずうずうしいにもほどがあるな。——よっしゃ、あてがこらしめたる」

「こらしめる……？　どうやって？」

「あてに任しとき」

馬子は胸をぽよんと叩き、私に向かって意味ありげにウインクした。私はなんのことだかわからず、とりあえずうなずいてみせた。

◇

「邪魔するで」

私が「馬子屋」のカウンターで豚まんを食べていると、深夜一時をまわったころに戸が乱暴にあいて、白いスーツに身をつつんだ大男が入ってきた。頭をつるつるに剃《そ》りあげ、ケダモノのように目をぎょろつかせている。その背後には、アロハシャツを着たチンピラ風の男が従っている。大男はカウンターのまえにずぼっと立ったまま、

「おまはんが馬子たらいうおばはんかい。タイガー片岡から電話があって、この店に来て、おまはんに話ししたら、借金の件、片が付くて聞いたんやが、ほんまかいな」

「そうゆうこっちゃな」

チンピラが身を乗り出して、

「おい、でたらめやったらただじゃおかんど」

大男はそのチンピラの頭をはたき、

「おのれはすっこんどれ。わしが話ししとるんじゃ」

「あんたが嶋木陽二か。おためごかしに片岡はんに金貸して、〈タイガー園〉を乗っ取る腹やったんやな」

「乗っ取る？　あんなしょうもない施設、乗っ取ったってなんの得にもならん。わしが欲しいのはあそこの土地や。こう見えてもわしゃ不動産屋でな、あの土地、知り合いのヤクザに転売したらごっつうもうかるねん」

「それだけやなかろ。美咲ちゃんを妾《めかけ》にしようとしとるやないか」

「ふふふ……あの娘《こ》はうちでバイトしとったときから目ぇつけとったんや。かわいらしい顔しとるやろ」

嶋木は好色そうに笑った。

「美咲ちゃんのかわりに、あてではあかんか？　あんたの自由になったるで」

「アホぬかせ。おのれみたいなおばはん、タダでもいらんわ。さあ、借金の片を付けるゆうさかい、わざわざ来たったんや。権利書寄こすか、美咲を寄こすか、金を耳そろえて今払うんか、それとも借金まみれの経営をマスコミにたれ込まれて、社会福祉法人の認可を取り消されるか……どれでも選びたいもんを選んでや」

「まあ、そう急《せ》きなはんな。うっとこは点心屋や。なかでも豚まんが名物やねん。あんた、豚まんが好きらしいな」

嶋木は、おや？　という顔になり、

「ほほう、わしの好物、よう知っとんな。そやねん、わし、豚まんには目ぇないねん」

「ほな、話するまえに、食べてみるか？」

さっきのチンピラがまたしても進み出て、

「おいおい、今はそんなことしとるひまないねん。はよ権利書か、金か……」

「すっこんどれ、言うたやろ！」

嶋木はその男の頭部をつかみ、カウンターに額をガツンと押しつけた。

「わし、腹減っとんねん。ほんまのこと言うたら、さっきからその蒸し器が気になっとったんや。はははは……せっかくやさかい、いただこか」

そう言うと、嶋木はスツールに腰をおろした。チンピラは立ったままだ。

「はい、どーぞ」

タイミングを計っていたように、馬子は蒸籠を嶋木のまえに置いた。蓋《ふた》をとった嶋

木は相好を崩すと、

「これやこれや。蒸したての豚まん……ふふふ、ふふふふ」

こどものように無邪気な表情で、それをほおばった。息もつかずにひとつを飲みくだし、もうひとつに間髪を入れずにかぶりついた。およそ三十秒ほどで、ふたつの大きな豚まんを平らげてしまった。

「どないや」

「わしの食い方、見てわからんか。——おばはん、やるやないか。わしがこれまで食うてきたなかでいちばんうまい豚まんや。いや、あっぱれあっぱれ！」

「そらどうもおおきに」

「あとふたつ……いや、十個ほどもらおか」

さすがにチンピラが、

「兄貴、それはあとにしはったほうが……」

「じゃかあしい！　この豚まんは天下一なんじゃ。——そうか、わかった。おまえも食いたいんやな。わかっとるわかっとる。つぎはおまえにもやる」

「そういうことでは……」

「ええからええから。——おばはん、ビールもおくれんか」

嶋木は、つぎに出された豚まんも瞬時に食べ尽くした。チンピラも、一口かじった

ときに、小さな声で、

「うまい……」

と言った。すっかりえびす顔になった嶋木は坊主頭をなで回しながら、

「いやあ、幸せや。こんなうまい豚まん食《く》たことない。満足満足。——明日から毎日来るわ。いや、それよりあんた、豚まん専門のチェーン店やらへんか。わし、資金出すで」

「あんたに金借りたらえらいことになるわ。——ほな、そろそろ行くで」

「なにを……？」

店内の電気が消えた。

「うわっ、停電や！」

嶋木とチンピラが、見かけに似合わぬか細い悲鳴をあげたとき、派手なドラムロールが聞こえてきた。それが、びしっととまると、スポットライトが店の一隅を照らした。そこには、真っ赤な着ぐるみを着て、赤いマスクをかぶった亮が、両腕を左右に伸ばしてポーズを取っていた。

「アカマンジュー！」

嶋木たちが目を白黒させていると、ふたたびドラムロールがはじまり、べつのスポットライトが店の反対の端を照らした。イルカが、青い着ぐるみ、青いマスクで両手

を高く挙げたポーズを取り、

「アオマンジュー！」

またロールがあって、今度は厨房《ちゅうぼう》の奥にスポットが当たる。美咲が、ピンク色の着ぐるみにピンク色のマスクで背をそらせたポーズを決めている。

「モモマンジュー！」

つづいてのロールのあとは、カウンターのなかにスポットが当たり、そこではいつ着替えたのか馬子が黄色い着ぐるみに黄色いマスクをつけ、相撲《すもう》取りのようなポーズを取っている。

「キマンジュー！」

つぎは、冷蔵庫のまえをスポットが照らした。タイガー片岡老人が緑色の着ぐるみに緑のマスクでカンフーのようなポーズを取っている。

「ミドマンジュー！」

五人は一カ所に寄ると、全員で丸い輪のような決めポーズをして、

「五人そろって、ゴマンジュー！」

嶋木は、あまりの展開に口をあんぐりと開けていたが、

「なななななんじゃ、なにがゴマンジューじゃ。お、おい、哲《てつ》、やってまえ！」

哲と呼ばれたチンピラは、五人の戦隊ヒーローにおどおどしながらも、

「ぶっ殺したる！」

そう叫んで、ミドマンジュー、つまり片岡老人に殴りかかった。

「年はとっても腕に年はとらせぬわ。——ちぇえいっ！」

さすが元プロレスラーだけあって、タイガー片岡はチンピラの顎を軽々と蹴りあげた。

「うぎゅっ」

チンピラはのけぞったが、顎をなでながらふところからナイフをつかみだし、

「死ねやっ！」

タイガーは、絶妙のフットワークでその攻撃をかわすと、空手チョップをチンピラの脳天に見舞った。チンピラは目を回し、「きゅーい」と言いながらその場に倒れた。

「クソの役にも立たんやつやで。わしがやったる！」

嶋木は上着を脱ぐと、チンピラが持っていたナイフを手に取り、二、三度素振りをくれた。馬子やタイガー片岡が進み出ようとするのを、

「ここはぼくに任せろ」

静かにそう言うと、アカマンジュー、亮は嶋木と対峙《たいじ》した。

「アンまん、ピザまん、カレーまん。中華まんもいろいろあるけれど、やっぱり点心の王者は豚まん。われら正義のゴマンジュー。豚まんパワーを結集し、悪を倒すぞゴ

マンジュー。——行くぞ、闇《やみ》の帝王シマキブラック！」

「だれが闇の帝王じゃ。だれがシマキブラックじゃ。——アカマンジューやと？　ははは、笑わせるわい。そんな太ったヒーローがどこにおる。ダイエットして、出直してこい。貴様なんぞ、こうしてやるわ！」

嶋木はいきなりアカマンジューに斬《き》りつけた。アカマンジューは、太った体躯《たいく》から信じられないほどの身のこなしでナイフの切っ先をやりすごし、

「ヤムチャ・チョップ！」

嶋木の腕に手刀を食らわせた。ナイフを取り落とした嶋木は、熊《くま》のように咆哮《ほうこう》しながらつかみかかってきた。

「テンシン・パンチ！」

アカマンジューは嶋木の顔面を拳《こぶし》で連打した。

「ぶげっ」

アカマンジューはカウンターに飛び乗ると、

「とどめだ。——アオ、キ、モモ、ミド！」

彼の呼びかけで、残りの四戦士がカウンターにずらりと並んだ。馬子が大きなボウルから発酵前の生地を取りだし、イルカに渡した。イルカはそれをタイガーに放り、タイガーは美咲にそれを手渡した。最後に生地を受け取ったアカマンジューは、

「食らえ、正義のゴマンジュー・ストーム！」

カウンターのうえから、嶋木の顔面に思い切り叩きつけた。ぶちゃああっ、という大音響とともに嶋木は仰向《あおむ》けにひっくり返った。馬子が、尻《しり》を嶋木の顔面にずしんと乗せた。

「どや、参ったか」

「ま、ま、参った。わしの負けや。堪忍してくれ」

「借金返済は待ってくれるんやな」

「待つ待つなんぼでも待つ」

「美咲ちゃんに手ぇ出すのもやめるんやな」

「やめるやめる。せやから……その尻のけてくれ」

馬子はにやりと笑うと、ぷーっと屁《へ》をこいてから、ようやく嶋木の顔から尻を離した。嶋木は咳《せ》き込みながら立ち上がり、馬子を閻魔《えんま》のような形相でにらみつけていたが、そのうちに、へへへ……と笑いだし、しまいにはとうとう爆笑しはじめた。

「しゃあないな。——ほんまは、あの豚まん食うたときにもう決めとったんや。返済期限は無期延長や、てな。それに、美咲をどうにかする気ものうなったわ」

「ほんまやろな」

「男に二言はない。——アカマンのにいちゃん、きみ、なかなかやるやないか。ええ仲間も持っとる。ちょっと見直したで」

「ど、どうも……」

「邪魔したな」

嶋木は堂々とした足取りで店から去った。

「兄貴……兄貴、俺を置いてかんとってくれ」

チンピラは這々《ほうほう》の体《てい》であとを追った。

「やったな」

アカマンジュー、亮は力強くそう言うと、最高の笑みを浮かべた。五人はカウンターのうえでそれぞれのポーズを決め、

「我ら……ゴマンジュー！」

五人は肩を叩きあいながら、カウンターから降りてきた。

「ああ、おもろかったなあ」

「スカッとしましたね」

私は、ゆっくり拍手しながら彼らに近づくと、アカマンジューに握手を求めた。

「決めた。――きみを今度の番組の主役にさせてもらうよ」

亮は怪訝《けげん》そうな表情で、

「今度の番組……主役……？」

馬子が言った。

「このひと、づぼらやプロのプロデューサー、南部考三郎はんやで」

「知ってたのか」

「あんた、自分で思とるより、有名人やで」

苦笑いする私に、亮は目を丸くして、

「ええっ、じゃああの『仮面ダンダー』の……」

私はうなずいた。私は、特撮を主体とする番組制作を請け負うプロダクションの制作部長なのだ。

「そ、それで、こんな着ぐるみや音源やスポットライトがすぐに用意できたんですね。おかしいと思ってました。うちの劇団にもこんなのないですから……」

「じつはね、この数カ月ずっと悩んでたんだ。『仮面ダンダー』シリーズも視聴率がどんどん落ちてきていてね、今クールで打ち切りになる。つぎに手がける、大阪局制作の新番組のヒーローをどうするか……。『仮面ダンダー』は毎回、細身でシャープでイケメンの新人スーツアクターをオーディションで発掘することに全力を傾けてきた。ちょっとでも人気が落ちると、もっとスリムで筋肉質の主人公を……と鵜《う》の目鷹《たか》の目で探しだそうとしていた。正義とはなにか、悪とはなにか、悩み、傷つきながら戦う現代的なヒーロー……そのやり方がそろそろ行き詰まってきたのはわかっていた。

でも、それにかわる『何か』を思いつかなかった」

「………」

「そこで、きみだよ」

私は、亮の胸に人差し指を突きつけた。

「きみは太ってる。でもね、人間はおいしいものを食べると太るものなんだ。かく言う私も、この店に通ってるうちに三キロ太った。太っているのは罪悪か？　とんでもない。かつてのこども向けマンガの主人公は、みんな丸々太っていたもんだ」

「はあ……」

「私が考えたのは、健康的に太っていて、激しいアクションもできる主人公だ。悩めるヒーローが多いなかで、昔のように天真爛漫《らんまん》な、あとさき考えずにぶちかますヒーローがひとりぐらいいてもいいんじゃないか。ぜったいに楽しい、愉快な、スカッとする番組になる。この店に来て、きみを見て、そう思ったんだ。——きみは次世代のヒーローだ。太りぎみのこどもたちの英雄になるんだ」

呆然《ぼうぜん》としている亮に、馬子が言った。

「やってみたらええやないの。ビッグチャンスやがな」

「けど……ぼくなんかでいいんでしょうか……」

私は亮の両肩に手を載せ、

「きみほど、豚まんをおいしそうに食べるひとを知らない。きっと、きみの食べっぷりは観《み》ているこどもを幸せな気分にするにちがいない」

まだためらっている亮に、馬子が言った。

「豚まんは、皮も大事やけど、なかにおいしい具を包み込んでるやろ。着ぐるみもいっしょや。外見も大事やけど、なかに入ってる役者がちゃんと演技でけんと台無しや。その点、あんたはうってつけやがな」

「そのとおりだ。豚まんは包み込むことによって中身をよりおいしくする。強くて敵を倒すだけじゃなくて、豚まんみたいに温かく、怪人を包み込んでしまうヒーローというのもいいんじゃないかな」

亮はしばらく考えていたが、やがて私の手を握った。

「よろしくお願いします」

周囲を明るくするその笑顔を見て、私は今度の番組の成功を確信した。

「よかったよかった。みんなのおかげでなんとかなった」

タイガー片岡が言った。

「私も、嶋木の人身御供にならずにすみました。ありがとうございました」

美咲がそう言うと、馬子がこともなげに、

「あたりまえやがな。もともと豚まんゆうのはな、人身御供の身代わりとしてはじまったんやで」

「あ……そうか！」

私は手を打った。

「思い出したよ。昔、中国の諸葛孔明《しょかつこうめい》が、大河が氾濫《はんらん》したときに人間の生首を河の神に捧《ささ》げれば治まる、という風習のある地方を通りかかった。孔明は土地のものに、生首のかわりに羊や豚の肉を小麦粉で作った皮に包んで河に流せばよい、と教え、そのとおりにすると洪水が治まった……という故事が豚まんの起源だそうだ。野蛮人の生首に模したので、最初は『蛮頭《ばんとう》』と呼んでいたのがいつのまにか『饅頭《まんとう》』になったというが……あんた、よく知ってたな」

馬子はぴくぴくと鼻をうごめかせ、

「なんせ、一級点心師やさかいな」

そう言うと、

「ほな、今から豚まん作るで。――イルカ！」

「はいっ」

馬子とイルカは忙しそうに働きはじめた。

◇

あまりに時代に逆行、あるいは先取りしすぎている、と難色を示すテレビ局幹部もいたにはいたが、私は強引に企画を通した。大阪の部下たちは全員私に賛同し、後押ししてくれた。亮が演じるヒーローの名前は、いろいろ考えたすえ、「テンシンランマン」に決まった。天心、つまり宇宙の中央を駆《ラン》ける男、という意味だが、もちろん「点心」と「天真爛漫」に引っかけてある。毎回主人公が、豚まんをはじめとする点心をぱくぱくとうまそうに食べる場面が売りものだが、食べ終わったあと亮はポーズを取り、拳を突き上げて、

「美味《びみ》しーっ！」

と叫びながら変身し、勇気百倍、敵をやっつけるのだ。この「美味《びみ》しーっ」はきっとこどもたちのあいだで流行語になるだろう。

第一話のオンエアの日、私はあのときのメンバーで放送を観ようと、久しぶりに「馬子屋」を訪れようとした。しばらくは多忙を極めていたので、なかなか行く機会がなかったが、私はあの豚まんと再会できる喜びに胸を高鳴らせながら、心斎橋筋の裏通りに向かった。しかし……いくら探しても、あの店が見つからないのだ。

（おかしいな……たしかこのあたりだったが……）

通りの様子も記憶のままだ。串《くし》カツ屋が一階に入ったビルと、マッサージ屋のビルのあいだにある雑居ビルの一階のいちばん奥……。通路がゴミだらけの、黴くさい雑居ビルまでは見つかったのだが、見覚えのあるスナックを通り過ぎても、そこにはな

にもない。単に、汚らしい壁に突き当たるだけだ。まるで、空間自体を切り取ったみたいに、「馬子屋」だけが消失していた。少し遅れて、亮と美咲、そしてタイガー片岡もやってきた。

「ありませんね……」

「どうなってるんだ。私たちは長いあいだ幻覚を見ていたのか？」

思い切って、「サロン血の池」というスナックに入り、七十歳は過ぎているだろうママさんにたずねてみる。

「この奥に、『馬子屋』という豚まんの店がありませんでしたか」

「はあ……？　あんた、頭おかしいんちゃう？　このビルはうちがいちばんずんどまりや。その先なんかもともとあらへん」

「ないわけないんです。私たちはずっとその店に通って……」

「あのなあ、いちゃもんつけに来たんやったら、帰ってんか。警察呼ぶで」

結局、数軒のスナック全部にきいても、「馬子屋」はおろか、馬子とイルカの存在すらだれひとり知らなかった。

「あのひとは、私たちを救うためにどこか別の世界から来たヒーロー、いや、ヒロインだったのかもしれんなあ」

タイガー片岡がしみじみと言った。そのとおりかもしれない。黄粱一炊《こうりょういっすい》の夢だったと言われればそれまでだ。しかし、私はまだあの豚まんの味をしっかり覚えている。もう一度あの豚まんを食べたいという思いは日に日に募るばかりだ。大阪を去る日まで、私は毎夜探し歩くだろう。あの店、「馬子屋」を……。

ラーメンの喝瑛

その店は、鶴橋《つるはし》の駅周辺に広がる商店街の雑踏のどこかにある。どこか、としか言えないのは、あれだけ足繁《しげ》く通っていたその店へ至る経路を、私がすっかり忘れてしまったからで、最後に訪れてからまだ一カ月もたっていないのに、どうして覚えていないのか……自分でもまるでわからないのだ。今では、なにごとも覚えず、知識をたくわえず、ものに執着せず、念をとどめず、流れる水のごとく忘れてしまう、いわゆる「坐忘《ざぼう》」の境地を理想としている私だが、その店の店構えと店主の顔、そして、あのラーメンの味だけはしっかり覚えているのに、店へのルートだけが記憶から抜け落ちてしまうなどということがありうるだろうか。ボケてきている？　はっはっはっ、まだそんな歳《とし》じゃない。おそらく、あの店主が私の脳に侵入し、記憶を消したのだ。そんな馬鹿《ばか》なとおっしゃるかもしれないが、私にはそうとしか考えられない。あの女……馬子《うまこ》ならそれぐらいのことはやりかねない、と私は信じている。

芭蕉翁《ばしょう》が「いずれの年よりか、片雲の風にさそわれて、漂泊の思いやまず」と「奥の細道」の長旅に立ち、西行《さいぎょう》法師が「花のしたにて春死なむ」と動乱の世に孤高の旅路を貫き、古くは宗祇《そうぎ》、近年は若山牧水、尾崎放哉《ほうさい》、種田山頭火ら風狂の徒が実践したごとく、旅に生き、旅に死ぬ……漂泊の美学というのは日本人の心をとらえてやまぬ。私も彼らと同様、今日は東、明日は西と各地を遍歴する暮らしだったが、べつにさすらいびとを気取っていたわけではない。

あの店をはじめて訪れた日、私はいつ抜け出せるともしれぬ分厚い迷いのなかにいた。修行に行き詰まってしまい、どうしたらいいかわからない状態だった。そう、あのとき私はほぼ死んでいたのだ。雲水という言葉のとおり、空行く雲や流れる水のごとく、人生という旅を半ば意識を失ったままふらふらとさまよっていた。春とはいえ、夕刻は薄ら寒かった。風が強いせいか、体感温度はかなり低かった。剃髪《ていはつ》した頭頂をかすめるように吹きすぎていくその風が、私の心にふと一種の衝動を芽生えさせたのだろう。でないと、あんなボロボロの、汚らしい店にこの私が入ろうと思うはずがない。私はもともと潔癖な人間だし、新しいことにチャレンジするのは苦手で、よほど慎重にたしかめてからでないと手を出さない主義なのだ。しかし、これだと思い定めると、なにもかもうち捨ててそれに専心する。その対象が「ラーメン」だった。もともと故郷にいるときからラーメンが大好きだった。しかし、今は単に「好き」というだけではすまぬ。ラーメンは私の生きる目的であり、悟道の手段なのである。

思えば法外な贅沢《ぜいたく》をしてきたものだ。札幌《さっぽろ》ラーメンの隠れた名店に行くためにタクシー代だけで十万円を使ったこともある。伊勢エビやアワビ、フカヒレ、フォアグラなどでスープを取った、一杯一万円というラーメンを食べたこともある。離島にある食堂のラーメンがうまいという評判を聞いて、船をチャーターして食べにいったこともある。店をたたんだ幻の名店のラーメンが食べたくて、一夜かぎり復活してもらうための代価として百万円を費やしたこともある。そんな無茶を繰り返しているうちに、親から相続した少しばかりの財産も、すべて失ってしまった。後悔はしていないが、先は見えない。靄《もや》のなかを歩いているような気持ちで、来る日も来る日もラーメンと対峙《たいじ》してきた。そんな私が、日本中を旅してまわり、ようやくたどりついたのがあの朽ち木のような店舗だというのも皮肉といえば皮肉だが、「道」は外観ではなく、深奥に手を突っ込まねばわからない、というのもまた真理である。

僧侶《そうりょ》のくせに修行もせず、ラーメンの食べ歩きかい、と言われるのは百も承知、二百も合点である。私にも、内心忸怩《じくじ》たる思いはある。しかし、このあと私が悟りを開き、衆生《しゅじょう》を救う手助けができるとしたら、それはラーメンを極める以外に方法はないのだ。これはわが師である喝念禅師《かつねんぜんじ》が私に下された公案《こうあん》なのである。もう「死」しかない、と思い詰めた私が僧堂を去る決意をした日の深夜、室中に入った私に喝念禅師は、

「喝瑛《かつえい》よ、おまえに公案を与えよう。──『ラーメンの定義とはなにか』」

これはなにかの冗談なのか、師が私のラーメン好きを知って、それを揶揄《やゆ》しているのか……と私が思ったのも当然だろう。古来、公案の数は何千とあれど、ラーメンの定義を問う、というようなふざけたものは存在しない。そんな気持ちが表情に出たのだろう。

「喝ーっ！」

鉄板を貫く、と評された喝念禅師の一喝が私の精神と肉体を貫き、私はハッと頭を垂れた。

「この公案が解けるまでは、わがもとに戻ってくることはならぬぞ」

以来十年……私は日本中のラーメンというラーメンを食べ、ラーメンの定義とはなにか、という命題について考えつづけている。二年前、旭川《あさひかわ》ラーメンを食べ歩いていたとき、師が重体との報が届いた。しかし、私は寺へは戻らなかった。なぜなら、師との約束が果たせていないからだ。私は、ラーメンの定義もわからず、悟りも開けず、ただ茫洋《ぼうよう》として無為の飲食を繰り返している。

鶴橋という駅は、電車のドアが開いた瞬間から焼き肉の匂《にお》いがする。空間に焼き肉のエキスが染みついているのだ。ニンニク、焦げた肉、しょう油、いろいろな香辛料……そういったものが入り混じった濃厚な空気のなかに埋没するように進んでいくと、店頭でチヂミを売っている店があった。チヂミは好物だが、本来、我々禅宗の坊主は食べることはできない。葷酒《くんしゅ》山門に入るを許さず、という禅寺の入り口に必ず掲げられている文言の「葷」とは匂いのきつい野菜、つまり、ニラやネギのことで、それらを材料にしているチヂミを食べるなどもってのほかなのだ。といっても、修行中はともかく、現代の禅僧はニラもネギも食する。それどころか、ラーメン愛好家である私の場合は、ニンニクも卵も肉も摂取しているわけだ。というわけで、焼きたてのチヂミを一枚買って、それをほおばりながら目当てのラーメン屋を探す。チヂミはうまい。コナモンのなかでもシンプルさといい、手軽さといい、おいしさといい、ベストスリーに入るのではないか、といつも思う。だが、私が解消すべき、乗り越えるべき相手はラーメンなのだ。私はメモを取りだし、鶴橋界隈《かいわい》で評判のラーメン店のリストを再度見直した。

十五分ほどで一軒目の店は見つかった。「ラーメン専門店・ラーメン界の革命児・山崎長二郎の店」という大きな看板のしたにある「つけ麺《めん》あります」「冷やしラーメンはじめました」という貼《は》り紙を見て、嫌な予感がしたのだが、入店してメニューを見ると、「スープは味噌《みそ》、しょう油、豚骨、塩が選べます。麺は太麺、ふつう、細麺が選べます」とあった。店主が、これがいちばんうまいんだ、という組み合わせを放棄して、客に下駄《げた》を預けるというのは、店の味に自信がないことのあらわれである場

合が多い。私はその時点でほぼあきらめ、髪の毛を茶に染め、顎《あご》ひげを生やした若い店長に、

「一押しはどれですか」

とたずねた。

「うちのはどれもうまいよ」

女性客との会話に夢中になっていたその店長は、めんどくさそうに答えた。

「そこを、あえて選ぶと？」

「うーん……豚骨かな」

「豚骨にあう麺の太さは？」

「そりゃあ、お好みで」

「じゃあ、細麺で」

「毎度あり。豚骨に細麺、オーダーいただきました！」

はじめての客に「毎度あり」は厳密にはおかしいのだが、そこはスルーしておく。すぐに注文した豚骨ラーメンが運ばれてきた。スープをすする。癖のない、なんのひっかかりもない、どこにでもある味。うまくもまずくもない。強いていえば、化学調味料と市販のスープの味だ。麺を食べる。細麺であることを念頭にゆでていないのか、麺はすでに伸びていた。しかし、これもラーメンだ。私は、うまいラーメンを探して

いるのではない。探しているのは、「ラーメンの定義」なのだ。私は店長にたずねた。

「つけ麺はラーメンですか？」

「は？」

「ここはラーメン専門店でしょう。そこに置いてあるということは、この店ではつけ麺はラーメンと考えているということですよね」

「ま……そうですけど」

「でも、冷やし中華はラーメンじゃないですよね。なぜ、つけ麺だけがラーメンに入るんですか。ひとつの丼《どんぶり》に麺とスープが入っているものこそラーメンという意見もありますが」

店長は女性客たちに、ちょっと待っててくださいね、と断ってから、私を店の隅に連れて行き、

「あんた、いちゃもんつけにきたのか。つけ麺がラーメンかどうかなんてどうでもいいじゃないか」

「拙僧にとってはどうでもいいことではありません」

「あんたみたいな手合いには慣れてるんだ。ゴタゴタ起こして金にするつもりなら無駄だよ。警察呼ぶぞ」

一軒目からケチがついた。私は金を払い、脂まみれの釣り銭を受け取って店を出た。

つづいて、すぐ近くにあった二軒目に入る。看板には「〇〇ラーメン王選手権で一位に輝いたグレートラーメンキングの店」とあった。しかし、じつはその選手権はラーメン作りのうまさを競うのではなく、全国のラーメンをどれだけ食べ歩いたかの知識を競うものだ。よい客＝よい作り手とはかぎらないが、先入観は排さねばならない。この店は、オリジナルメニューが多い。創意工夫は大事だが、行き過ぎたアイデア勝負はメインの売りものがしょぼい、ということでもある。「カルボナーララーメン」「石焼き豚キムチナムルラーメン」「海老《えび》フライラーメン」「親子丼《どん》風ラーメン」「イカ・タコ・ウニ・ホヤ・アワビラーメン」……などなど数ある創作系メニューのなかから、「店長一押し」と書かれた「ギョーザラーメン」を注文する。ワンタン麵のようにラーメンにギョーザがトッピングされているのかと思うとそうではない。しょう油ラーメンをスープごと巨大なギョーザのなかに包みこんでいるのだ。汁気でギョーザの皮もぶにゃぶにゃにふやけているし、食いにくいにもほどがある。オムソバのようなものを想像していただければいいが、せめて汁気は省いてほしかった。そして、うまいまずいはともかく、これは私の考えるラーメンではない。

六軒目で、店主が「今、うちでいちばん出てる人気ナンバーワン。客の七割が注文する」と断言した「納豆味噌《なっとうみそ》豆腐オカララーメン」という、大豆発酵系をなんでもぶちこんだようなラーメンを食べながら、何度も首をかしげていると、無精ひげを生や

した店主がお玉を振りかざし、

「おんどれ、グルメ雑誌のライターやろ。さいぜんから、店の一押しを教えろ、だの、使ってる味噌はどんな味噌だ、だの、隠し味はなんだ、だのいろいろきくさかいおかしいと思とったんや」

「拙僧はただの旅の雲水。ライターでもマッチでもありません」

「嘘《うそ》つけ。おんどれ、うちのラーメンを悪う書きよったら、しばきまわすで」

ガラが悪いことこのうえない。

「しばかれるのはごめんです」

「ほな、ラーメン食べ歩いてブログに載せて喜んどるやつか。素人《しろうと》のくせに、麺の太さがどうの縮れ方がどうのゆで方がどうのスープは魚介系何割で鶏《とり》ガラ何割がどうのと能書き抜かしやがって、星ひとつとかふたつとか……何さまやねん。営業妨害じゃ。客やったら黙って食うて、金払って帰れ」

どうやらラーメン通のブロガーにさんざんな評価をされたことがあるらしい。

「拙僧はブログもやっておらぬ。見てのとおりの坊主です。拙僧が知りたいのはラーメンとはなにか、ということ」

「はあ……？」

店主は、異星人を見るような顔になり、

「ラーメンはラーメンやろ。おまえ、頭おかしいんとちがうか」

「いたってまともです」

「そんなアホなこと考えてるひまがあったら、もっと世間のためになることせえ」

「ラーメンとはなにかがわかれば、私はこの泥土《でいど》から救われ、大悟《だいご》できるのです」

「なにをゆうとんねん。気持ち悪いんじゃ。食うたら、はよ出ていけ」

客を客とも思わぬその態度にムッとしたが、これも悟道のための修行とこらえ、スープをお義理に半分だけ飲むと、外に出た。夜に入って寒さは増していた。しかし、身体《からだ》よりも心が寒かった。私は鶴橋の夜空に向かって叫びたかった。

(亡師よ、あなたはなんという苛酷《かこく》な運命を私に課したのですか。この公案が解ける日は永劫《えいごう》に来ますまい)

その日もラーメンとの、いや、ラーメン屋との戦いに疲れ果てた私は、一軒の立ち飲み屋に入り、安酒をあおった。ポテトサラダを肴《さかな》にコップ酒を五、六杯干したとき、隣の客がからんできた。

「おまえ、坊さんやろ。坊さんが酒飲んでもええんか」

「江戸時代ならいざしらず、僧侶の肉食、飲酒、妻帯は禁じられておりません」

「なんやと、こらあ！　坊主やったら坊主らししゅう寺でお経あげとけ。高いお布施ふんだくりやがって、この生臭《なまぐさ》坊主が」

連れらしき男が彼を制して、

「おい、そないにカッカすな。こんなやつ、金もうけ主義の売僧坊主、生臭坊主、破戒僧っちゅうやっちゃ。相手にしたらあかんぞ。近頃、駅前とかに多いんや、坊さんの格好して、賽銭《さいせん》集めとるやつ。どうせ悟りも開いてない、エセ坊主やろ」

カチン、ときた。なんと呼ばれてもしかたがないが、悟りも開いていないエセ坊主という言葉だけは我慢ならなかった。それは、そのとおり……図星だったからである。

思わず、その男の胸ぐらをつかみ、前後に振ると、

「な、なにすんねん。やる気か。やる気やったら相手になるで」

店の主人が困惑顔で、

「ほかの客の迷惑や。喧嘩《けんか》やったら表でやってんか」

その一言で私はすっと醒《さ》めた。向こうのふたりも同様だったようで、まあ、店長がそう言うんやったらしゃあないな、今回は勘弁したろ、とかなんとか言って、私に背中を向けた。私は主人に金を払い、深々と頭を下げた。店を出ようとしたとき、

「坊主のくせに……暴力を……最低」

という店長の言葉が聞こえ、私は落ちこんだ。

(しまった……)

いくら腹が立っても、感情を抑えこむのが僧侶としてあるべき姿ではなかったか。

鬱々《うつうつ》とした私はそれから数軒はしごをし、大量のアルコールを摂取した。泥酔して最後の店を追いだされ、よろめきながらその果てにたどりついたのが「その店」だったというわけだ。ふだんなら見過ごしそうな、小さく汚い店舗だ。右隣がキムチ専門店、左隣が古い純喫茶。そのあいだに挟まれて、今にもつぶされそうにひっそりとたたずんでいる。「挟まれている」というより、左右の二軒のあいだに「滲《にじ》みでている」というほうがぴったりだ。磨《す》りガラスがはまった引き戸のまえに、バケツ形の大きなゴミ箱があり、蓋《ふた》が少し外れて、内部のゴミがはみ出しているのが見えた。それは、動物の骨のようでもあり、内臓のようでもあり、植物のようでもあり、鉱物のようでもあり……正体のわからぬものであった。ゴミ箱の横に小さな看板が置かれ、そこには、

「コナモン全般・なんでもアル・カポネ・店主美の仮住まい・馬子屋」

と書かれている。「なんでもアル・カポネ」までは理解できたが、そのあとの「店主美の仮住まい」というのがわからない。もしかすると、美のカリスマと言いたいのだろうか。

（コナモン全般か……）

複合的な酔いの底に沈んでいた私は、ふらふらとその店の引き戸に手をかけた。すると、

「出ていきさらせ！」

数万個の雷が同時に落ちたような怒鳴り声とともに、引き戸が勝手にあいた。なかから、鈴懸《すずかけ》の衣を着て結袈裟《ゆいげさ》を掛け、頭に兜巾《ときん》をいただいた山伏のような格好をした男が後ろ向きに出てきて、

「や、やめんか。乱暴はよせ……」

「おんどれ、二度とこの店に来るな」

女性とおぼしきガラガラ声だ。

「わ、わかった。出ていく。しかし、わしが言うたことはすべて本当だ。この店は呪《のろ》われておる。わしが邪気を祓《はら》ってやればそれでよし。さもなくば……うわっ、これ……やめろ。やめぬか」

戸の隙間《すきま》から、玉杓子《たまじゃくし》や金属製のボウルやザルや……さまざまな調理道具が飛んできた。山伏は、店のほうをにらみつけ、

「ふん……わしの言葉を軽んじた罰を受けるがよい。二週間後、この店に怖《おそ》ろしいことが起きるぞ。邪霊が出現し、おまえたちを呪うだろう。それを防ぎたかったら、わしに祈禱《きとう》を……」

「死ねーっ！」

怒声とともに包丁が飛んできた。男は頭を下げてそれをよけると、

「ほっといてもこんな、いつも薄靄《うすもや》かかっとる店、つぶれてしまうだろうが、よいか、

二週間後だぞ。わしの予言はかならず的中する。そのときになって泣きついても遅いぞ。吠え面《ほづら》かくなよ！」

　捨てぜりふを吐くと、逃げるように立ち去った。私はしばらく様子をうかがっていたが、もう店内からはなにかが飛び出てくる様子はない。怖さを好奇心が上回り、私はそっと店の戸に近づいた。私が、危険を冒してまでそのような行動をとった理由はもうひとつある。それは戸の隙間から漏れてくる「匂い」だった。ゆっくりと引き戸に手をかけ、力をこめる。

「また来たかあっ！」

　ふたたびの怒鳴り声とともに、回転しながら飛来した泡立て器が私の脳天にぶつかって、カツーンという金属音をたてた。

「あれ？　あんた……」

　狭い店内の、カウンターの向こう側には、よく肥えた中年女が立っていた。贅肉《ぜいにく》が前後左右にまんべんなくついている。いわゆる「あんこ型」だ。年齢不詳だが、「熟女」というには熟しすぎ、ほとんど腐りかけている。ようするに関西弁でいうところの「おばはん」というやつだ。パーマがとれかけたごわごわの髪の毛は鳥の巣のようで、ほんとうに今にも野鳥が顔をのぞかせそうだった。だぶだぶした、薄青色の「アッパッパ」のようなものを着ているのは肥満体をごまかそうとしているのかもしれないが逆効果で、身体の線がはっきりと出てしまっている。繊維の粗い、油汚れのひどいエプロンにはなぜか「スーパー玉出」と印刷されていた。

「ごめんごめん。あてはてっきり、今のやつがまた来たと思て……あっははは」

案の定、なかは狭く汚く、入店がためらわれたが、そこに漂っている「匂い」が私に一歩を踏み出させた。それは、私が今まで嗅《か》いだことのない匂いであり、例えて言えば、原始時代、噴火によって丸焼けになった猪《いのしし》や鹿《しか》の肉が焦げた匂いのように、わが食欲を根源的に刺激した。しかも、店内は一面に霧がかかったようになっており、向こう先が見通しにくい。どうやらぐつぐつと煮えたぎっている巨大な寸胴《ずんどう》鍋から湧《わ》きあがる湯気が、部屋のなかにたちこめているらしい。私の衣服は瞬時にして湿り気を帯びた。壁という壁がべっとりと濡《ぬ》れている。テーブル席はなく、カウンターだけ、それも五人も座ったら満席だ。客はひとりもおらず、寸胴のまえにいる店主らしいその女だけだ。私は、椅子《いす》に座ると、網代笠《あじろがさ》を脱いだ。

「いらっしゃ……て、坊さん、あんた、えらい酔うてるな。うちは酔いたんぼはお断りやで」

「だいじょうぶ……それほど酔ってない」

それは半分嘘で半分本当だった。たしかに店に入るまではかなり酔いが回っていたが、この店に充満する過激に食欲をかきたてる匂いのせいで、頭がしゃきっとしたようだ。

「ビール一本で朝までねばられても困るで。あと、カウンターで寝るのも禁止。吐くのも禁止。そのへんのもの壊すのも禁止」

「禁止ばっかりですね」

「まずいゆうて金払わんのも禁止。ほかの客にからむのも禁止。それから、えーと……」

まだ、あるのか。

「今の客は？」

「客やあらへん。邪霊がついてるとか場所の縁起が悪いとか因縁つけてゆすってくる、たちの悪い祓い屋や。もう来んやろ。――あんたも見たところ坊さんみたいやけど、まさかお仲間やないやろな」

「とんでもありません。私はただの禅僧です」

ビールを注文すると、

「表の看板に、コナモン全般ってありましたけど、それってチヂミとかですよね」

「チヂミもあるで。焼こか？」

「コナモンならなんでもできるんですか」

「もんじゃと広島焼き以外やったらなんでもでけるで」

「ほんとに？」
「ほんまや。あては嘘と坊主の頭はゆうたことがない」
嘘を言う、と髪を結う、を掛けた古い駄洒落《だじゃれ》だ。私は自分の頭をつるりとなでた。
「その壁に、メニュー貼ってあるやろ。全部は書ききれんさかい、主なもんだけやけどな」
言われるがまま壁を見ると、濛々《もうもう》たる蒸気のせいで剝《は》がれかけていたが、下手《へた》くそな字で、
お好み焼き
焼きそば
タコ焼き
明石《あかし》焼き
イカ焼き
ホルモン焼きうどん
チヂミ
と書かれた紙が貼り付けてあった。私は、上から目線のこの「おばはん」を少々からかいたくなった。
「ラーメンはないんですか」

「ラーメン……？」

「小麦粉から作るものは全部コナモンでしょう？　だったら、当然、ラーメンもありますよね」

「ああ、あるで」

女はこともなげに言った。

「え？　あるんですか」

「あたりまえやがな。コナモン屋の看板掲げとって、ラーメンでけへんわけがないやろ」

「ということは、ラーメンはコナモンですか」

「あんたが今そう言うたんや。ちごた？」

「い、いえ、そうですけど……」

こんなにあっさり、ラーメンはコナモンだと断定されるとは思わなかった。

「あの……インスタントラーメンじゃないでしょうね」

スナックなどで「ラーメンあります」と書いてあるので注文すると、ママさんがサッポロ一番や出前一丁を作りはじめる、ということがよくあるのだ。

「アホか。うちの料理は全部手作りや。豚肉とかイカとかタコはさすがに手作りでけへんけどな」

「はあ……」

「ここは笑うとこやで」

「す、すいません。——何ラーメンですか」

「何、とはなに？」

「しょう油ラーメンとか塩ラーメンとか味噌ラーメンとか……」

「どれでもでけるで。なにがええ？」

そう言いながら、女は寸胴鍋の蓋を取った。激しく噴きあがる蒸気は、まるで地獄の釜《かま》のようだ。白濁したスープがぐらぐら煮たっている。さっきから漂っていた匂いのもとは、やはりそのスープだった。私が腰を浮かして、なかをのぞきこもうとすると、

「なに見とんねん」

「なにで出汁《だし》をとってるのかなと思って」

「見やんとって！」

「企業秘密ですか？」

「ちがう。食べるまえに先入観持たれるのが嫌やねん」

そう言われてはしかたがない。私は座りなおした。女はスープをお玉で掻《か》き回し、べつの鍋に麺を放りこんだ。私はビールを飲みながら、

「ラーメンの定義って、なんだと思います？」

ほかに客がいないこともあって、いつもの質問をぶつけてみた。

「ラーメンの定義？　そんなもんどうでもええがな。ラーメンはラーメンや」

「それはそうですけど……」

「食うてみてうまかったら喜ぶ。まずかったらがっかりする。それだけのことやろ」

ハッとした。その言葉に、私はなにか悟りの手がかりを得た……ような気がしたのだが、その手がかりは小さすぎて、私の手をするりと抜けていってしまった。気を取りなおして、私は続けた。

「たしかに『それだけのこと』です。でも、ラーメンって、考えられないぐらいいたくさんの種類がありますよね。それを全部、あれもラーメン、これもラーメンってラーメンのなかに入れていくと、収拾がつかなくなってしまうと思うんです。だから、ある程度の線引きが必要かな、と……」

「ラーメンやなかったら食べたらあかんの？」

「いや、そんなことはないです」

「ほな、線引きなんかせんでもええやん」

「はあ……」

ここで負けてはいけない。

「じゃあ、遊びだと思ってください。ただのゲームとして、どういうものはラーメンでどういうものはちがうのか、考えるんです」

「あんたがそうしたいんやったらそれでもええけど」

ぜんぜん乗ってこない。そのあいだに、「ええ匂い」はどんどん強まってきた。

「一般的によく言われている定義は、小麦粉を使った中華麺をゆでて、熱いスープのなかに入れ、各種のトッピングをしたもの、というやつです。中華麺ですから、かん水を使っているのが特徴です」

「それでええがな。なにがあかんのん」

「かん水を使うと、黄色っぽくうまそうな色になり、香りがたち、表面につやが出て、コシと伸びが増します。でも、近頃は健康志向でかん水を使わない麺を売りものにしている店も多いので、かん水の使用はラーメンの絶対条件とはいえません」

「へー、そうかいな」

「卵を練りこんだ卵麺や、唐辛子、トマト、ほうれん草、イカ墨、炭なんかを入れた麺もありますし、コンニャクでできた麺を使ってラーメンと称している例もあります。だから、かん水の使用はラーメンの絶対条件とはいかないのでは？」

「よう勉強してる。あんた、学者やなあ」

「必要に迫られて調べただけです。インスタントラーメンの麺は、長期保存ができるように、と普通は油で揚げてあります。それをラーメンと呼ぶなら、中華麵の使用も絶対条件ではない。それに、熱いスープのなかに麵を入れるという条件についても、たとえばつけ麵や冷やしラーメンはどうなるのか、という意見が生じます」

「つけ麵はつけ麵や。ラーメンやないやろ」

「では、ざるそばはそばじゃないんですか?」

「なるほど。かけそばもざるそばも、そばはそばやわ」

「讃岐《さぬき》うどん店には冷やした出汁をかけるメニューがありますが、あれがOKなら冷やしラーメンだってラーメンでしょう。そうなると、冷やし中華はどうなるか、というあらたな問題が発生します」

「はあ……」

「冷やし中華の麵は冷やしラーメンとほぼ同じといっていいでしょう。冷やしラーメンはラーメン同様、スープが大量ですが、冷やし中華のスープは少ない。それだけの差だといえます。スープの差に着眼すると、焼きラーメンや油そばはどうなるんだ、という話になります。どちらもスープがないからです。しかし、麵も味付けもラーメンそのものです」

「ややこしいなあ」

「チャンポンやワンタンメン、タンメン、五目そば、もやしそば、ソーキそばなどはどうなんだ、という声もあがるはずです。呼び方はちがいますが、材料も製法もラーメンとほとんど変わりませんから」

「そらそやなあ」

女は相づちを打つばかりで、自分の意見を言おうとはしない。それをよいことに、私は演説を続けた。

「スープにもバリエーションが無数にあります。大きくふたつに分けると、しょう油などをベースにした濃い『タレ』を、無味の出汁で割ったものと、最初から出汁に味付けをしてあるもの。前者は中華そばと呼ばれる昔ながらの東京風のラーメンや札幌の味噌ラーメンに多いやり方で、後者は豚骨ラーメンや塩ラーメンに多いやり方ですが、出汁をなにでとるかも鶏ガラ、豚骨、牛骨、野菜、魚介類などまちまちで、それらを二、三種組み合わせたものもあって、厳密には何百種類あるのかわかりません」

「べつにええがな。スープはスープやろ。味噌汁でもポタージュでもない」

「それが、最近は味噌汁ラーメンやポタージュラーメンもあるんですよ」

「ひえー、どこまでいくねん」

「それに、スープはスープとおっしゃいましたが、しょう油と鶏ガラの出汁で作ったスープと塩と豚骨の出汁で作ったスープには、材料的な共通点はひとつもありません。それらに中華麺を入れたものを、どちらもラーメンだと言い張るのは、ハヤシライスをカレーライスだと言うようなものではないかと思います」

「まあ、そうかもな」

「どうです？　ラーメンにはこれだけのバリエーションがあるのですから、どこかでここまではラーメンでここからはちがう、という線引きをするべきだと思いませんか」

「べつに思わんな。線引きというのは、所詮《しょせん》無駄な努力なんや」

「無駄？　どうしてです。じゃあ逆に、ラーメンの範囲をどんどん広げていくほうがよい、ということでしょうか。『麺』を使った料理を、うどんも日本そばもビーフンもフォーもスパゲティも全部ラーメンと呼べ、とか？　それは、小説をなにもかもミステリの範疇《はんちゅう》に入れるようなもので明らかに行き過ぎだし、ラーメン至上主義と言われてもしかたないでしょう」

「そんなこと言うてへんけど……お待ちどおさん」

女は、私のまえに丼を置いた。そうだ、忘れていた。私はラーメンを待っていたのだった。

「とりあえず、食べ。それ食べてから、またしゃべり」

そう言われて、私は目のまえのラーメンを見た。

（ほほう……）

丼にはスープと麺のほか、なにも入っていない。ネギももやしもチャーシューもナルトも……とにかく具とかトッピングの類《たぐい》は一切載っていないのだ。あまりにシンプルすぎて拍子抜けしたが、こういう店はたまにある。スープと麺にぜったいの自信を持っていて、そのふたつだけに集中してほしい、という理由から、集中の邪魔になる具材は徹底的に排除する。完全な確信犯だ。外観からは考えられないが、そんなこだわりの店なのかもしれない。私は居住まいを正し、

「失礼しました。スープと麺だけで勝負する……よほど自信がないとできないことです」

「そやないねん。こういう場所で夜中に営業してるとな、あんたみたいにへべれけの客が『シメにちょっと汁もん欲しいなあ』ゆうて来るばっかりなんや。そういう酔っぱらいは、どうせ具は食べへんさかい、入れてないだけや」

私はまたしても拍子抜けした。そりゃそうだろう、こんなぼろぼろの店に一瞬でも期待した自分が馬鹿だった。これなら「全部手作り」することも可能だろう。そう思いながらスープを見たが、

（おや……？）

澄んでいる。脂はまったく浮いていない。色もほぼ無色に近い。見た感じは「お吸い物」だ。これまで数千杯のラーメンを食べあるいてきた私だが、このスープがなん

であるか、判別ができなかったのだ。豚骨ではない。牛骨でも、魚介系でもない。鶏ガラでとった出汁から徹底的にアクと油分を除去した……そんな風にも見えた。しかし、そこから立ちのぼる香りは、鶏ガラのものではない。これは、私が一度も嗅いだことのない匂い……いや、そんなことはありえない。およそ私が味わったことがない出汁など存在しないはずだ。少なくとも想像ぐらいはつくだろう。だが、このスープは……。私は震える手で丼の縁に口をつけ、スープを一口飲んだ。

「うまい……」

自然にその言葉が出た。お世辞でもなんでもなく、うまかった。しかも、飲んだあとですら、私にはこのスープの正体がわからなかったのだ。

「なんのスープですか」

「教えん」

「どうしてです」

「言うたやろ。先入観持たれるのがいやなんや。とっとと食べて、金払《はろ》て、帰って」

しかたなく私は、スープを三度ほど飲み、その都度じっくりと味わってみたが、やはりわからない。動物性か植物性かすらわからない。濃くはない。さらっとしている。脂っ気はほとんど感じられない。外見どおりお吸い物のようだ。たとえて言うと、お湯に塩を混ぜただけ、みたいな単純であっさりした味。しかし、単純さの向こう側にのぞく深みとコクは、どんなに長時間骨を煮込み、背脂を振りかけたスープよりも濃厚なものだった。そして、その幾重にもからみあった旨味《うまみ》は、私の舌では解析不可能な複雑さだ。

「お願いします、ヒントだけでも教えてください」

そう懇願したが、女は私をにらみつけ、

「ごちゃごちゃ言うとるまに食べんかい。麺が伸びるやろ！」

しかたなく私は麺を食べた。これまた、うまい、としか表現できない。細からず太からず、軽く縮れた、どこにでもあるような麺。コシもあるが過剰ではなく、歯触りももっちりしているといえばもっちりしており、しこしこしているといえばしこしこしている。口に入れると、固まっていたのがほろりとほどけ、スープとともに口のなかを小麦粉の味わいで「占拠」する。飲みこむときの喉《のど》ごしも、コシが強すぎる一部の麺にありがちな、乱暴に食道を押し開いて胃に下がっていく……みたいなむりやり感はなく、「つるつるっ」という心地《ここち》よく軽いリズムでどんどん入っていく。スープと麺のバランスは完璧《かんぺき》で、それも微妙な均衡ではなく、がっちりタッグを組んでいる。食べているあいだじゅうずっと舌が躍っていた。箸《はし》も口も舌もとまらない。私は普通のラーメンを食べる十倍ぐらいのスピードでそのラーメンを食べた。私はあっというまにラーメンを食べ終え、スープも一滴も残さず飲み干した。これだこれだこれだ……私が長年探し求めていたラーメンはこれなのだ。このラーメンの謎《なぞ》が解ければ、ラーメンとはなにかがわかる。ラーメンの定義もわかる。師との約束も果たせる。私は……私は救われる。丼を置くと私は早口で、

「感想を言います。具もなく、シンプルで、信じられないぐらいすっきり、さっぱりしていて、脂っ気がゼロなのに、なぜか四十八時間炊いた豚骨超こってり背脂チャッチャどろどろ系スープを飲んだみたいながっつりした満足感があり、なおかつ、そういうラーメンを食べたあとにどうしても感じる『身体に悪いものを食べてしまった』的な不健康な気分が微塵《みじん》もなく、とてつもなくさわやかです。これなら何杯でも食べられそうです。単純なのに単調でなく、合わせスープのように味が何層にも積み重なっています」

「そないに誉《ほ》めても、負けへんで」

「わかってます。このシンプルさは、禅や水墨画にも通じる日本の心、大和心《やまとごころ》ではないでしょうか。私の理想のラーメンです。これこそがラーメン、最高のラーメンです」

「やめてやー。おいどこそばいわ」

「このラーメンにたどりつくには、相当の苦労をなさったでしょうね」

「いいや、最初っからこれやで。パッと作っただけ」

信じられない話だ。

「味噌ラーメンはまた別の作り方ですか」

「このスープに味噌入れるだけ」

「塩ラーメンは」

「これに塩入れるだけ」

「しょう油ラーメンは……しょう油入れるだけですか」

「そや」

「冷やしラーメンは」

「冷蔵庫で冷やすだけ」

「コショウやニンニクを入れてもいいんですか」

「もちろん。砂糖でもチャツネでも好きなように」

「トッピングしてくれ、という客が来たらどうするんです」

「入れるで、なんでも。チャーシューでもゆで卵でもほうれん草でもキムチでも、客がそないせえ言うたらそうしたげる。めんどくさいから、ほんまはしたないけどな」

「でも、そんなことをしたら、この絶妙のバランスが崩れるじゃないですか」

「具を入れたり、味を足したりしたぐらいで、このラーメンはびくともせん」

それを聞いて、私はため息をついた。この堂々たる自信。うらやましいかぎりだ。

私はつねにぐらついている。

「お願いです。このラーメンの秘密を教えてください。もう食べ終わったんだからいいでしょう?」

私はカウンターに額をこすりつけた。

「あかん。あんたがここへ二度と食べにこん、て言うんやったら、教えたってもええ。けど、いつかまたこのラーメン食べるかもしれん、てちょっとでも思うんやったら、そのときの先入観になるさかい、教えたらん。——あんた、今後ぜったいに食べへんねんな」

そんなわけがない。できれば、毎日、いや毎食でも食べたい。

「一生の頼みです。どうやったらこのラーメンができるか……それさえわかれば、ラーメンの定義もわかると思うんです」

「お断りやね。あては、定義なんかどうでもええし。なんでここまでがラーメン、ここからはちがう、とか線引きしたいのん?」

「なんでもかんでもラーメンに入れてしまう、というのは私は反対なんです。たとえば、中国や東南アジアの麺料理とラーメンは、似て非なるものですし、ほかの国々にもラーメンっぽい料理は存在しますが、やはりちがう。ラーメンは日本が生んだ日本の食べ物です。私は『ラーメン』という言葉にこだわりたいんです。『拉麺』でも

『老麺』でも『柳麺』でもない。あくまでもカタカナの『ラーメン』です。ラーメンは日本人の心だと思います。そうでないものは排除したい。だから、定義をはっきりさせて線引きすれば、おのずとだれにでも『和』の心がわかって……」

「興味ないなあ。日本なんかどうでもええもん」

その言葉を聞いたとき、絶望感が私の両肩にのしかかった。両目から涙がこぼれだし、気づいたら号泣していた。

「ちょちょちょっとあんた、どないしたんや」

「もういいんです。ラーメンの定義がわからないなら、私は……死にます」

「アホかあっ！」

カウンター越しに鉄拳《てっけん》が飛んできて、私の顎に炸裂《さくれつ》した。その衝撃で私の頭は真っ白になり、椅子からもんどり打って床に倒れた。

「あんたなあ、簡単に死ぬとか生きるとか口にしたらあかんで。死にとうないのに死なんならんひと、この世にごまんとおるんやで」

カラカラ……と入り口の戸があいて、

「ただい……」

ま、と言おうとしたらしいおかっぱ頭の少女が怪訝《けげん》そうに私を見下ろしていた。

「どうしたんです？」

少女は私と店主の顔を半分半分に見ながら、そうたずねた。

「イルカ、それはゴミやさかい、箒《ほうき》で掃きだしといて」

「はい」

イルカと呼ばれた少女は、買い物袋をカウンターに置くと、言われたとおり素直に棕櫚《しゅろ》箒を手にして、私を掃きはじめた。

「や、やめて……やめてくれっ」

埃《ほこり》が舞い、泥が飛ぶ。箒の先端が何本も目や鼻や口に入ってくる。私はあわてて立ち上がり、店主に謝った。

「死ぬ、なんて言って、すみませんでした。でも……私は今、死んでいるのも同然なんです」

「ふーん……」

店主は腕組みをして、はじめて真剣そうな顔になり、

「わかった。なんぞ、わけがあるんやろ。話してみ」

私は、涙と鼻水と埃と泥でぐちゃぐちゃになった顔をそこにあった雑巾《ぞうきん》で拭《ふ》きながら、話しはじめた。

◇

私は、喝瑛という禅僧ですが、もともと大学生です。はじめは仏教美術に関する研

究をしていたのですが、その過程でわが師である喝念禅師と出会い、剃髪《ていはつ》して入門しました。喝瑛という名前をいただき、自分で言うのもおこがましいですが、ひとの二、三倍は努力しました。しかし、兄弟弟子たちがつぎつぎと公案を通して悟りを開き、衆生を救うのが役目です。しかし、兄弟弟子たちがつぎつぎと公案を通過して悟りの境地に達するのに、私だけがなぜか悟れぬまま、月日が流れてしまいました。どんなに工夫してもうまくいかず、このままでは生きていてもしかたがない、と自殺を考えましたが、そんなときに師匠に言われたのです。

「喝瑛よ、おまえに公案を与えよう。——『ラーメンの定義とはなにか』」

たしかに私は大のラーメン好きでしたが、そんな妙な公案は聞いたことがありません。私を馬鹿にしているのか、もう師は私を見捨てたのか……そんな思いに翻弄《ほんろう》されているとき、禅師は私に大喝を喰《く》らわせました。

「喝瑛よ、思いだしてみい。おまえはなぜここに来たのだ」

「なぜ……ここに来た……」

「ラーメンの定義がわかれば、おまえがここに来た理由もわかり、悟りを開くことができよう」

「…………」

「よいか、この公案が解けるまでは、わがもとに戻ってくることはならぬぞ」

師の言葉を私は今でも一言一句鮮明に思いだすことができます。師は真剣でした。私も真剣にならざるをえませんでした。考えてみれば、古来、公案というものは、「犬に仏性はあるか」とか「無とはなにか」とか「生まれるまえの真の自分とはなにか」とか「なぜダルマはインドから来たのか」といった、わけのわからない質問をぶつけて、命がけで考えさせることによって、弟子を悟りへと導くものです。数学のように正しい解答があるわけではなく、師も弟子一人ひとりの資質を見抜き、そのキャラクターに合った公案を与える。喝念禅師には、「ラーメンの定義とはなにか」こそが私にふさわしいと思えたのでしょう。ならば……こちらも命がけで解くよりありますまい。以来、私は「ラーメンとはなにか」という公案を四六時中考えながら、遍歴を重ねているのです。お願いです、私をこの魔界から救いだしてください、悟りを開かせてください……。

◇

聞きおえると女は、じろり、と私の目をのぞきこんだ。その瞬間、私はぶるっと震えた。この中年女が私のすべてを見抜いているようで怖かったのだ。しかし、女は、ふーん、なるほどなあ、と言っただけで、ラーメンの作り方を教えてはくれなかった。それはそうだろう、おそらくこの店主も、さっきは「パッと作っただけ」と言ったが、おそらく何年もの試行錯誤の果てにたどりついた製法にちがいない。今日はじめて来た客に、簡単に教えてくれるはずもあるまい。その日から私は「馬子屋」に通いつめた。一カ所に足をとどめぬ雲水としては異例のことだが、これも悟りのためである……といえば聞こえがいいが、毎日でもあのラーメンが食べたかった、というのが本当のところだ。五日目、六日目……とうとう一週間通ったが、女はなにも明かしてはくれなかった。一日に三、四杯ずつ平らげたので、延べ二十五杯以上は食べた勘定だが、驚いたことに、それだけ食べても、私にはそのラーメンの出汁がどういった素材に由来するのか、その片鱗《へんりん》さえも解明することはできなかったのだ。いつもなら、スープをすすらずとも、匂いを嗅いだだけで、「薩摩《さつま》豚の豚骨スープとアゴ出汁、昆布におそらく貝の干物の魚介系スープのダブル」と喝破することができるこの私が、である。少しでも手がかりを得ようと、私は店員のイルカという少女にいろいろとカマをかけたり、店先のゴミ箱に捨てられている生ゴミを分析したり、こっそりスープを空き瓶に入れて持ち帰ったりしたのだが、わからないものはわからない。そして、八日目、九日目、十日目……とうとう二週間が経過した。そのあいだに、私は女の名前が「蘇我家《そがのや》馬子」であることを知った。常連といえる客も少なからずいるのだが、皆、チヂミやお好み焼き、焼きそばなどを注文し、ラーメンを食べているのは私ぐらいのものだった。常連客にはそれぞれ「豚玉のジョー」とか「焼きそばのケン」とか「おうどんのリュウ」……といったあだ名が馬子によってつけられているのだが、私は当然というかなんというか、「ラーメンの喝瑛」になった。この店にはほかにおいしいものが山のようにあるらしいが、ラーメン以外食べたことはない。

「どや、あてとこのラーメンの秘密、わかったか？」

ある夜、馬子がそう言った。私はかぶりを振った。

「でも、こうして具もなにも入れないラーメンばかり食べてると、ひとつだけわかったことがあります」

「ふーん」

「それは、ラーメンはコナモンだということです。コナモンというと、お好み焼きやたこ焼き、うどんなどを連想しますが、具をはぶき、スープをあっさりさせてみると、ラーメンのうまさの大部分は小麦粉のうまさですね。つけ麺がラーメンかどうかはともかく、小麦粉のうまさを際だたせているという意味では、つけ麺のほうがよりコナモンかもしれませんが、でも、ラーメンもはっきりコナモンです」

「はっはっはっ、まだ線引きしたがってるなあ」

「そのために毎日来てるんです」

「しつこいなあ、あんたも」

「坊主はしつこいですよ。日本の文化は諦念《ていねん》の文化だとよく言われます。私も、それには共感しますが、禅の坊主は一般の日本人にくらべてもしつこいと思います。なにしろ一生かけて悟りを目指すんですから」

そんな話をしているとき、客がひとり入ってきた。痩《や》せた初老の男で、正直「貧相」な印象だった。男は店内に満ちた湯気の靄に一瞬驚いた表情を見せたが、席に着くなり、

「ビールとチヂミ」

と聞きとりにくいほどの小さな声で言った。顔を伏せるようにして、ビールをコップに少しずつ注《つ》いではまるで日本酒のようにちびりちびり飲んでいる。チヂミが来ても、手をつけず、湯気のカーテンを通して店内のあちこちに視線を走らせている。私は二杯目のラーメンを注文したあと、思い切ってその客に話しかけた。おそらく初来店であろう彼の直感が、謎解きに結びつくかもしれないと期待したのだ。

「あの……はじめまして」

客は私を鋭い目つきで見据え、

「なんか用か」

「この店、曇ってるでしょう」

「そやな、靄がかかってるみたいや」

「この匂い、なんだと思います？」

「匂い？　うーん……なんかわからんけど、めっちゃ臭いわ」

「臭いですか？　私はいい匂いに感じますが」

「あんた、鼻おかしいんとちがうか。こんなもん、ドブの臭《にお》いやがな」

驚いた。私には、至上の香りとしか思えないこの匂いがドブの臭いとは……。

「どうしてチヂミを食べないんですか」

「うるさいなあ。食べようと食べまいと俺の勝手やろ。もう、話しかけんとってくれ」

男がコップをカウンターに叩《たた》きつけた途端、蒸気のなかでなにかが輝いたかと思うと、薄暗い店内に突然、黒い影が現れた。その影はみるみる上下に伸び、両腕を広げた巨大な黒入道と化した。

「うわっ……出たっ！」

イルカが尻《しり》もちを突き、掻き混ぜていたお好み焼きのタネを頭からかぶった。ビールを飲んでいた客も、恐怖に震える声で、

「ば、化けもんだあっ！」

と叫んだ。

「この店には化けもんがおる。こんな店、二度と来るかあっ！」

男が立ちあがったとき、黒い大入道はフッと消えた。店から出ていこうとしたその客の手首を、馬子は握って放さなかった。

「なにするねん、放せボケ！」

「食い逃げは許さんで」

「なんやと。化けもんが出るような店に金払えるかい」

そのとき、

「なにを揉《も》めておるのかな」

入ってきたのは、以前にも来た山伏だ。

「あんた、入ったらあかんで。この店、化けもんが出るんや」

山伏はほほえむと、

「やはりそうか。あれから二週間たったから、そろそろなにか起こるかと訪ねてきたら案の定だ。よかろう、わしがその化けものとやらを祓うてしんぜよう。祈禱料《きとうりょう》は五十万円にまけてやるぞよ」

錫杖《しゃくじょう》を振りながら店に踏みこんできた。濛々たる湯気が満ちる店内をぐるりと見渡し、

「なるほどなるほど。わしが来て幸い。この店には邪悪な霊気がぷんぷんするわい。放置しておけば、おまえたち皆、命をなくすところであったぞ」

山伏が、

「臨兵闘者皆陣列在前《りんぴょうとうじゃかいじんれつざいぜん》！」

と九字《くじ》を切ると、さっきの黒い影がふたたび出現した。

「出たな、妖怪《ようかい》め！」

山伏はいらたかの数珠《じゅず》を高く掲げると、

「いかなる魔物もわが法力のまえには塵芥《ちりあくた》同然。さあ、さあさあさあ……さあ、妖魔よ退散せよ！」

額から汗を垂らしながら、祈禱を続けているその横で、いきなり馬子がカウンター越しに、

「はい、お待ちどお」

私のまえにラーメンの丼を置いた。山伏が目を剝《む》き、

「こりゃあ！　神聖なる祈禱の最中に、貴様らなにをやっておるか。ここな罰当《ばちあ》たりどもめが！」

山伏が憤慨するのをよそに、私は熱々のラーメンを食べた。

「うまい……！」

麵が口のなかで跳ね、スープが舞っている。

「なんじゃ、そんなスカみたいなラーメン」

山伏が吐き捨てるように言ったが、私の箸は瞬時もとまることなく、麵とスープを口のなかに送りこんだ。

「ああ、うまかった。——おかわり」

山伏が私と馬子のあいだに身を乗りだし、

「おい、無視するな！」

「おまえら、怪異を目のまえに見て、怖くないのか。この店は呪われておるのだぞ」

馬子は肩をすくめ、

「下手な芝居やなあ。——あんた、説明したげて」

私に向かってそう言った。私はうなずき、

「これは、ブロッケンの妖怪ですね。雪山の山頂などでよく起こる現象です。周囲に雲や霧があるとき、その水滴に自分の影が映りますが、光の回折作用で実際よりもずっと巨大に見えることがあります。霧がすぐ近くにあると、その奥行きがわからないので、心理的にすごく大きい像だと感じるのです。ドイツのブロッケン山でよく見られたことから、ブロッケン現象とかブロッケンの妖怪などと呼ばれています。霧の発生装置と光源さえあれば、室内でも再現可能です」

「でたらめ言うな」

「証拠を見せましょう」

私は、貧相な初老の男が膝《ひざ》のしたに隠そうとした光源をつかんで、カウンターのうえに出した。

「こいつがこのライトを使って、自分のすぐ後ろから照らし、影を投影していたんです。この店には霧はありませんが、そのかわりにラーメンの出汁を炊く湯気がものすごいですからね」

私は山伏に一歩近づき、

「先日、この店に入ったとき、なかが靄がかかったみたいになってることを知って、この手口を思いついたんでしょう。いつも、ふたりで組んで詐欺を働いてるんですね。警察を呼びましょうか?」

初老の男は椅子から立ち上がると、

「俺は、この山伏に小遣いもうけになるから言うて頼まれただけや。詐欺やなんて知らんかった。さいならっ」

転がるように店から出ていった。私は山伏に視線を戻した。

「わ、わしはあくまで好意から、助けてやろうと思うたまでじゃ。警察など呼ぶ必要はないぞ」

「喝ーっ!」

私が大喝を喰らわせると、山伏はへなへなと腰砕けになり、その場に座りこんでしまった。その様子を見ていた馬子は腹を抱えて笑い、

「あっはっはーっ、あての出番なかったなあ」

そう言うと、三杯目のラーメンを私のまえに置いた。私は椅子に座りなおすと、なにごともなかったようにそれを食べはじめた。私が食べるのをじっと見ていた馬子が、

「なあ、あんた……」

「はい？」

「あんた、外国人やろ。たぶん……ドイツ人やな」

私は椅子から転げおちそうになった。

「なぜわかりました」

「あんたの食べ方見てたらわかる。麺をすするのが下手くそやもんな」

「あ……」

そうなのだ。我々外国人には、日本人のように麺をすすりこむという習慣がない。それは下品なこととされ、口のなかに押しこむように食べるのが普通である。こどものころ徹底的に、マナーとして叩きこまれるのだ。だから、成人してからすすろうとしても、一度身に付いてしまったマナーはなかなか破れない。かなり努力して、最近はなんとかすすれるようになったつもりだったのだが……。

「最初にここに来たときからわかっとったで。目はカラーコンタクトやろ。頭を坊主にしてるのは……」

「伸ばすと髪の毛の色でわかってしまいますから」

今はちがうが、僧侶になったもともとの理由は、つねに剃髪した状態でおられるからなのだ。東洋人風の顔立ちなので、バレないだろうと思っていたのだが……。

「なんで、日本人のふりしてたんや」

「それは……日本人になりたかったからです」

私は、正体を見破られた忍者のような気分で、両肩を落とした。

「私の本名は、カッツェ。ドイツのハンブルク大学で日本文化と禅美術の研究をしておりました。そのときに教わっていた先生が、喝念禅師です。私は日本にあこがれ、いつしか『日本人になりたい。日本人のように考えたい』という気持ちになりました」

「アホやなあ。日本人なんかしょーもない、カスみたいな民族やで。あてはドイツ人のほうがよっぽどええわ」

「内面を変化させるには、まずは外見から、と思った私は、剃髪し、コンタクトを入れて、いわば『日本人のコスプレ』をはじめたのです。僧体をしたのがきっかけで、禅の心を学ぼうと、喝念禅師の門下に入り、本名のカッツェから喝瑛という法名をちょうだいしました」

「駄洒落やな」

「禅門に入ったからにはなんとか悟りの境地に達したいと、人一倍の厳しい修行を続けてきました。あと一歩で大悟できる、というところまではたどりつくのですが、そこから先へどうしても進みません。もう、死ぬよりほかない、と思い詰めたとき、禅師から『ラーメンの定義』の公案を出されたのです。たしかにラーメンはまさに日本の国民食。ラーメンを極めれば日本がわかるのではないか。そのためには究極のラーメンを見つけなければならない。そして……果てしない放浪の果てに、ついに究極のラーメンを見つけたのです、この店で」

今まで黙っていた山伏が立ちあがると、

「ということは、このラーメンがその『究極のラーメン』か」

私の手から丼をひったくり、スープと麵をすすったが、

「な、なんじゃこれは。まるで味がない。わしを馬鹿にするなよ。ただのお湯ではないか」

そんなはずはない。私は丼を奪いかえし、スープを飲んだ。やはりうまい。うますぎる。これを「お湯」に感じるとは……。

（私には究極の美味に思えるのに、さっきの男は臭いと言うし、この山伏は味がないと言う。いったいどうなっているんだ……）

山伏はずうずうしく椅子に座ると、

「なるほど、そう言われてみると、ラーメンを定義するのはむずかしいぞ。しょう油

ラーメン、豚骨ラーメン、塩ラーメン、味噌ラーメン、激辛の台湾ラーメン、つけ麵、冷やしラーメン……それらのすべてを網羅する定義づけというのは……うぅむ、これは困難じゃ。わしにはむりじゃな」

「そうなんです。私は来日してからずっと、このことで頭を悩ましているんです」

馬子は腕組みをして、

「しゃあないな。ちょっとだけヒントをやろか」

「えっ……本当ですか」

「外見だけ似せて、どんだけ必死に日本のこと研究しても、日本人にはなられへんやろ」

「は、はい」

「日本をわかりたいなら、日本文化について調べるのをやめなあかん。似せたり、調べたりしてるうちは外からつついてるだけや。あんたは今、日本におるんやから、もうそれ以上、なにもせんでええねん」

「——なるほど……」

中国禅の徳山宣鑑《とくさんせんかん》和尚は、燭台《しょくだい》の明かりを吹き消されたときに暗闇のなかで悟りを開いたという。外の光が消えないと、内の光には気づかないのだ。

「ラーメンもそれとおんなじや。究極のラーメンなんか存在せえへんねん。あんたがどれだけうまいと思うても、ほかの連中の舌はまたちがう。百万人おれば百万の、一億人おれば一億の味覚があるねん。このひとにとっての究極は、そのひとにとってはお湯やし、あのひとにとってはドブの臭いや」

「そ、そうか……」

私の心に、縦にピピピピピ……と亀裂が走った。そして、そこからなにかがあふれそうになるのを感じた。私はそれをすべて言葉に換え、噴水のように口からほとばしらせた。

「わかりました。ラーメンのバリエーションは無数にある。麺の材料も、かん水を入れたもの、入れないもの、かわりに卵を使ったもの、ほうれん草やイカ墨や胡麻《ごま》や唐辛子などいろいろなものを練りこんだもの、米粉を混ぜたもの、果てはコンニャクで作ったものまである。麺の形も、細麺、中細麺、ふつう麺、中太麺、太麺、極太麺、ちぢれ麺、ストレート麺、平打ち麺。ゆで方もハリガネから柔らか系までバラバラだ。スープも、タレと出汁を混ぜるものとそうでないものがあるし、出汁の材料も、豚骨、鶏ガラ、モミジ、牛骨、牛肉、豚肉などの動物系、鰹節《かつおぶし》、鯖節《さばぶし》、昆布、煮干し、エビ、アゴ、アワビといった乾物・魚介系、煎《い》り大豆、シイタケ、タマネギ、長ネギ、ショウガ、ニンニク、セロリ、白菜などの香味野菜系……無数に存在する。甘さを出すためにリンゴなどの果物や氷砂糖を入れることもある。牛乳を入れたり、トマトスープやコンソメスープ、フカヒレスープ、カレースープを使う場合もある。かつては大量に化学調味料を入れるのがあたりまえだった。仕上げもおなじみの背脂チャッチャやラード、バターを落とすだけでなく、あんかけにしたり、卵とじにしたり、チーズフォンデュやグラタン状にする店もある。味付けも、塩ラーメン、しょう油ラーメン、味噌ラーメン……。もちろんトッピングもチャーシュー、メンマ、ネギ、ナルトはもちろん、キクラゲ、高菜、ショウガ、ゆで卵、海苔《のり》、炒《いた》め野菜、キムチ、タマネギ、ほうれん草、もやし、キャベツ、ニラ、白菜、豚肉、牛肉、豚足、ホルモン、ミンチ、アサリや牡蠣《かき》などの貝類、ワカメなどの海藻、エビやカニ、タコにイカ、鮭《さけ》、コーン、カマボコ、チクワ、おでん、タクアン……ありとあらゆるものが使われる。つけ麺や冷やしラーメン、担々麺《たんたんめん》、台湾ラーメン、チャンポン、焼きラーメン、油そば、サンマーメン、タンメン、ワンタンメン……などもラーメンとどこがちがうのかと言われれば答えられない。そして、今日この瞬間にも、新しいラーメンが日本のどこか、世界のどこかで生まれているかもしれない。麺もスープも味付けも具も食べ方もなにかもまるでちがうものを、ひとつの言葉でくくることは不可能だ。つまり……」

「つまり?」

馬子と山伏が同時に復唱した。

「つまり、ラーメンというものは……『ない』のです!」

私は、あらん限りの力を声にこめて、そう言い放った。頭の先から、白い光輝がズボーッ！　と遥《はる》か上空まで立ち上がったような気がした。世界が真っ二つに裂け、私の周囲のありとあらゆるものが晴れ晴れと開かれた。

「『ない』ものの定義はできない。それが答です」

「そのとおり」

馬子が即答した。

「ラーメンなんちゅうものは、存在せえへん。あるように思うのは、ただの幻想や」

私は大きくうなずき、

「これで師のもとに帰れます。ありがとうございました」

そして、目のコンタクトを外した。

「日本人になるのはやめたんか」

「そんな必要がありませんから。私はこの世に生まれたときから日本人でもドイツ人でもない……ただの人間でした。人間は、なにか別のものにはなれません。はじめから、このまま、ここにいる、これが『私』なのです」

「あんた、悟ったな」

大悟の喜びが身体中に満ちていた。指先いや爪《つめ》の先、細胞の一個一個にまで力がみなぎっていた。

「師はラーメンを通して、私にこのことを教えようとしていたのです。ラーメンは『無』です」

私は馬子に感謝をこめて深々と一礼すると、

「馬子さん、コナモンの定義とはなんですか」

ちょっとした茶目っ気のつもりだったが、馬子は傲然《ごうぜん》と胸を張り、

「あてや。あてが、コナモンや」

そう言った。

◇

私はその足でドイツに帰国して喝念禅師のもとをたずね、自己の見解を披露した。師は即座に私を印可した。私はこうして、私を縛りつけていた日本とラーメンから解《げ》脱《だつ》したのである。そのことを最大の恩人である馬子に伝えなければならない。私はふたたび来日し、空港から真っ先に鶴橋に向かった。あいかわらず焼き肉の匂いが漂う街に降り立ち、目指すのはもちろん『馬子屋』だ。しかし……ない。いくら探してもないのだ、キムチ屋と純喫茶に挟まれた、小さく汚らしいあの店が……。キムチ屋はすぐに見つかった。その隣に喫茶店がある。だが、そのあいだに挟まれていたはずのコナモン屋がない。まるで、両側の店舗がしだいに迫ってきて、ぺしゃんこに押しつぶされたみたいに影も形もない。私は呆然《ぼうぜん》としてしばらくは声もなかった。こんなは

ずはない。たしかにここにあったのだ。キムチ屋と純喫茶の両方に、

「ここにあった店を知りませんか」

とたずねたが、どちらも「知らない」とのことだった。昔から、キムチ屋と喫茶店は隣り合わせで、あいだに店など存在しなかった、というのだ。なにかを隠している様子もない。たった一週間、日本を留守にしているうちになにが起こったのだ。私は異次元に迷いこんだのか。それとも毎晩ラーメンを食べつづけたあの日々は、全部夢だったというのか。喝念禅師ならなにもかも「無」だと答えるかもしれない。しかし、私の舌のうえに、あのラーメンの味は今でもくっきりと残っているのだ。あの味だけは「無」ではない。ぼんやりとその場にたたずんでいると、

「おい、あんた」

うしろから肩を叩かれた。振り向くと、例の山伏だ。

「あんたもあの店、探しにきたんだろ。わしもじゃ。――わしらはどうかしておるのかのう」

「絶対ありましたよね、『馬子屋』……」

「あった……と思うが、絶対とは言い切れぬ。われらは皆、あの馬子という女にたぶらかされていたのかもしれんぞ」

「たぶらかされただなんて……私はあのひとのおかげで大悟できたのです」

「あの女はただものではないぞ。おそらくはこの世のものではない」

「あなたは偽山伏でしょう」

「失敬な。暮らしに困って悪事にも手を染めたが、若いころは大峰山《おおみねさん》で修行して多少の法力を得ておる。人間には人間の〈気〉、植物には植物の〈気〉、石には石の〈気〉があるものだが、あの女からは人間の〈気〉を一切感じなかった」

「まさか……」

馬子が最後に残した「あてや。あてが、コナモンや」という言葉がにわかに蘇《よみがえ》ってきた。もしかすると馬子とイルカは、どこか別の世界からこの世界にコナモンを広めるためにやってきた、ポケモンならぬ「コナモン」という生物だったのでは……というくだらない空想が頭に浮かんだ。もちろんそんなことはありえない。私には、この地球のどこかに「馬子屋」が移転していて、あの中年女が濛々たる湯気のなかでラーメンをはじめとするコナモンを元気に作っているように思えてならない。私は世界中を永久に探しつづけるだろう、あの店、「馬子屋」を求めて……。

解説

時代は、だしツッコミの粉まみれ
「粉もんどころが、目にはいらぬか！」

熊谷真菜
（日本コナモン協会会長）

「会長、こんな本が出てますよ」。

各地にいる粉もんオタク（日本コナモン協会メンバー）から連絡がはいったとき、うちの設立十周年に向けてのちょっとしたエールかな？ と思《おも》てしまいました。

「粉もん」とは、と定義を説明していた十年前とくらべ、今ではNHKの全国放送でも、用語解説は省略されるほど、一般名詞として通用している「粉もん」。それもひとえに日本コナモン協会を支援、応援してくださっている皆様の自主的な活動の賜物《たまもの》なのですが、こうして十年も粘り強く（しつこく）活動を継続していますと、「粉もん」をテーマにまるごと一冊、小説にしてくださる物好きな（いえ、有難い）作家さんもおられるのか……と浮き立つ気分でページを開きました。とはいえ、一抹の不安がなかったわけではありません。

この著者さんが粉もんを日常的に食し、食文化をきちんと理解したうえで、描写の一つ一つに濃《こま》やかな配慮とリアリティをもって書いてくれてはるかどうか、そのへんが気になりましたから。

つとに、「粉もんは、こんなもん」と思われがち。関西で粉もんといえば、うどん、お好み焼、たこ焼などがイメージされますが、いずれもテイクアウトでき、千円あれば満足できる、まさに庶民の食文化。

いかに安く食材を仕入れ、いかに合理的に調理するか。立ち食いから高級料亭に至るまで重々承知の、食べることを何よりも謳歌する大阪人が、値打ちあるやん、と納得するパフォーマンスを提供できる理想のお店、それが馬子屋なんや……と安心できたのは、「豚玉のジョー」で、主人公がアタリの店として挙げた六つの条件のくだり。要約すると……

一、店構えが小奇麗ではないこと
二、メニューがシンプル、定番重視
三、店主はタダのおっちゃん、おばちゃんであること
四、基本、家族経営、店員は多くても一人か二人で
五、店が焼いてくれる
六、マヨネーズの要不要をたずね、つけてもポッテリと添えるのみ

「せやねん！」と膝を打って、読み進む読者は多いことでしょう。昨今、この六つすべてをクリアできるお店は数えるほどしかありませんが、それだけに、そんなお店に遭遇

したときの喜びは、生涯の伴侶に出会うぐらいのワクワクどきどき感で小躍りしてしまうほど。ゆえに、馬子屋が幻の店、という設定もまた、リアリティアリアリで、腹八分目で終わらせる切なさも心憎いやおまへんか。

馬子屋での粉もんメニューは常にオールマイティ。

「コナモン全般・なんでもアリマッセ」のあとに続くお品書きは、お好み焼、焼きそば、タコ焼き、明石焼き、イカ焼き、ホルモン焼きうどん、チヂミ、うどん、ラーメン、ソーメン、麩《ふ》、豚まん、ギョーザ、ピザ、スパゲティ。

協会設立のとき、粉もんの定義を食文化の世界的な権威、石毛直道先生に質問してみました。すると先生は、いつもののんびり調子で「いや〜日本コナモン協会はですね、学会ではないのですから、今すぐに定義などとあせって決めることもないでしょう。粉もんを愛する皆さんのなかで、おのずとその形が見えてくると思いますね〜」。それから十年、粉もんはお好み焼、たこ焼といった鉄板粉もんから、麵類はもちろん、パン、パスタ、ピッツァなどの西欧系、いまブレイク中のパンケーキ、ロールケーキは「粉もんスイーツ」、とまでカテゴライズされていきました。

馬子さんを地で行くつもりはありませんが、根性はかなり馬子風のうちとしては、粉もんの枠を広げられるだけ広げておいたほうが、これからの半生、楽しく美味しく暮らせるであろう、という浅はかな目論見もあり、広義の粉もんすべてをテーマにすることでスタートしたんです。

あえて粉もんを定義するなら、「穀類などの粉をつかった食べ物」となるでしょうか。焼き小籠包、クスクス、パン、パスタ、ガレット、そばがき、天ぷら、ナン、チャパティ、トルティーヤ、きな粉、香煎、はったい粉、白玉、まめぶ、おやき、たい焼き、わらび餅、いちゃがりがり、カノムクロック、カノムチーン、ホッパー、アパン、ロティパラタ、ピロシキ、ペリメニ、ヨークシャープディング……と、私のお気に入りを馬子屋メニューに加えると、世界の食文化の基本部分を網羅する勢いです。

いまや世界に注目される日本の食文化。なかでも世界に誇る食都、安うて旨い大阪が、なぜ安うて旨い街として関西以外のエリアからは、ある種尊敬の念で見られるようになったのか。このヒントは「おうどんのリュウ」にその一端がうかがえます。

出汁（「だし」と読むんでっせ）のとり方について、馬子がリュウさんに嚙み付くくだり。

「あんたの言うてるのは、お吸いもんの出汁やな。そんなお上品な出汁では、うどんに負けてしまう。うちのやりかたはな、まず、昆布を水に入れて、ぐらぐら沸かす」

「ぐらぐらですか」

「そや。旨味を残らずぜーんぶ出しきった、と思たら、昆布を取りだして、鯖節をドバっと大量に入れる。それでまた、ぐらぐら煮出す」

江戸時代になると北前船が北海道の昆布を運び、堂島米会所ができるころには、各地の物資はまず大坂に集まり、そこから京へ、江戸へという物流だったのです。もともと海の幸、山里の幸に恵まれていた大坂はのちに「天下の台所」と呼ばれる日本一のマーケットとなり、舌の肥えた商人たちは値打ちのある美味しさ（＝安うて旨い）を求め、接待も盛んになって料亭「浮瀬《うかむせ》」も誕生、なかでも大坂城築城のときに砂置き場だったという砂場（今の新町）に登場した「うどん、そば」の店は行列の様子も描かれ、当時の賑わいがうかがえます。

馬子が出した「すうどん」、具もなにものってない出汁をかけただけのかけうどんですが、このスタイルも江戸時代、大坂の「砂場」で生まれました。それまでは味噌やたまりなどをあえただけのうどんだったんです。北の昆布を一晩水に浸けておくだけで、見事な旨味の抽出ができる。とくに大坂は今でもそうですが、京都より軟水なので、より上等の旨味がひきだせたんです。当時から出汁をとる、ではなく「出汁をひく」と言うてたそうです。

料理人たちはこの画期的な旨味食材に着目し、昆布に鰹節や鯖節、煮干し、椎茸、いろんな材料を合わせて、旨味の調理文化を熟成させ、出汁と麺、薬味や具の三位一体で味わう「おうどん」を完成しました。

現在、全国に増えている讃岐うどんは麺が主役ですが、大阪うどんは麺もお出汁も主役、そのハーモニーがなくてはあきません。

「四国ではうどんにしょう油かけて食うてる？　アホちゃうか。出汁作らんでええねやったら、うどん屋はすぐに蔵が建つわ」と馬子のおっしゃるように、大阪うどんは、出汁が命。

ついでにいうと、「けつね」（きつねうどん）も大阪生まれ。今ではうどん屋さんで一番安価なメニューとなって、日本はもとより、世界にも出回ってます。本場の正統派を味わうときは、まずは彩りを目で楽しみ、お出汁をすすり、細めのもっちり麺の食感を楽しみ、お揚げを味わい……を繰り返すわけです。ところが終わりの方になるとお揚げの甘味や油分が出汁にうつって、最初のお出汁の味とは変わってくる。それがまた飽きさせない醍醐味といいますか、ゆったり大人っぽく変化を味わうのも、大阪うどんの特長なんです。先味、中味、後味の三拍子そろった味覚文化。先味だけのインパクト勝負の現代フードとはそこが違うんですよ。でも皮肉なことに、今ほんまもんのけつねをきちんと出せるお店は減っていて、馬子屋を筆頭として絶滅危惧種でもあるわけです。

出汁文化のおかげで鉄板粉もん、お好み焼、たこ焼もまた出汁をきかせるようになりました。もともとお好み焼は洋食焼と呼ばれ、水で溶いた生地を薄くクレープ状にのばして、キャベツをのせて焼くタイプだったのですが、これがのちに混ぜ焼きになったとき、出汁で粉を溶くようになったわけです。「ソースなしでも旨い」と豪語する店は多く、出汁をきかせることで、キャベツと生地、その他の具材を旨味がつなぐので、一体感で味わうのが大阪のお好み焼の真骨頂なんです。

粉もんは出汁が命！　出汁をきかせることを発明した大阪人の知恵と貪欲な美味しさの追求は、日本のみならず世界の味覚に影響を与えていると思うのですが残念なことに、お出汁＝薄味の京料理、のイメージが強く大阪はここでもアカンたれ状態ですわな。

ええもんは節操なく取り入れて、新しい美味しさにアレンジしてきた大阪人。ゆえに古いものをついなおざりにして、どっかに置き忘れるので、古き良き文化を形に残せていません。蕎麦の老舗である「砂場」が東京では健在でも、本家本元の大阪に一軒もない。江戸時代、野菜の品種改良の先進地であったのに、当時の種が見つからず、京野菜ブランドにおされっぱなし。ここ数年、馬子屋みたいな名店も後継者がいなかったり、ほかの業態に変わったりして、ええ店が閉じていくのを何軒も見送っています。

誰ぞ、なんとかして～な！

大阪の美味しさは客と料理人との会話によって確立されました。漫才のボケツッコミ的なやりとりによって、常連客が店主を達人に導いたわけです。旨さの基本である出汁文化とお笑い文化を象徴するボケツッコミ、この二つを合わせて、「だしツッコミ！」。

出汁がきいてる、出汁で美味しいことの表現として「だしツッコミ」というフレーズを提唱し、子どもたちに出汁の食文化を伝えるための「だしツッコミ」会議など、ちょこまかと、うちらなりに始めています。子どもたちの反応をみて、「たまにはちゃんと出汁をとらないと……と反省しました」、お母さん方がメールをくださいます。

連綿と培われてきた大阪、ひいては日本の食文化の核となるものをきちんと継承していきたい。馬子よりも少しだけ文化チックに活動している私のリクエスト。

それはこの小説が原作となって漫画やドラマ、映画にもなってくれたらええなあ、ほな馬子役はだれがええやろ、小道具としてうちの「粉もんどころが目にはいらぬか」のポスターも貼ってもらいたいわぁ。せっかくやから、うちもチョイ役で、女優デビューでけへんやろか。

「なんでやねん！」

ほっといてんか、人の妄想にまで、ツッコミ入れんといておくれやす。

二〇一一年一〇月　実業之日本社刊
（『こなもん屋馬子』を改題）

本作品はフィクションであり、
実在の人物・団体等には一切関係ありません。

実業之日本社文庫　好評既刊

蒼井上鷹
あなたの猫、お預かりします
猫、犬、メダカ…ペット好きの人々が遭遇する奇妙な事件の数々。『4ページミステリー』の著者が贈るユーモアミステリー、いきなり文庫化！
あ42

赤川次郎
MとN探偵局　夜に向って撃て
一見関係のない場所で起こる連続発砲事件。犯人の目的とは…？　真相解明のため、17歳女子高生と45歳実業家の異色コンビが今夜もフル稼働！（解説・西上心太）
あ15

内田康夫
風の盆幻想
富山・八尾町で老舗旅館の若旦那が謎の死を遂げた。警察の捜査に疑問を抱く浅見光彦と軽井沢のセンセの推理は？　傑作旅情ミステリー。（解説・山前　譲）
う13

小川勝己
ゴンベン
ゴンベンとは警察用語で「詐欺」のこと。負け組人生から脱するため、サークルのノリでカモを騙す計画を練る学生詐欺グループの運命は!?（解説・杉江松恋）
お31

風野真知雄
東海道五十三次殺人事件　歴史探偵・月村弘平の事件簿
先祖が八丁堀同心の名探偵・月村弘平が解き明かす、東海道の変死体の謎！　時代書き下ろしの名手が挑む初の現代トラベル・ミステリー！（解説・細谷正充）
か12

鯨　統一郎
邪馬台国殺人紀行　歴女学者探偵の事件簿
歴史学者で名探偵の美女三人が行く先々で、邪馬台国起源説がらみの殺人事件発生。犯人推理は露天風呂の中…歴史トラベルミステリー。（解説・末國善己）
く12

近藤史恵
モップの精と二匹のアルマジロ
美形の夫と地味な妻。事故による記憶喪失で覆い隠された、夫の三年分の過去とは？　女清掃人探偵が夫婦の絆の謎に迫る好評シリーズ。（解説・佳多山大地）
こ33

実業之日本社文庫　好評既刊

文日実
庫本業 た61
社之

こなもん屋《や》うま子《こ》

2013年8月15日　初版第一刷発行

著　者　田中啓文《たなかひろふみ》

発行者　村山秀夫
発行所　株式会社実業之日本社
〒104-8233　東京都中央区京橋 3-7-5 京橋スクエア
電話 [編集]03(3562)2051 [販売]03(3535)4441
ホームページ　http://www.j-n.co.jp/
印刷所　大日本印刷株式会社
製本所　株式会社ブックアート

フォーマットデザイン　鈴木正道(Suzuki Design)

ISBN978-4-408-55136-4（文芸）